Nelly Fehrenbach
Und dann ist alles anders

AF202213

Das Buch

Was machst du, wenn dir das Leben eine schwere Diagnose stellt?

Die Migräneattacken schiebt Charlotte auf ihre anstrengenden Hochzeitsvorbereitungen – bis sie aus heiterem Himmel einen schweren Krampfanfall erleidet. Sie, die sonst als Krankenschwester immer anderen hilft, muss nun selbst umsorgt werden, und eine verstörende Diagnose stürzt sie in eine tiefe Krise. Die Hochzeit mit ihrem Verlobten Jörg wird abgesagt, seine liebevolle Hilfe stürzt sie nur noch tiefer in ihre Verzweiflung. Doch als ihre Kraft nur noch zum Sterben reicht, begegnet ihr ein anderer Mann. Auch er ist gezeichnet von einer Krankheit, aber er hat eine ganz andere Art damit umzugehen als sie. Aufgeben ist keine Lösung! Auf einmal scheint Weiterleben möglich, wenn Charlotte lernt, ihre Krankheit zu akzeptieren.

Die Autorin

Nelly Fehrenbach hat in ihrer Jugend Schallplatten aufgelegt und als Krankenschwester gearbeitet, bevor eine schwere Erkrankung sie zum Schreiben brachte. Sie krempelte ihr Leben komplett um und lebt nun gemeinsam mit ihrem Mann abwechselnd in der kalifornischen Wüste und in einer idyllischen Kleinstadt am südlichen Rand des Münsterlandes.

https://www.facebook.com/AutorinFehrenbach
https://twitter.com/Nelly_Autorin

Nelly Fehrenbach

Und dann ist alles anders

ROMAN

TINTE & FEDER

Deutsche Erstveröffentlichung bei
Tinte & Feder, Amazon Media E.U. S.à r.l.
5 Rue Plaetis, L-2338 Luxembourg
Juli 2017

Umschlaggestaltung: semper smile, München, www.sempersmile.de
Umschlagmotiv: © Lisa Alisa / Shutterstock; © secondcorner /Shutterstock
1. Lektorat: Ute Köhler
2. Lektorat: Diana Schaumlöffel
Korrektorat: Manuela Tiller/DRSVS
Printed in Germany
By Amazon Distribution GmbH
Amazonstraße 1
04347 Leipzig, Germany

ISBN: 978-1-542-04594-0

www.amazon.de/tinteundfeder

1. Kapitel

Beep – Beep – Beep. Die Herzfrequenz sank mit jedem Ton des Überwachungsmonitors.

»Bin schon unterwegs«, rief Hildegard, die noch auf der Station beschäftigt war, während Charlotte und Hanne bereits in der kleinen Stationsküche saßen.

Trotzdem beobachtete Charlotte den Zentralmonitor. »Nun mach schon.« Die geviertelte Tomate vor den Lippen starrte sie auf den Bildschirm.

Salziger Tomatensaft tropfte auf ihre abgespreizten Finger und brannte sich in die von Desinfektionsmitteln ausgetrocknete Haut. Zischend atmete Charlotte ein.

»Achtundsiebzig, neunundsiebzig.« Eine Welle lief durch sämtliche Überwachungskurven und die Sauerstoffwerte stiegen steil an.

»Siehst du?«, sagte Charlotte mehr zu sich selbst als zu den grünen Linien und steckte sich ein Tomatenviertel in den Mund. »Geht doch.« Sie legte eine Scheibe Käse auf das Nussbrot, das sie sich von zu Hause mitgebracht hatte. Ihr Magen knurrte. Seit dem Frühstück war sie nicht zum Essen gekommen: Erst hatte sie direkt nach dem Aufstehen die Einladungskarten aus der Druckerei abgeholt, dann zum gefühlt tausendsten Mal mit ihrer zukünftigen Schwiegermutter das Hochzeitsmenü durchgekaut. Sie hatten so viel über Vorspeisen, Suppen und Desserts geredet, dass ihr der Appetit vergangen war. Danach hatte sie Jörgs Hemden für den Kongress gebügelt, seine Reisetasche gepackt und ein Dutzend weiterer Zeitfresser erledigt, an die sie sich nicht einmal mehr erinnerte. Nur zum Essen war sie nicht gekommen. Sie hatte es gerade noch geschafft, die Haare aufzustecken und einen kritischen Blick in den Spiegel zu werfen, bevor sie zum Nachtdienst musste. Ihre rotblonden Haare waren strähnig und teichgroße Ränder umrahmten ihre blauen Augen. Selbst die Sommersprossen wirkten blass. Sie sah exakt so aus, wie sie sich fühlte: müde, erschossen, reif fürs Bett. Aber noch lagen acht lange Stunden Dienst vor ihr.

Doch jetzt hatte sie erst einmal die erste Versorgungsrunde geschafft. Weder die Kolleginnen noch die Patienteneltern hatten etwas von ihrer Erschöpfung bemerkt: Schwester Charlotte hier, Schwester Charlotte da. Schwester Charlotte in Amerika. Schön wär's. Charlotte dachte voller Sehnsucht an ihre Hochzeitsreise. So sehr sie ihren Job auf der neonatologischen Intensivstation liebte, die zum Geburtszentrum des Krankenhauses gehörte, so sehr freute sie sich auf ihren Trip durch die USA. Vier Wochen nur sie und Jörg auf ihren Harleys. Aber noch war es nicht so weit. Noch waren sie nicht verheiratet und die Hochzeitsvorbereitungen türmten sich wie ein Gebirge aus Stein vor ihr auf, dem sie mit einer Sandkastenschaufel gegenüberstand, um es abzutragen. Ein schneller Blick auf den Zentralmonitor zeigte ihr, dass es allen Patienten gut ging. Mit einem Seufzer schob sie sich ein weiteres Tomatenviertel zwischen die Lippen. Sie würde nur schnell ihr Brot essen und dann Hildegard ablösen, damit diese auch Pause machen konnte. Das Notfalltelefon klingelte. Charlotte schluckte hastig und spürte, wie sich das Tomatenstück in der Speiseröhre festsetzte.

»Wird schon nichts sein«, murmelte Hanne, die in einer

Zeitschrift blätterte, doch ihr frommer Wunsch verhallte ungehört.

Für den Rest der Nacht brummte die Station vor Geschäftigkeit. Der Rettungsdienst brachte ein kleines Mädchen mit einer Kohlenmonoxidvergiftung und das Team gab alles. Doch eine Stunde und viele Medikamente später wollte das Herz immer noch nicht schlagen. Müde drückte die Oberärztin den Beutel. Einmal. Zweimal.

»Eins, zwei.« Hannes heisere Stimme zählte den Rhythmus, mit dem sie ihre Handballen auf den kindlichen Brustkorb drückte. Schweiß tropfte von ihrem Kinn. Als sie bei zehn angekommen war, fragte Ilona: »Denkt eine von euch, dass es noch irgendetwas gibt, das wir tun könnten?«

»Nein«, antwortete Charlotte. Hanne schüttelte nur den Kopf. »Vierzehn, fünfzehn.«

Automatisch drückte Ilona den Beutel.

»Ich lös dich ab.« Charlottes Finger schlossen sich um den schweißfeuchten Beutel.

»Danke.« Ilona verließ den Notfallraum, um die Mutter zu holen. Charlotte beneidete die Oberärztin nicht um diese Aufgabe. Sie hoffte, dass der Seelsorger bereits informiert war. Die Mutter würde ihn brauchen. Sie alle würden ihn brauchen. Obwohl Charlotte bereits seit acht Jahren auf dieser Intensivstation arbeitete, wühlte immer noch der Schmerz unterdrückter Tränen in ihrer Kehle, wenn ihnen ein Kind starb. Und es ging nicht nur ihr so. Wie ein Leichentuch umhüllte die Niederlage jede angebrochene Ampulle, jede gebrauchte Spritze, und wütete in ihren Muskeln. Zwischen Hannes Schulterblättern färbte ein Schweißfleck den brombeerfarbenen Kasack dunkel. Trotzdem zählte sie weiter. »Vierzehn. Fünfzehn.« Charlottes Finger krümmten sich um den Beutel und die Lungen des Kindes füllten sich mit Luft.

»Eins, zwei, drei.«

Sie würden so lange das Herz dieses Kindes massieren und seine Lungen mit Luft füllen, bis sie es der Mutter in den Arm legen konnten.

Ein Luftzug kündigte das Eintreffen der Mutter an. Hanne hörte auf, laut zu zählen.

Zehn, dachte Charlotte und zählte in Gedanken weiter. Jetzt. Zweimal drückte sie den Beatmungsbeutel und die Lungen des Kindes füllten sich wieder mit Luft. Ein kurzer Blick zur grünen Herzmonitorlinie zeigte ihnen, dass auch heute Nacht kein Wunder geschehen würde. Liebe allein reichte eben nicht, um Kinder ins Leben zurückzuholen.

Während Hanne und Charlotte den Kreislauf des Kindes aufrechterhielten, strich die Mutter über die noch warme Wange ihrer Tochter und Ilona erklärte ihr so schonend wie möglich, dass ihr kleines Mädchen tot war.

Der Kloß in Charlottes Kehle wuchs. Sie kämpfte vergeblich gegen die Tränen an.

Fünfzehn. Ihre Finger krümmten sich und drückten Luft in die Lungen des Kindes. Eine Träne zerplatzte auf dem Beatmungsbeutel.

»Tut ihr das weh?«, fragte die Mutter.

»Nein«, antwortete Ilona. »Aber es hilft ihr auch nicht mehr. Das haben Sie verstanden, ja?«

Die Frau, die eben noch Mutter gewesen war, nickte.

»Möchten Sie Mia-Kathrin in den Arm nehmen?«

»Darf ich das?« Die Frau sah auf. Tränen schwammen in ihren Augen.

»Sie ist Ihre Tochter.«

Und damit war der Moment gekommen, aufzuhören: den Beatmungsschlauch zu ziehen, das kleine Mädchen in ein Tuch zu hüllen und es der Mutter in den Arm zu legen. Die Kleine wirkte so lebendig mit ihren verschorften Knien und den Schmutzrändern unter den Zehennägeln. Noch war ihr Körper warm, doch die Haut hatte bereits die teigige Konsistenz des Todes angenommen.

»Er wollte angeln, hat er gesagt.« Die Frau blickte direkt in Charlottes Augen. »Ich hab doch nicht gedacht …«

»Es ist nicht Ihre Schuld«, erwiderte Charlotte. Tausendmal gesagt. Tausendmal gemeint. Mütter suchten immer die Schuld bei sich, egal, ob ein Kind zu früh zur Welt kam oder sie zu früh verließ. Väter waren oft anders. Sie beschuldigten alles und jeden. Mütter meist nur sich selbst.

»Mia-Kathrin liebte es, mit ihm zum Angeln zu fahren.« Die Frau war in ihren Erinnerungen gefangen. »Ich hab mir immer nur Sorgen gemacht, dass sie in den Kanal fällt.«

Charlotte schluckte gegen den Schmerz in ihrem Hals an.

»Wir hätten das doch geschafft«, murmelte die Frau. »Nichts ist so schwer, dass man es nicht zusammen schafft. Nicht wahr? Das hätte er doch wissen müssen.« Sie küsste die Stirn des toten Kindes. »Warum hat er sie mit sich genommen?«

Und hinter dieser Frage lauerte die andere Frage, die sie nicht auszusprechen wagte: Warum nicht mich?

Kälteschauer wanderten über Charlottes Wirbelsäule. Was verdammt noch mal sollte sie dieser Frau sagen? Hilfe suchend blickte sie zu Ilona, die hinter der Mutter stand, die Hand auf deren Schulter, doch auch die Oberärztin schwieg.

»In meiner Tasche ist mein Handy. Könnte ich wohl?«, flüsterte die Frau. »Ich möchte ein Foto.«

»Ich hol sie.« Charlotte verließ den Notfallraum.

»Sie ist tot, oder?« Der Mann schlug mit der Faust gegen die Wand. Gerunzelte Stirn, zusammengekniffene Augen, schmale Lippen. Für einen Moment verwirrt, blieb Charlotte stehen. Dann fiel es ihr wieder ein. Der Mann war Polizist. Er war zusammen mit dem Notarzt aufgetaucht und hatte seinen Dienstausweis wie einen Schild vor sich gehalten.

Dieser Gruber überragte sie um mindestens zwei Köpfe und hatte Schultern wie ein Ringer. Mit seiner Jogginghose, dem ausgeleierten T-Shirt und den ausgelatschten Laufschuhen sah er nicht aus wie ein Polizist und wäre er ihr nachts auf der Straße begegnet, hätte sie sicher nach dem Pfefferspray gegriffen, das Jörg ihr besorgt hatte.

»Dieser Scheißkerl.«

»Bitte.«

»Tschuldigung. Ich muss …« Gruber kramte in den ausgebeulten Taschen seiner Jogginghose und zog ein Päckchen Tabak heraus. »… telefonieren«, fügte er hinzu und sah bittend zu Charlotte auf. »Sie bleiben bei ihr?«

»Was denken Sie?« Charlotte ging an ihm vorbei ins Elternzimmer. Die Tasche der Mutter lag auf dem Tisch. Charlotte griff danach und unterdrückte ein Gähnen, das ihr den Kiefer auszurenken drohte. Ihr Körper stellte die nun überflüssige Adrenalinproduktion ein und zurück blieb diese Müdigkeit, die einem das Mark aus den Knochen saugte. Sie kannte dieses Gefühl, das immer dann besonders übermächtig wurde, wenn sie den Kampf um ein Leben verloren hatten. Wenn sie ein Kind gerettet hatten, hielten die Glückshormone sie aufrecht, aber nach einer Niederlage wollte ihr Körper nur noch weg und schaltete auf Ruhebetrieb um. Dann wurde jeder Schritt so schwer, als hingen Bleigewichte an den Knöcheln und jede Körperzelle fühlte sich an wie ausgehöhlt. Aber noch konnte sie nicht nach Hause. Noch war da die Mutter, die gerade erfahren hatte, dass ihre Tochter tot war. Charlotte zog sich ein Kleenex aus der silbernen Box, die Ilona gekauft hatte. Während sie sich die Nase putzte, schaute sie sich um. Unzählige Stunden hatten sie damit verbracht, diesen Raum so zu gestalten, dass Angehörige sich hier wohlfühlen konnten. Aber Charlotte war sich sicher, dass diese Frau, die hier gewartet hatte, während sie um das Leben ihres Kindes kämpften, weder die silberne Box noch das gedämpfte Licht bemerkt hatte und noch viel weniger das aufwendig austarierte Farbspektrum zwischen Sonnenlichtern und Erdtönen.

Nach allem, was dieser Frau heute Nacht widerfahren war, musste jeder Ort für sie die Hölle sein. Charlotte schauderte und ging mit der Tasche hinaus.

»Der Typ wird's schaffen.« Der Polizist lehnte immer noch oder schon wieder neben dem Desinfektionsmittelspender. Er hatte die Arme verschränkt, als wäre ihm kalt. »Ich hab mit dem Kollegen telefoniert. Er wird's verdammt noch mal schaffen.«

»Wer hat sie überhaupt gefunden?« Charlotte konnte weder Wut noch Trauer spüren, nur diese bleierne Müdigkeit. Die anderen Gefühle würden folgen. Morgen, vielleicht übermorgen, vielleicht erst in einer Woche. Vielleicht auf einer Harley in Amerika. Man wusste nie, wann die Verzweiflung über den Verlust eines Patienten einen einholte.

»Ich«, beantwortete der Polizist ihre Frage, die Charlotte schon wieder vergessen hatte.

»Ich war joggen. Eigentlich laufe ich sonst später.« Ein Fiepen unterbrach ihn. Hastig griff er sich ans Ohr. Erst jetzt bemerkte Charlotte das Hörgerät.

»Aber ich hatte … mir war …« Die Hand des Mannes fiel schwer herab. »Ich hab die Scheibe eingeschlagen. Sie saß hinten. In ihrem Kindersitz.« Der Mann räusperte sich. »Wenn ich früher da gewesen wäre …« Das Lid seines rechten Auges zuckte. »Würde sie dann noch …?«

Hätte, hätte, Schlaftablette. Charlotte unterdrückte wieder ein Gähnen. Sie hörte Hildegards Stimme: »Vitalparameter stabil, Ausscheidung mäßig. Nahrungsverträglichkeit gut.« Während sie gekämpft und verloren hatten, hatte Hildegard sich um die anderen Patienten gekümmert. Auch im Angesicht des Todes ging das Leben weiter. Und auch ihr Leben ging weiter. Gleich würde sie in ihren Peugeot steigen, nach Hause fahren, vielleicht noch eine Runde Frühstücksfernsehen schauen und dabei bügeln, um die Bilder aus ihrem Kopf zu vertreiben, und sich dann ins Bett verkriechen. Und hoffentlich schlafen.

»Der hat das vorbereitet wie ein Heimwerker«, murmelte der Polizist. »Staubsaugerschlauch an den Auspuff und dann mit einem Kreisbohrer ein Loch in den Boden vom Kofferraum gebohrt. Kann man sich das vorstellen?«

»Nein.« Charlotte antwortete, was der Mann hören wollte. Er stand ebenso unter Schock wie die Mutter. Seine Gedanken drehten sich in einer Endlosspirale.

»Sie sollten mit jemandem darüber reden«, sagte sie.

»Was tu ich denn gerade? – Er wird's schaffen.« Der Polizist schüttelte den Kopf und griff sich wieder ans Ohr, als könnte er seine Erinnerungen mit dem Hörgerät ausschalten. »Er wird's verdammt noch mal schaffen.«

»Gehen Sie nach Hause. Es ist vorbei.« Charlotte drückte die Tür zur Station auf.

Sie blieb bei der Mutter, bis Pfarrer Wilms mit der Frau die Station verließ. Er würde sie zu ihrem Mann bringen. Sie hatte es so gewollt.

»Können wir?« Hanne griff nach dem Klemmbrett mit der Checkliste, die nach jedem Notfall abgearbeitet werden musste. Sie vermied es, zu dem toten Kind zu schauen. Ihr kleiner Sohn musste ungefähr so alt sein wie dieses Mädchen. Wahrscheinlich würde sie ihr erster Weg nach Dienstschluss ins Kinderzimmer führen.

»Ja.« Charlotte schlurfte zum Notfallwagen. Die Müdigkeit drückte auf ihre Lider.

Nur mit Mühe fand sie in die hilfreiche Routine, die ihr den Weg zurück in die Normalität pflasterte.

»Supra?«, fragte Hanne.

»Eins, zwei, zwei, drei, vier, fünf.« Charlottes Zeigefinger wanderte über die Ampullen.

»Fünf«, wiederholte Hanne und nannte das nächste Medikament auf der Liste.

»Nicht fünf.« Charlottes Zeigefinger wanderte zurück zu den Glasampullen. »Sechs.«

»Okay. Muss ich mich verhört haben.« Hanne hob das Klemmbrett vor ihr Gesicht und verbarg ein Gähnen.

»Ist ja nicht wichtig«, antwortete Charlotte und dann war es so weit. Sie würden Mia-Kathrin in den Kühlraum bringen. Charlottes Kehle zog sich bei dem Gedanken zusammen, das kleine Mädchen dort in der Dunkelheit zurückzulassen, auch wenn sie wusste, dass alles, was dieses kleine Mädchen ausgemacht hatte, mit einem letzten Seufzer den Körper verlassen hatte.

Charlotte griff nach dem Papierkittel, den Hanne ihr gab. Während sie die Bänder verknotete, zog Hanne die Tür zum Notfallraum auf. Einen scheuen Blick in den Raum werfend, schob eine Putzfrau ihren Wagen zur Seite, damit sie Platz hatten.

Schweigend löste Charlotte die Bremsen des Behandlungstisches. Schweigend schoben sie ihn in den Aufzug und ebenso schweigend öffneten sie die Tür zur Leichenhalle. Erst als sie das Kind in ein Kühlfach betteten, brach es aus Hanne hervor. »Ich hab mich auf eine Stelle in der Cardioambulanz beworben.«

»Du hast was?« Charlotte glaubte, sich verhört zu haben. Hanne hatte schon auf der Intensivstation gearbeitet, als sie noch in der Ausbildung gewesen war. Sie hatte sie ermutigt, sich für die Station zu bewerben, als alle anderen ihr abgeraten hatten. »Das ist zu schwer für dich«, hatte ihre Mutter gesagt. »Du bist zu labil.« Und Charlotte hatte die Angst in ihren Augen gesehen, die Furcht davor, dass alles wieder von vorne anfing.

»Ich kann das einfach nicht mehr«, sagte Hanne.

»Ich verstehe«, sagte Charlotte, obwohl sie genau das nicht

tat. Die Arbeit auf der Intensivstation war ihr Leben.

»Tust du nicht«, widersprach Hanne. Es war schwer, sich anzulügen, wenn man so viel miteinander geteilt hatte. »Aber wenn du erst mal ein Kind hast, dann wirst du es.«

»Wahrscheinlich.« Charlotte dachte an dieses Kind, von dem jeder erwartete, dass sie es bald haben würde. Schließlich ging sie zügig auf die dreißig zu und Jörg würde ein fantastischer Vater sein. Aber konnte sie auch eine gute Mutter sein, wenn allein der Gedanke sie erschreckte, nicht mehr arbeiten zu gehen? Denn das würde jeder von ihr erwarten, dass sie zu Hause blieb und sich ums Kind kümmerte, und das wollte sie auch gerne. Aber noch viel lieber wollte sie hier arbeiten. Vielleicht in Teilzeit, so wie Hanne.

»Schon irre«, unterbrach Hanne ihre Gedanken. »Ich kenn meinen Mann seit der Grundschule und seit mehr als zehn Jahren sind wir verheiratet und trotzdem kriege ich eine Gänsehaut, wenn ich daran denke, dass er jetzt mit Jonas allein zu Hause ist.«

»Du spinnst doch.« Charlotte sah zu ihr auf. »Stefan würde doch nie ...«

»Das hat ihre Mutter auch gedacht.« Hanne strich dem toten Mädchen eine nicht vorhandene Haarsträhne aus der Stirn, bevor sie das Laken über dem Kind schloss. »Aber wer weiß schon, zu was Menschen in der Lage sind, wenn sie keinen Ausweg mehr sehen.«

»Ist Stefan denn ...?«

»Arbeitslos?« Hanne lachte unfroh auf. »Stefan? Nein. Aber was nicht ist, kann ja noch werden.«

»So ist das Leben halt.«

»Na ja, du wirst dir keine Sorgen machen müssen.« Hanne verriegelte das Kühlfach. »Wie sieht's denn aus mit den Hochzeitsvorbereitungen?«

»Ich bin froh, wenn es vorbei ist.« Charlotte dachte an den

langen Tag, den sie hinter sich hatte, und all die Dinge, die sie noch erledigen musste.

»Jörg kann nicht viel helfen, was?«

»Wie denn? Bei den ganzen Diensten?«

»Tja«, antwortete Hanne und ließ den Schlüssel zum Raum mit den Leichenkühlfächern in die Kasacktasche gleiten. »So hat halt jeder sein Päckchen zu tragen. Kommst du noch mit? Eine rauchen?«

Charlotte schüttelte den Kopf, zu müde für eine Antwort. Kaffeeduft wehte ihnen entgegen, als sie zur Station zurückkehrten. Die Frühschicht war eingetroffen, der Klinikalltag ging weiter.

»Alles klar?« Ilonas Stimme bremste Charlotte an der offenen Tür des Arztzimmers. Die Oberärztin lehnte sich in ihrem Stuhl zurück und musterte Charlotte über den Rand ihrer Lesebrille hinweg. Der dunkelblaue Kasack spannte über ihrem mütterlichen Busen.

Für einen Moment wünschte sich Charlotte, Ilona würde sie in den Arm nehmen. »Ja, geht schon, und bei dir?«

»Genauso beschissen. Hätte der Typ die beiden nicht später finden können?«

»Er wünscht sich das Gegenteil.«

»Ja.« Ilona nickte. »Kann ich mir vorstellen.« Nachdenklich spielte sie mit der Computermaus. »Ich glaube nicht, dass der Vater sehr glücklich sein wird, wenn er die Augen aufschlägt und noch immer in dieser Welt weilt.«

»Wohl nicht.«

Ilona drehte sich wieder zum Computer. Das blaue Licht ließ ihre Haut fahl erscheinen. Das kleine Gesicht des toten Kindes schob sich vor Charlottes Augen. Und zwischen Kind und Charlotte schob sich Ilonas Stimme.

»Wenn Jörg nicht bei der GNPI-Tagung wäre«, sagte sie, »säße er jetzt hier und ich müsste keinen Totenschein ausfüllen.

15

Gesellschaft für Neonatologie und pädiatrische Intensivmedizin. Pah.« Ilona schüttelte den Kopf. »Warum bin ich Idiotin nicht Proktologe geworden? Dann würde ich Hämorrhoiden veröden und nicht Totenscheine ausstellen.« Wütend hackte ihr Zeigefinger auf die Entertaste. Dann hatte sie sich wieder in der Gewalt.

»Warum bist du eigentlich nicht in Freiburg?«, fragte sie unvermittelt. »Es gibt keine schönere Stadt in Deutschland für Verliebte.«

»Nachtdienst«, erwähnte Charlotte das Offensichtliche.

»Red keinen Scheiß.« Ilona schob sich die Brille vor die Augen. »Reinhardt wollte doch unbedingt, dass eine Schwester dort einen Vortrag hält. Und du und Jörg …«

»Ja«, unterbrach Charlotte sie hastig, »aber Gina vom Intensivkurs schreibt ihre Facharbeit über das therapeutische Kühlen zur Vermeidung von Hirnschäden.« Nicht auch noch Ilona. Auf Charlottes Beliebtheitsskala rangierte das Thema GNPI-Tagung nur knapp oberhalb einer Nacht wie dieser. Erst hatte ihr Gina in den Ohren gelegen, weil sie so unbedingt zu ihrer ersten GNPI-Tagung fahren wollte, dann der Chef, der ebenso unbedingt wollte, dass sie den Vortrag hielt, und schließlich Jörg, der stinksauer war, als er erfuhr, dass sie es gewesen war, die Gina für den pflegerischen Part vorgeschlagen hatte. »Wir hätten Zeit für uns gehabt«, hatte er ihr vorwurfsvoll entgegengehalten und ihr damit prompt ein schlechtes Gewissen eingeredet.

Endlich Feierabend. Mit einem Seufzer der Erleichterung startete Charlotte ihren Peugeot. Obwohl es noch kühl war, schien die Sonne bereits von einem strahlend blauen Himmel. Charlotte fuhr beide Fenster herunter. Die frische Luft würde ihr helfen, wach zu bleiben.

Zwanzig Minuten später rollte der Wagen in die Parkbucht vor dem Dreifamilienhaus, in dem sie und Jörg wohnten. Mit einem Seufzer der Erleichterung zog sie den Zündschlüssel ab und lehnte den Kopf gegen die Nackenstütze. Ihr Schädel dröhnte. Sie war froh, den Heimweg geschafft zu haben. Nach einem Nachtdienst wie diesem war sie auch schon einmal von der Polizei angehalten worden, weil sie bei Rot über eine Kreuzung gefahren war. Grübelnd zog sie die Stirn kraus. Auch heute hätte sie nicht sagen können, ob wirklich alle Ampeln grün gewesen waren. Aber immerhin war ihr keine Polizei begegnet. Zumindest nicht auf dem Weg nach Hause. Sie dachte an den Polizisten, der in der Klinik gewesen war und dessen Gedanken sich nicht von dem toten Kind hatten lösen können. Hilflose Helfer.

Charlotte griff nach ihrem Korb. Sein Gewicht erinnerte sie daran, dass sie außer einer halben Tomate die ganze Nacht nichts gegessen hatte. Auch jetzt hatte sie keinen Hunger. Im Gegenteil, der Gedanke an Essen verursachte ihr eine über dem Zwerchfell flirrende Übelkeit. Das war nicht gut, ihr Körper gewöhnte sich zu schnell wieder daran, nichts zu essen.

»Ich werde essen«, befahl sie sich selbst. »Ein Käsebrot und einen Joghurt.« Manchmal half es Charlotte, über Essen zu reden, um ihren Appetit aus seinem Versteck zu locken. Heute nicht. »Aber einen Joghurt«, versprach sie sich. »Den auf jeden Fall. Gleich, wenn ich oben bin.« Sie blickte die Hausfassade hinauf, sah die Balkonkästen, die sie im April mit Hängegeranien bepflanzt hatte. Ein bisschen dichter könnten sie schon wachsen, dachte sie, froh, etwas zu haben, das sie ablenkte von dem toten Kind und den Kopfschmerzen und der Notwendigkeit, etwas zu essen. Vielleicht sollte sie mal ihre Schwiegermutter in spe fragen. Juttas Geranien waren schon mindestens doppelt so dicht. Und sie würde sich bestimmt freuen, wenn sie ihr einen Vortrag über die richtige Blumenpflege halten konnte. Jutta liebte es, wenn sie Vorträge halten konnte, nur meistens fehlte ihr das Publikum und auch Charlotte hatte sich in dieser

Hinsicht als Enttäuschung entpuppt.

Seufzend schloss Charlotte die Wohnungstür auf. Es erwartete sie das übliche Chaos. Jörg war mit dem Frühzug nach Freiburg gefahren. Ohne darüber nachzudenken, stopfte sie das feuchte Handtuch in den Wäschekorb, drehte den tropfenden Wasserhahn zu und lüftete das Bettzeug. Im Wohnzimmer sammelte sie Gläser und Teller von Kaminsims und Couchtisch ein und schaltete den Fernseher aus, bevor sie in die Küche ging, um die Spülmaschine ein- und das Radio auszuschalten. So viele Geräusche: vorbeifahrende Autos, Radiogedudel, klapperndes Geschirr, das Tappen ihrer Füße auf den Fliesen. Charlotte sehnte sich nach Stille. Sie setzte sich an den Küchentisch. Für einen Moment schloss sie die brennenden Lider. Zeit, ins Bett zu kommen. »Denk an den Joghurt«, ermahnte sie sich. »Du musst essen.« Sie öffnete die Augen. Neben Jörgs Engelsbecher lag eine Liste, die mit *WICHTIG* überschrieben und mit *Küsschen Jörg* unterschrieben war. Charlotte legte den Kopf auf die Unterarme. Schmerz pochte hinter ihrer Stirn. Was war schon wichtig? Sie dachte an den kleinen Körper, den sie zusammen mit Hanne in die Kühlung gebracht hat. Die Mutter, die nun damit leben musste, dass der Mann, den sie liebte, der Mörder ihrer Tochter war. Es gab Schlimmeres als den Tod. Wie eine hungrige Katze strich dieser Gedanke durch ihren Kopf. Wieder renkte ihr ein Gähnen fast den Kiefer aus.

»Zeit fürs Bett.« Sie stemmte sich in die Höhe. Ihr Blick fiel wieder auf den Zettel. *Mutter hat angerufen, du sollst …*

Charlotte schob das Blatt Papier unter Jörgs Fachzeitschriften. Was immer Jutta von ihr wollte, würde warten müssen, und essen konnte sie, wenn sie ausgeschlafen war. Nach einer solchen Nacht musste man keinen Hunger haben.

2. Kapitel

Charlotte erwachte mit einem wohligen Gefühl zwischen den Schenkeln. Seit der Nacht, in der das kleine Mädchen gestorben war, waren zwei weitere Nächte vergangen.

»Hey du«, murmelte sie verschlafen und tastete nach Jörgs Kopf.

»Hab ich dich geweckt?« Unschuldig blinzelnd sah er zu ihr auf.

»Wie spät ist es?«

»Mhm.« Jörgs Lippen zupften an ihrem Schamhaar.

»So spät schon?« Kichernd kreuzte Charlotte die Beine. Bartstoppeln piksten in ihre Leisten.

»Autsch!«

»Was ist?«, nuschelte Jörg.

»Du hast mich gebissen?«

»Nur ein bisschen.«

»Ein bisschen viel.« Charlotte tastete nach dem Wecker. »Wie war's in Freiburg?«

»Du hast was verpasst. Wir sind übrigens heute Abend beim Chef eingeladen.«

»Wie nett.«

»Ihr hattet einen üblen Notfall, was?«

»Kannst du laut sagen. Weißt du etwas über den Vater?«

Auch wenn Jörg nicht einmal in der Stadt gewesen war, dürfte er besser informiert sein als sie.

»Ja. Reinhardt sagt, dass er beatmet und mit der üblichen Latte von Medikamenten sogar ziemlich kreislaufstabil ist.« Seufzend legte Jörg den Kopf auf ihren Bauch. Sein Atem strich warm über ihre Haut. »Kaum bin ich nicht da, kommt so was rein.«

Charlotte wusste, dass er es nicht so meinte, wie es klang. Jörg war mit Leib und Seele Intensivmediziner und kämpfte mit allen Mitteln um das Leben seiner Patienten. Nur manchmal vergaß er, dass die anderen das auch taten. Jeder hatte seine Siege und jeder hatte seine Niederlagen.

»Niemand hätte das Kind retten können.«

»War 'ne Scheißnacht, was?« Jörg setzte sich auf und legte ihre Beine über seinen Schoß. Seine Brille war verrutscht und Charlotte widerstand dem Impuls, die Hand auszustrecken und sie wieder gerade zu rücken.

»Ja. War es.« Sie wollte nicht über das tote Kind reden. Sie fühlte sich einfach zu wohl und außerdem musste sie dringend pinkeln. »Wie war dein Vortrag?«

»Gut.« Jörg sprang bereitwillig auf das neue Thema an. »Ich hab übrigens mit der Prenzel gesprochen. Bei ihr wird zum Herbst eine Oberarztstelle frei.«

»Wie das?«

»Die Müller-Berkenkamp geht in Mutterschutz.«

»Das ist natürlich toll«, erwiderte Charlotte zögernd, auch wenn ihr klar war, was das für eine Chance für ihn war. Wenn er die Stelle bekäme, wäre er Oberarzt an einer der renommiertesten Neonatologien in Deutschland.

»Begeisterung klingt anders bei dir.« Jörg strich mit der Fingerspitze über ihren Oberschenkel.

»Nun ja«, räumte Charlotte ein. »Münster ist nicht gerade um die Ecke. Und als Oberarzt müsstest du doch, müssten wir«, korrigierte sie sich, »umziehen, oder?« Sie sah sich um. Durch einen Schlitz in den Jalousien fiel ein Lichtstrahl auf das Laminat, das sie eigenhändig verlegt hatten. Jede Falte in der Raufasertapete zeugte von ihrer Unfähigkeit zu tapezieren. Trotzdem hatten sie einen Heidenspaß dabei gehabt, ihre erste gemeinsame Wohnung auch gemeinsam zu renovieren.

»Das sind ja alles noch ungelegte Eier.« Wie immer nahm Jörg ihre Stimmung auf. »Wahrscheinlich stellt sie doch wieder eine Frau ein. Irgendwie verweiblicht die Neonatologie total. Auch auf dem Kongress. Immer weniger Kollegen, fast nur noch Kolleginnen.«

Charlotte schwang die Beine aus dem Bett und stand auf. Ein plötzlicher Schwindel ließ sie taumeln.

Jörg streckte die Hand nach ihr aus. »Du weißt doch, dass dein Kreislauf am Boden ist, wenn du aufzustehen versuchst, ohne Sex gehabt zu haben.«

»Haha.« Spielerisch schlug ihm Charlotte auf die Finger. »Ihr armen Medizinmännlein. Aber weißt du was?« Sie beugte sich vor und tippte Jörg mit dem Zeigefinger auf die Nase. »Ich hab 'ne Idee. Ihr verbrennt die Kolleginnen einfach als Hexen. Hat doch schon mal funktioniert, oder wie seid ihr in die Geburtshilfe vorgedrungen?«

»Das haben wir nur unserem penetrierend exklusiven Wissen über den Umgang mit dem weiblichen Genital zu verdanken.« Selbstgefällig grinsend ließ sich Jörg auf die Matratze fallen.

»Koch mir lieber einen Kaffee.« Charlotte angelte nach ihren Sandalen und hinkte ins Bad. Noch immer schmerzten ihre Schienbeine, als hätte sie einen Marathonlauf hinter sich. Auch so eine Nachwirkung von Adrenalin, die sich keiner erklären konnte.

Mit einem Handtuch um den Kopf und einem weiteren um den Körper enterte Charlotte eine Viertelstunde später die Küche. Das heiße Wasser hatte Wunder gewirkt und die Schmerzen in den Abfluss gespült.

Jörg hockte vor seinem Notebook und im Radio zählte ein Moderator die aktuellen Staus auf.

Charlotte sah zur Kaffeemaschine und der geöffneten Dose. Immerhin hatte er es versucht.

So effektiv Jörg in der Klinik war, so chaotisch war er im Privatleben. Wahrscheinlich hatte eine eingehende Mail die Kaffeeproduktion unterbrochen. Charlotte füllte Kaffeepulver in die Filtertüte und ließ Wasser in den Tank laufen. Dann holte sie sich eine Mineralwasserflasche aus dem Kühlschrank.

»Hast du den gesehen?« Ohne aufzublicken, wedelte Jörg mit dem *WICHTIG*-Zettel, den Charlotte seit zwei Tagen ignorierte.

»Was will sie denn?« Vorsichtig ließ sie Kohlensäure aus der Flasche entweichen, während die Kaffeemaschine gurgelnd die Arbeit aufnahm. Genießerisch atmete Charlotte den Kaffeeduft ein, der sich in der Küche ausbreitete.

»Keine Ahnung.« Verwirrt hob Jörg den Blick von seinem Notebook. »Woher soll ich das wissen?«

»Du hast den Zettel geschrieben.«

»Ja, schon. Aber immer wenn Mutter mit ihren Listen anfängt, funktioniere ich nur noch über Rückenmarksreflexe.« Mit dem Zeigefinger schob er seine Brille zur Nasenwurzel hoch und sah Charlotte über sein Notebook hinweg an.

»Wir müssen nicht heiraten.« Charlotte knibbelte Papier vom Flaschenetikett. Sie hasste den Kloß, der sich in ihrem Hals bildete. Schließlich hatte sie gewusst, worauf sie sich einließ. Auch wenn Jörg sie liebte. Für ihn würde immer die Arbeit an erster Stelle kommen.

»Nicht schon wieder, ja? Und lass die Flasche in Ruhe. Die kann auch nichts dazu.«

Jörg hob abwehrend die Hände. Wahrscheinlich auch ein Rückenmarksreflex.

»Ich arbeite sechzig Stunden die Woche und hab jede dritte Woche Bereitschaftsdienste, in denen ich dann auch noch sechzig weitere Stunden auf der Station verbringe. Wie, bitte, soll ich dir da noch helfen?«

»Entschuldige.« Charlotte fühlte sich schlecht, weil sie ihn dazu gebracht hatte, seine Hingabe zu seinem Beruf verteidigen zu müssen. Dabei hatte diese Hingabe sie überhaupt erst zusammengebracht. Sie waren Seelenverwandte. Jörg gab alles für seine Arbeit und sie auch. Wenn nur die Hochzeit nicht wäre. Sie setzte sich ihm gegenüber an den Tisch und streckte die Hand nach ihm aus. »Ich kann wahrscheinlich schon froh sein, wenn dein Diensthandy nicht während der Trauung klingelt.«

»Ich werde es abschalten, versprochen.« Feierlich legte Jörg seine Hand in ihre.

»Das will ich dir geraten haben.« Charlotte überflog den Zettel: *Gästeliste! Einladungskarten! Fotograf!! Brautkleid!!! Blumen!!!!!*

»Hat sie die Ausrufezeichen auch diktiert?«

»Steh'n da welche?«

Charlotte ließ den Zettel auf sein Notebook flattern.

»Na ja«, antwortete Jörg und er klang tatsächlich ein wenig schuldbewusst. »Du kennst doch meine Mutter.«

»O ja.« Charlotte dachte an die Brautstraußdiskussion mit ihrer künftigen Schwiegermutter. »Auf keinen Fall kannst du weiße Calla in einen Brautstrauß binden«, hatte Jutta ihr mit matter Stimme erklärt. »Weißt du denn nicht, dass die weiße Calla eine Todesblume ist?« Nein, wusste sie nicht. In Gedanken zeigte Charlotte der Erinnerung den Mittelfinger.

Jutta war in solchen Dingen bewandert. Sie war höhere Tochter und Arztgattin alter Schule. Charlottes Unkenntnis in Sachen Sprache der Blumen bewies in ihren Augen nur einmal mehr, dass die anstehende Hochzeit ihres kostbaren Sohnes mit einer Säuglingsschwester ein schwerer Fehler war. Aber Jutta wusste auch, wann das Spiel verloren war, und hatte nach etwa einem Jahr ihren Widerstand aufgegeben.

3. KAPITEL

Reinhardt und seine Frau Waltraud, eine niedergelassene Zahnärztin, waren leidenschaftliche Köche und Charlotte freute sich auf den Abend. Es hatte sie einige Jahre ihres Lebens gekostet, Essen wieder zu mögen, und ihre Mutter wurde immer noch nervös, wenn Charlotte mal ein Kilo abnahm.

Jörg ging um den Wagen herum und öffnete die Beifahrertür. In solchen Dingen war er ein Kavalier und wahrscheinlich war sein gutes Benehmen dem Drill ihrer zukünftigen Schwiegermutter zu verdanken. Charlotte stieg aus und dachte an ihren ersten Besuch im Haus des Chefarztes. Sie war so aufgeregt gewesen, dass sie kaum das Haus mit den vielen Erkern und dem verwilderten Vorgarten wahrgenommen hatte.

Kurz zuvor hatte Jörg sie nämlich endlich seinen Eltern vorgestellt. Nach diesem Abend mit verkochten Kartoffeln, wässrigem Rotkohl und geziertem Getue hatte Charlotte verstanden, warum Jörg diese Begegnung so lange hinausgezögert hatte. Er wollte sie nicht verscheuchen.

Da Reinhardt und seine Frau mit Jörgs Eltern befreundet waren, hatte Charlotte sich zum ersten Besuch herausgeputzt wie zum Gartenfest der Queen und sich in Grund und Boden geschämt, als Waltraud ihr in Jeans und Shirt die Tür öffnete.

Trotzdem, oder vielleicht auch gerade deshalb, war es ein netter Abend geworden.

»So sind wir Kinderärzte eben«, hatte Jörg gesagt, als sie später zu Hause mit ihm über die lockere Atmosphäre gesprochen hatte.

»Wir haben dich vermisst.« Reinhardt küsste Charlotte auf die Wangen. Er gehörte zu den wenigen Männern in ihrem Freundeskreis, die das tun konnten, ohne sich zu ihr herabzubeugen. Sein rotblonder Haaransatz wich bis hinter die Schläfen zurück und unter der tomatenfleckigen Schürze wölbte sich ein kleiner Altmännerbauch. Alles an ihm flößte Vertrauen ein und das war etwas, was die Eltern seiner kleinen Patienten unbedingt brauchten: Ärzte und Schwestern, denen sie vertrauten.

Reinhardts Atem duftete nach Wein und Knoblauch. Ein Hauch von Meer und Fisch durchzog das Haus. »Aber ich hab gut auf ihn aufgepasst«, sagte er mit einem Blick in Jörgs Richtung. Ob er wusste, dass Jörg ein Angebot aus Münster hatte? Wenn ja, ließ er es sich zumindest nicht anmerken. Charlotte hätte auch nichts anderes erwartet. Um als Chefarzt eine Abteilung wie die ihre zu leiten, brauchte es mehr als die Fähigkeit, Vertrauen zu wecken.

Reinhardt führte Charlotte auf die Terrasse, wo bereits die anderen Gäste um den riesigen Holztisch saßen. Jörg machte einen Abstecher in die Küche, um Waltraud zu begrüßen.

»Hi.« Charlotte steuerte den freien Platz neben dem rumänischen Kinderarzt an, der in der Abteilung hospitierte und dessen Name so unaussprechlich war, dass er von allen nur Theo genannt wurde. Sofort stand der Arzt auf und rückte ihr den Stuhl zurecht.

»Nice to meet you.«

»Thank you.« Charlotte hatte Englisch als Abiturfach gehabt, trotzdem fühlte sie sich unwohl, wenn sie sich in der fremden Sprache unterhalten sollte. Ganz im Gegensatz zu

Jörg, der einige Zeit in den USA gelebt hatte und ebenso flie-
ßend Englisch sprach wie der Rumäne. Wahrscheinlich würde
es nicht lange dauern und die beiden wären in eine Diskussion über irgendwelche Metastudien versunken. Sie setzte sich
und nickte in die Runde. Ihr gegenüber saßen Ilona und deren
Lebenspartnerin Veronika, die als Ergotherapeutin arbeitete,
und die neue Assistenzärztin, von der Charlotte nur wusste,
dass sie bei den Anthroposophen studiert hatte und Anke
Mayer hieß.

»Vorsicht, heiß und fettig!« Gefolgt von einem kauenden
Jörg kam Waltraud auf die Terrasse und stellte eine riesige Tonschüssel auf den Tisch, in der Spaghetti und Kirschtomaten
dampften.

»Uff, das war schwer.« Sie richtete sich auf und strich sich
mit beiden Händen die kinnlangen dunklen Haare, in die sich
erste graue Strähnen mischten, hinter die Ohren. Wie immer
trug sie die Perlenkette, die sie von ihrer Mutter geerbt hatte,
und dazu passende Perlenstecker in den Ohrläppchen.

»Ich wollte die Schüssel tragen.« Jörg hob lachend die
Hände. »Aber sie hat mich nicht gelassen.«

»Dir kann man vielleicht kranke Kinder anvertrauen«,
schnaubte Waltraud, »aber bestimmt nicht meine Tonschüssel.«

»Was macht die Hochzeit?«, fügte sie an Charlotte gewandt
hinzu.

»Ich wachse an den Herausforderungen.« Charlotte verdrehte die Augen Richtung Abendhimmel, der sich fahlblau
über den Garten spannte.

»Pass auf, dass du Jörg nicht über den Kopf wächst.« Wal-
traud zwinkerte Charlotte zu. Sie selbst war einen Kopf größer
als ihr Mann und verdiente als Zahnärztin auch wohl locker das
Doppelte. Beides tat ihrer Liebe offensichtlich keinen Abbruch.
Wahrscheinlich weil sie beide für das, was sie taten, brannten.
Charlotte dachte an ihre eigenen Eltern, die sich getrennt hat-

ten. Die beiden hatten keinen gemeinsamen Traum vom Leben gehabt.

»Mutter hält sie klein.« Jörg setzte sich neben Charlotte.

»Tja.« Waltraut lachte fröhlich. »Jutta hat schon manchmal etwas von einem Dampfhammer an sich, oder?«

Sie beugte sich vor und schob die Karaffe in Jörgs Richtung. »Kannst du bitte schon einmal auffüllen?«, bat sie ihren Mann, der gerade Ilona etwas erklärte und dazu mit dem Zeigefinger auf dem Tisch herummalte. »Ich schau noch mal nach dem Fisch. Nehmt euch Wein.«

»Ich nicht, danke. Irgendwer hat mir für heute Bereitschaftsdienst verpasst.« Jörg hob abwehrend die Hände.

»Wer mag das nur gewesen sein?«, säuselte Ilona, die die ärztlichen Dienstpläne schrieb, mit leisem Spott in der Stimme.

»Ich liebe dich trotzdem.« Jörg hob sein Wasserglas und prostete ihr zu.

»Ich trinke grundsätzlich keinen Alkohol.« Etwas zu laut lehnte auch Anke den Wein ab.

»So eine Hochzeit kann einen ganz schön schlauchen, was?« Veronika prostete Charlotte zu und leerte ihr Weinglas in einem durstigen Zug. »Das war jetzt nötig«, seufzte sie und stellte das Glas ab. »Meine war eine richtige Bauernhochzeit. Ich war eine Woche betrunken und mein Ex hat vor die Kirche ge… Ups. Passt nicht zu Spaghetti.« Lachend reichte sie Reinhardt ihren Teller.

»Ich befürchte, unsere Hochzeit wird formeller.« Charlotte nippte an ihrem Glas. Der Wein hatte genau die richtige Mischung aus Trauben- und Beerengeschmack und feiner Säure, die sie mochte, trotzdem beschloss sie, sobald wie möglich auf Wasser umzusteigen. Durch ihren Kopf sirrte ein Rauschen und alles um sie herum – die Menschen, die Bäume und selbst ihre eigenen Hände, die das Besteck hielten – war von einer flirrenden Gloriole umgeben. Sie drehte den Stiel des

Weinglases zwischen Zeigefinger und Daumen. Sie hatte sich nie Gedanken über Ilona und deren Lebenspartnerin gemacht. Obwohl sie beide mochte. Offensichtlich hatte Veronika nicht von Anfang an gewusst, dass sie auf Frauen stand. Schon merkwürdig, dachte Charlotte. Aber jetzt war sicherlich nicht der richtige Zeitpunkt, nachzufragen. Vielleicht, wenn sie sich das nächste Mal auf einen Kaffee in der Stadt trafen. Strohwitwentreffen hatte Veronika ihre erste Verabredung genannt. Sie hatten viel Spaß miteinander gehabt, aber wenn sie jetzt so über ihr Treffen nachdachte, hatte Veronika kaum etwas von sich erzählt. Sie allerdings auch nicht. Jeder hatte halt so seine Geheimnisse. Vielleicht hatten Veronikas mit der Bauernhochzeit zu tun. Während sie über Ilonas Lebenspartnerin nachdachte, ließ Charlotte das Gespräch nicht abreißen. »Meine Schwiegermutter in spe ist wild entschlossen, ein gesellschaftliches Ereignis daraus zu machen.«

»Der Fluch der Kleinstadt.« Ilona prostete ihr zu.

»Ich liebe große Hochzeiten.« Anke strahlte Charlotte über den Rand ihres Wasserglases hinweg an. Charlotte lächelte zurück. Sie wusste, wie schwer es war, sich von all diesen selbstbewussten Menschen nicht einschüchtern zu lassen. Zu Anfang hätte sie sich am liebsten in Luft aufgelöst, mittlerweile genoss sie die Einladungen, sofern ihre künftigen Schwiegereltern nicht Teil der geselligen Runde waren. Dann war Eierlaufen auf Nagelbrettern weniger verletzend.

»Ich eigentlich auch«, antwortete Charlotte mit einem Seitenblick zu Jörg. Aber das war vor Juttas Listen, dachte sie und murmelte etwas von einer Menge Arbeit, die so eine Hochzeit mit sich brächte.

»Ich bin ein Totalversager, deshalb hängt alles an ihr.« Jörg legte sein Gesicht in schuldbewusste Falten, was alle zum Lachen brachte.

»Wie wär's mit einem Hochzeitsplaner?«, schlug Veronika

vor und erntete die nächste Lachsalve.

»Heirate ihn einfach nicht.« Reinhardt griff nach dem Vorlegebesteck. »Teller bitte.«

»Du bist ein hoffnungsloser Egoist«, schimpfte Waltraud liebevoll. »Du willst Charlotte ja nur nicht als Schwester verlieren.«

»Erwischt«, brummte Reinhardt und füllte eine großzügige Portion Spaghetti auf Charlottes Teller. »Deshalb füttere ich sie auch gut.«

»Danke.« Sie zog ihren Teller weg, bevor Reinhardt ihr noch mehr auftun konnte, und atmete mit geschlossenen Augen den Duft von Knoblauch und Basilikum ein. »Das riecht wie Urlaub am Meer.«

»Mir nur Nudeln bitte«, sagte Anke. »Ich vertrage keine Tomaten.«

»Wenn die noch einmal was ablehnt, kriegt die keine Planstelle in der Abteilung«, murmelte Jörg über seinen Teller gebeugt.

»Pst!« Charlotte unterdrückte ein Grinsen.

»Gina hat ihre Sache übrigens gut gemacht.« Reinhardt setzte sich, nachdem der letzte Teller gefüllt war, und hob sein Glas. »Obwohl …«

»Nichts anderes habe ich erwartet«, fiel ihm Charlotte ins Wort, bevor er das leidige Thema aufwärmen konnte. »Sie ist super.«

Charlotte nippte an ihrem Wein.

»Du wärst besser gewesen.« Jörg spießte eine Kirschtomate auf und kaute genießerisch. »Was habt ihr damit gemacht?«

»Superkurz in heißem Olivenöl geschwenkt und sie dann mit einem Spritzer Balsamico abgelöscht.« Waltraud hängte die Schürze über den Stuhl und setzte sich nun ebenfalls zu ihren Gästen an den Tisch. »Im Bratschlauch brutzelt Lachsforelle. Ich hoffe, ihr mögt Fisch.«

Während des ersten Ganges drehten sich die Gespräche teils in Englisch, teils in Deutsch um die Arbeit auf der Station. Jörg griff immer wieder nach Charlottes Hand und drückte sie kurz. Das war seine Art, ihr zu zeigen, dass er an sie dachte, auch wenn er jetzt in ein Gespräch vertieft war. Waltraud und Veronika verdrehten die Augen, aber keine der beiden machte den Versuch, der Unterhaltung eine andere Richtung zu geben. Charlotte beschränkte sich darauf, freundlich zu lächeln und dabei den Kopf so wenig wie möglich zu bewegen. Noch immer surrte es in ihrem Schädel und sie war froh, dass niemand sie ansprach.

Jörgs iPhone meldete sich, als Reinhardt die Lachsforelle filetierte.

Charlottes Gabel schwebte in der Luft, während sie Jörgs einsilbigen Antworten lauschte. Das klang nicht gut. Schließlich drückte er das Gespräch weg und legte die Serviette neben den Teller.

»Kein Fisch für mich.« Er steckte sein iPhone ein und schob den Stuhl zurück. »Mich ruft eine dreißigste Woche.«

»Du Ärmster«, sagte Ilona mit einem Augenzwinkern. »Meine Gedanken sind bei dir.«

»Dann schick den Rest von dir doch auch mit und ich bleib hier.« Jörg tat, als wollte er sich wieder setzen.

»Der Rest von mir ist leicht angetütert.« Ilona griff nach ihrem Weinglas.

»Kannst du mich bitte zu Hause absetzen?« Charlotte schob ihren Stuhl zurück. Für einen Augenblick kippte ihr Horizont und sie griff Halt suchend nach der Tischkante.

»Geht's dir nicht gut?« Waltraud musterte sie mit zusammengekniffenen Augen. »Du bist schon die ganze Zeit so still.«

»Tut mir leid. Wahrscheinlich hängt mir der Nachtdienst nach.«

»Vielleicht darfst du ja keinen mehr machen.« Ilona zwinkerte ihr zu.

»Frau Brinkmeyer.« Waltraud verdrehte die Augen.

»Ich bin ja schon still.« Ilona legte ihre Hand auf die ihrer Lebensgefährtin.

»Mir geht's auch immer ganz schlecht, wenn ich Nachtdienst habe«, mischte sich nun auch Anke ein.

Mein Gott, dachte Charlotte, du lässt aber auch wirklich kein Fettnäpfchen aus.

»Werd' mir bloß nicht krank, Mädchen.« Reinhardt lächelte ihr besorgt zu und streckte dann die Hand nach dem Teller der Assistenzärztin aus.

»Bitte keinen Fisch.« Nervös blinzelte Anke zu Reinhardt auf. »Ich esse keine Tiere.«

»Zwei Minuspunkte an einem Abend.« Jörg hielt Charlotte die Wagentür auf. »Diese Mayer wird keine Planstelle in der Abteilung bekommen.«

»Es gehört jetzt nicht zu den schlechtesten Eigenschaften von Assistenzärzten, Vegetarier zu sein und keinen Alkohol zu trinken.« Charlotte hatte das Gefühl, Anke verteidigen zu müssen.

»Mag sein.« Jörg schlug die Tür zu und ging um den Wagen herum. »Aber Genussmenschen wie Reinhardt und Waltraud sehen das anders«, fuhr er fort, als er sich hinters Lenkrad setzte.

»Und weshalb hast du etwas gegen sie?«

»Noch nichts bemerkt?«, fragte Jörg.

»Was denn?«

»Sie gehört zu den ›Wollte ich auch gerade sagen‹-Typen, die sich an jede Meinung anhängen. Solche hab ich echt gefressen.« Jörg startete den Wagen.

»Warum war sie überhaupt eingeladen?«

»Wahrscheinlich wegen Theo.« Jörg drehte sich zu ihr um. »Du siehst wirklich käsig aus.«

»Ich fühl mich auch nicht gut.« Charlotte lehnte sich gegen die Kopfstütze. Das Licht der entgegenkommenden Fahrzeuge verstärkte das Sirren in ihrem Kopf.

»Vielleicht hat ja deine Spirale versagt.« In Jörgs Mundwinkeln lauerte ein Lächeln, als er den Wagen startete.

»Du nicht auch noch.« Charlotte boxte Jörg spielerisch in die Rippen. Sie war froh, dass der Gedanke an eine mögliche Schwangerschaft ihn abgelenkt hatte. Sie wollte nicht, dass er sich Sorgen machte. »Aber wenn sie es tut, bist du bestimmt der Erste, dem Ilona es verraten wird.«

»Ich hab eigentlich damit gerechnet, von dir ins Vertrauen gezogen zu werden.«

»Ach, und ich dachte, du sagst es mir, wenn Ilona es mit ihrem siebten Sinn bemerkt und dir zuerst verraten hat.« Charlotte lachte. In ihren Ohren klang es blechern, doch Jörg schien nichts zu merken. Ilonas Fähigkeiten, Schwangerschaften zu wittern, bevor die betroffenen Frauen von ihrem neuen Zustand wussten, war legendär. »Nein, mir ist nur irgendwie koddrig.«

»Dann haust du dich wohl am besten aufs Ohr.« Für den Rest der Fahrt schwiegen beide. Charlotte schloss die Augen. Sie öffnete sie erst wieder, als der Wagen hielt.

»Schlaf gut«, sagte Jörg und küsste sie auf die Wange. »Warte nicht auf mich. Wenn alles gut läuft, fahre ich nach der Erstversorgung zur Party zurück, vielleicht kann ich dir was vom Nachtisch retten.« Jörg kam um den Wagen herum und ließ Charlotte aussteigen. »Und melde dich unbedingt bei meiner Mutter!«, rief er ihr hinterher. »Sie weiß, dass du nachtdienstfrei hast.«

Charlotte hängte die Tasche an die Garderobe und ging hinüber ins Wohnzimmer. Sie hatte das Gefühl, auf Luftbläschen zu laufen, die unter ihren Füßen waberten.

Ihr Blick fiel auf den Kamin. »Was um …«

Ein etwa sechzehnjähriger Junge lehnte am Kamin. Sein nasses Haar lag wie eine Badekappe um seinen Schädel und von seiner Badehose tropfte Wasser auf das Kaminblech. Tock. Tock.

»Hi.« Der Junge lächelte selbstzufrieden.

»Hi«, antwortete sie völlig überrascht. Sie kämpfte gegen die aufsteigende Panik an. Wieso stand ein tropfnasser Junge vor ihrem Kamin und wie war er überhaupt hereingekommen? Hastig sah sie sich um: Aus keiner Richtung gingen Tropfspuren zum Kamin. Sie musste die Polizei rufen und ihr Smartphone steckte in der Schultertasche. Sie wich einen Schritt zurück.

»Du bist gewachsen.« Der Junge kratzte sich den Bauch. Seine Fingernägel hinterließen verblassende Striemen.

»Gewachsen?«, wiederholte Charlotte. Irgendwie hatte sie das Gefühl, den Jungen zu kennen. Aber woher?

»Ja. Als wir uns das letzte Mal gesehen haben, gingst du mir bis hier.« Seine Hand stoppte knapp oberhalb des Nabels.

»So klein.« Charlotte wich einen weiteren Schritt zurück. Sie hatte immer noch das Gefühl, auf platzenden Luftbläschen zu laufen, und streckte die Hände seitlich aus, um das Gleichgewicht zu halten. Der Junge beobachtete sie, machte aber keine Anstalten, sie zurückzuhalten. Trotzdem wagte Charlotte nicht, sich umzudrehen. Noch zwei Schritte und sie wäre bei ihrer Schultertasche. Ihre Gedanken rasten. Sie musste mit ihm reden. Ihn in Sicherheit wiegen. Aber ihr fiel nichts ein, was sie sagen konnte.

»Und du bist in das Becken für die Schwimmer gesprungen«, sagte der Junge. Eine Erinnerung streifte Charlotte. Sie sah sich selbst mit ausgebreiteten Armen springen.

»Bin ich das?« Einfach wiederholen, was er sagte. Noch ein Schritt und sie müsste auf Höhe ihrer Tasche sein.

»Ja.« Der Junge lächelte sie an. Tock. Tock. Tock. Das Wasser tropfte schneller von seiner Badehose. »Obwohl du nicht schwimmen konntest.«

33

»Nicht schwimmen?« Aus dem Augenwinkel sah Charlotte ihre Schultertasche. Ohne den Jungen aus den Augen zu lassen, schob sie die Hand hinein und tastete nach ihrem Smartphone.

»Kannst du es jetzt?«, fragte der Junge.

»Was?«

»Schwimmen natürlich.«

»Äh ja. Ich …« Charlottes Finger stießen gegen das Smartphone. Endlich. Sie wollte danach greifen, doch ihre Finger gehorchten ihr nicht. Schmerz sirrte in ihrem Kopf. Sie griff sich an die Schläfe.

Der Junge wackelte mit den nackten Zehen. Wasser platschte auf. So viel Wasser. Es leuchtete und glitzerte und tropfte von der Badehose.

Die Luftblasen unter ihren Füßen platzten und Charlotte stürzte zu Boden. Licht regnete auf sie herab, bohrte sich wie Eiszapfen in ihre Haut. Das Sirren sprengte ihren Schädel.

»Ich komm jetzt öfter.« Der Junge kniete jetzt neben ihr, legte ihr die kühle Hand auf die Stirn. Seine Finger hatten die teigige Konsistenz des Todes. Charlotte spürte warme Nässe zwischen den Schenkeln. Sie öffnete den Mund zu einem Schrei, doch nur ein Krächzen entwich ihrer Kehle.

»Es ist gleich vorbei, Charly«, murmelte der Junge und so etwas wie Mitleid lag in seinem Blick.

Charly. Charly. Charly? Das Licht in Charlottes Schädel explodierte.

Blinzelnd öffnete Charlotte die Augen. Der grelle Schein der Deckenlampe blendete sie. Vor Schmerzen stöhnend richtete sie sich auf.

»O Scheiße.« Zitternd starrte sie auf ihre nassen Oberschenkel. Sie hatte eingenässt. Wie ein Kind eingenässt. Charlotte wimmerte. Was war passiert?

Sie musste ohnmächtig geworden sein, sie musste … Charlotte stemmte sich auf die Füße und stolperte ins Bad, starrte in den Spiegel über dem Waschtisch. Eine Spur aus getrocknetem Blut und Speichel lief über ihre Wange. Sie krümmte sich. Der Junge. Die Erinnerung erwischte sie wie ein Faustschlag in den Magen. Was hatte er ihr getan und wo war er? Charlotte stolperte ins Wohnzimmer. Nichts. Keine Spur. Sie starrte auf das Feuerblech vor dem Kamin. Trocken. Wie konnte das sein? Wie spät war es überhaupt? Sie schaute auf ihre Uhr, halb drei. Sie war vor elf zu Hause gewesen und nun war es halb drei? Ein Kribbeln lief über ihre Wirbelsäule. Was war in den letzten Stunden mit ihr passiert?

Erschöpft. Sie war erschöpft gewesen. Dieses Sirren, dieses Licht. Migräne. Das war's! Sie hatte eine heftige Migräneattacke gehabt. Das musste es sein. Die letzten Wochen waren zu viel für sie gewesen. Sie musste es ruhiger angehen lassen. Wieder regelmäßiger essen. Und auf keinen Fall durfte Jörg von ihrem Zusammenbruch erfahren. Niemand durfte davon erfahren. Wie eine alte Frau schlurfte Charlotte ins Bad und zerrte sich die nasse Wäsche vom Körper. Eingenässt. Sie hatte eingenässt wie ein Kind, wie ein … Nicht nachdenken. Migräne. Es war ein Migräneanfall. Es musste einer gewesen sein. Sie hätte die Nächte nicht machen sollen. Es war alles zu viel. Deshalb war es ein besonders heftiger Anfall gewesen. So musste es gewesen sein. So etwas passierte. Gleich nach der Freiwoche würde sie Christa bitten, sie bis zur Hochzeit nicht mehr für den Nachtdienst einzuplanen. Danach würde es wieder gehen, wenn sie erst einmal verheiratet waren und der ganze Rummel der Vergangenheit angehörte.

Nackt und zitternd stand Charlotte im Bad. Migräne. Es war Migräne. Sie verbarrikadierte sich hinter diesem Gedanken wie hinter einer Mauer.

4. KAPITEL

»Hey, du Schlafmaus.« Eine Tasse Kaffee in der Hand, setzte sich Jörg auf die Bettkante. Der Dampf ließ seine Brillengläser beschlagen.

»Boxenstopp.« Er beugte sich vor, um ihr einen Kuss auf die Stirn zu drücken. Wassertropfen fielen aus seinem Haar auf ihren Hals. Die Erinnerung an ihre Migräneattacke strampelte sich ihren Weg in Charlottes Bewusstsein, während sie sich schlaftrunken aufsetzte.

»Ich muss gleich wieder in die Klinik. Der dreißigsten Woche geht's nicht so gut. Vorzeitige Plazentalösung. Die haben das Kind per Notkaiserschnitt rausgeholt.«

»Ach herrje!« Charlotte war froh, an etwas anderes denken zu können als an das, was ihr letzte Nacht passiert war. »Und die Mutter?«

»Auch auf Intensiv. Apropos Mutter. Denkst du an meine?«

»Gibst du mir einen Schluck?« Charlotte nahm ihm den Kaffeebecher aus der Hand. Während der Kaffee ihre Kehle herunterrann, lauschte sie ängstlich in sich hinein. Bis auf den trockenen Hals fühlte sie sich wohl wie seit Langem nicht mehr. Wahrscheinlich hatte sich diese Migräneattacke schon seit Wochen aufgebaut und jetzt war ihr Hirn wieder entspannt.

»Und was planst du sonst noch an deinem freien Tag?« Jörg nahm ihr den Kaffeebecher aus der Hand und leerte ihn mit zurückgelegtem Kopf.

»Anprobe mit meiner Mutter.« Charlotte seufzte. Ihr Traum in Weiß wuchs sich langsam, aber sicher zu einem Albtraum aus.

»Grüß Elli von mir.« Jörg stellte den Becher aufs Nachtschränkchen und stand auf. Sofort vermisste Charlotte das Gewicht seines Körpers auf ihrer Matratze.

»Mach ich. Sie wird bestimmt fragen, ob wir Sonntag zu ihr zum Essen kommen.«

»Wenn ich's schaffe, ja, aber so wie die dreißigste Woche sich im Moment aufführt, werde ich das Wochenende mal wieder auf der Station verbringen. Die Neue hat Dienst und die kann nicht mal eine Antibiose ausrechnen. Versprich mir eins.« Mit beiden Händen umfasste Jörg Charlottes Gesicht. Ernst wie selten schaute er ihr in die Augen.

»Was denn?« Charlotte fühlte sich unbehaglich unter seinem forschenden Blick. Ob er etwas ahnte?

»Krieg bloß kein Frühchen.«

»Neoschwestern kriegen keine Frühchen, weißt du doch.«

»Doof, oder?« Jörg rieb sich die Nasenwurzel. »Ich liebe es, ihnen zu helfen, aber der Gedanke, selbst eins zu haben … Gruselig. Aber so sind wir Ärzte wohl, wir sind lieber auf der anderen Seite der Krankheit.«

»Niemand wünscht sich ein Frühchen.« Oder eine kranke Frau. Woher kam dieser Gedanke? Migräne. Es war nur eine schlimme Migräne gewesen. Charlotte zwang sich zu einem Lächeln.

Wenig später schlug die Wohnungstür hinter Jörg zu und sie tappte ins Bad, warf das auf dem Boden liegende feuchte Handtuch in den Wäschekorb und drehte den tropfenden Wasserhahn ab.

In der Küche schaltete sie erst das Radio aus und dann die Kaffeemaschine ein, um sich noch einen Kaffee zu kochen. Das gurgelnde Wasser übertönte das Ticken der Küchenuhr.

Ihr Smartphone klingelte, als sie mit einem Becher Kaffee und einem Buttertoast in der Hand am Küchentisch saß.

»Hallo Mama.«

Während Charlotte ihrer Mutter zuhörte, die über Kleider, Anproben und Blumenschmuck redete, wuchs das Bedürfnis in ihr, mit ihr zu reden. Sie wollte ihre Angst weiterreichen, sie teilen, halbieren, loswerden. Charlotte presste die Lippen zusammen. Doch auf keinen Fall würde ein Gespräch mit Elli ihre Sorgen halbieren. Eher verdoppeln. Früher hätte sie Raphaela angerufen. Aber die war in Australien. »Es muss etwas anderes als dieses Leben geben«, hatte sie ein Jahr nach dem Examen erklärt, den Job gekündigt, die Wohnung aufgelöst und sich von ihrem Freund getrennt. »Komm mit!«, hatte sie gesagt und eine Nacht hatte Charlotte wirklich mit sich gerungen, aber dann war ihr klar geworden, dass sie nicht weggehen wollte, weil sie bereits angekommen war. Trotzdem war Sehnsucht in ihr aufgestiegen, als sie Raphi zum Flughafen brachte. Jörg begleitete sie. Vielleicht hatte er Angst, dass sie schwach werden würde. Vielleicht wollte er auch nur sicher sein, dass Charlottes flippige Freundin auch wirklich abhob. Schließlich wusste er nicht, dass Charlotte ohne Raphi nie den Weg aus der Magersucht gefunden hätte. Er wusste nicht einmal etwas von ihrer Magersucht. Manchmal fühlte sich Charlotte schlecht. Sie hatte es ihm ja sagen wollen, nur war irgendwie nie der richtige Zeitpunkt gewesen. Und dann war ein Jahr vergangen und es erschien ihr zu spät, noch mit der Wahrheit herauszurücken. Außerdem, hatte ihre Mutter gemeint, sei es nur eine Ernährungsstörung gewesen, kein bisher verheimlichtes Kind oder ein Exmann. Damit war damals die Entscheidung gefallen.

»Hörst du mir eigentlich zu?«, fragte Elli.

»Ja, Mama.« Nachdem Charlotte zweimal versprochen hatte, auch bestimmt pünktlich zu sein, drückte sie das Gespräch weg und stellte ihre Tasse in die Spülmaschine. Wenig später stand sie ausgehfertig in der Wohnungstür. Haustürschlüssel: Check. Autoschlüssel: Check. Irgendwann färbten die ständigen Sicherheitskontrollen einer Intensivstation auf den Alltag ab und wenn es nur in Gedanken war. Telefon. Telefon?

»Verfluchte Scheiße«, murmelte Charlotte, während sie in ihrem Rucksack kramte. Schließlich hängte sie ihn über den Rücken und rannte zurück in die Küche, wühlte sich durch die Zeitungen, die auf dem Tisch lagen, suchte unter dem Stuhl, sah im Hochkommen die Tasse, die an der Spüle stand. Das konnte nicht sein. Trotzdem öffnete sie die Klappe der Spülmaschine. Das Smartphone lag neben Jörgs Engelsbecher, dort, wo eigentlich ihre Tasse stehen sollte. Wie doof durfte man sein?

»Ich dachte schon, du kommst nicht mehr.« Elli ging im Pass-Schritt vor dem Wohnhaus der Schneiderin auf und ab.

»Tut mir leid.« Hastig umarmte Charlotte sie und atmete den Duft nach Chanel Coco Mademoiselle ein, der zu ihrer Mutter gehörte wie die randlose Brille.

»Ich hoffe, das Kleid sitzt diesmal richtig.« Elli drückte länger als notwendig auf den Klingelknopf. »Ich weiß nicht, ob diese Bian Thao das nicht alles mit Absicht macht, um den Preis in die Höhe zu treiben. Wie geht's Jörg?«

»Ich hab übrigens mit Papa gesprochen.« Charlotte hatte weder Lust, in die Litanei ihrer Mutter über die vermeintliche Unfähigkeit der Schneiderin einzustimmen, noch wollte sie ihr die Gelegenheit geben, Jörg zu bedauern.

»Und? Gibt Rudolf dir Geld?«

»Wir sind schon selbst in der Lage, unsere Hochzeit zu finanzieren, und außerdem übernehmen Jörgs Eltern das Büfett.«

Der Summer sirrte und Charlotte folgte ihrer Mutter in den Hausflur. Es roch nach Kardamom und Curry.

»Schlimm genug«, wetterte Elli, die ihrem Exmann immer noch übel nahm, dass er eine sichere Anstellung in einem Küchenstudio gegen das unsichere Gewerbe eines Möbelrestaurators eingetauscht hatte. Diese Entscheidung von Charlottes Vater war dann auch das Ende der Ehe ihrer Eltern gewesen.

»Was müssen Jörgs Eltern von uns denken.«

»Das kann dir doch egal sein«, widersprach Charlotte. »Es sind ja nicht deine Schwiegereltern.« Sie hasste es, wenn Elli über ihren Vater herzog. Die Stunden mit ihm in seiner Werkstatt gehörten zu ihren schönsten Erinnerungen. Sie hatte es geliebt, zu bohren und zu leimen und dabei Lakritz zu futtern. Sie fragte sich, ob sie ihren Körper weniger gehasst hätte, wenn sie bei ihrem Vater aufgewachsen wäre. Der Gedanke streifte sie wie so oft und wie so oft schob sie ihn schnell zur Seite. Es war ungerecht, Elli die Schuld an ihrer Essstörung zu geben. Wenn jeder, der mit vierzehn Jahren nicht werden wollte wie die eigene Mutter, aufhören würde zu essen, wäre die Menschheit schon ausgestorben.

»Aber deine, und ich will nicht, dass sie denken, wir würden uns nicht …«

»Jutta denkt sowieso, was sie will.«

»Na ja, sie ist halt …« Elli suchte offenbar nach Worten, um die zukünftige Schwiegermutter ihrer Tochter zu beschreiben. »… ein typisches HWS-Syndrom.«

»Ein was?« Charlotte schüttelte lachend den Kopf. Was hatte Jutta mit einem Halswirbelsyndrom gemeinsam?

»Na ja, steif wie ein Stock und immer von oben herab«, murmelte Elli.

»Du musst es ja wissen.«

»Tu ich auch«, beharrte Elli, die seit ihrer Scheidung als Sprechstundenhilfe in einer orthopädischen Praxis arbeitete.

»Nicht ganz unzutreffend, die Beschreibung«, räumte Charlotte ein, »aber ich schätze, Jutta würde sich selbst wohl eher als Dame bezeichnen.«

»Die hat gut Dame sein«, schnaubte Elli asthmatisch. Die Schneiderin wohnte in der dritten Etage und das Haus hatte keinen Aufzug. »Die hat in ihrem Leben noch keinen Tag gearbeitet.«

»Du bist neidisch«, stellte Charlotte fest. Sie blieb stehen, um ihrer Mutter Gelegenheit zu geben, wieder zu Atem zu kommen. Auch ihr tat die Pause gut, ihre Oberschenkel brannten. Mein Gott, dachte sie. So langsam könnte dieser Muskelkater aber auch verschwinden.

»Quatsch«, schnaubte Elli.

»Du hast auch keinen Grund dazu«, sagte Charlotte. »Immerhin stehst du auf eigenen Füßen und bist nicht von den Launen eines Paschas abhängig.«

»Das war nicht immer einfach.« Elli drehte sich auf dem Treppenabsatz um. Ihre Stimme klang zwar atemlos, aber um Elli zum Schweigen zu bringen, reichte eine Treppe nicht aus. »Mit Kind und so.«

»Ich weiß.« Charlotte hatte oft genug gehört, was ihre Mutter alles für sie geopfert hatte und wie undankbar es sei, sich einfach aus dem Leben hungern zu wollen. Die Psychologin hatte ihre liebe Not mit Elli gehabt. Aber so war ihre Mutter. Alles, was man nicht spritzen, quaddeln oder auf die Streckbank packen konnte, verstand sie nicht.

»Sei froh, dass du das nicht nötig haben wirst. Jörg verdient genug.«

»Das bedeutet doch nicht, dass ich zu Hause bleibe.«

»Wir sprechen uns wieder, wenn erst einmal ein Kind da ist.«

»Hi.« Charlotte begrüßte Bian Thao, die in der Tür auf sie wartete.

»Du sein schwanger?« Bian Thao, die die letzten Worte mitbekommen hatte, riss die Augen auf. »Auweia«, jammerte sie. »Kleid auf Taille gearbeitet.«

»Keine Panik.« Charlotte folgte der Schneiderin ins Wohnzimmer. Von einer Schale, die auf einem mit Papierblumen geschmückten Sideboard stand, stieg ein dünner Rauchfaden in die Höhe. Es duftete nach Kräutern.

An der Tür zur Küche hing Charlottes Brautkleid. Es war ein schmal geschnittener Traum mit einer perlenbestickten Blumengirlande aus grauer Spitze, die an der linken Hüfte begann und über die rechte Schulter rankte.

»Aber was machen Sie denn?« Elli lief zum Fenster und öffnete es weit. »Das Kleid fängt doch an zu riechen. Was ist das überhaupt?« Sie schnüffelte missbilligend.

»Verzeihung.« Bian Thao verneigte sich vor ihr. »Ich … mein Bruder, er ist …« Sie zog ein Taschentuch aus dem Ärmel und wischte sich die Augen.

Erst jetzt sah Charlotte die geröteten Lider. »Wir können morgen wiederkommen.« Sie wich zur Tür zurück.

»Red keinen Unsinn«, widersprach Elli. »Nächsten Monat ist die Trauung.«

»Ja. Ja. Natürlich.« Die Handflächen gegeneinandergelegt, verneigte sich Bian Thao. »Wir gehen anderes Zimmer, okay?«

»Wenn es Ihnen wirklich nichts ausmacht.« Charlotte warf ihrer Mutter einen wütenden Blick zu.

»Nein. Nein«, widersprach Bian Thao. »Natürlich. Kleid muss fertig sein.«

»Was ist denn mit Ihrem Bruder?«

»Mama! Bitte!«

»Nein. Nein. Ist gut.« Wieder verneigte sich Bian Thao vor Elli. »Nur Erinnerung. Schwere Zeit damals. Heute Jahrestag.«

»Was für ein Jahrestag?« Elli drängte sich hinter Charlotte in das Schlafzimmer der Vietnamesin. Sie kam überhaupt nicht auf die Idee, dass sie eine Grenze verletzte.

»Mama!« Charlotte hätte sich am liebsten in Luft aufgelöst.

»Entschuldigung. Nicht aufgeräumt.«

»Kein Problem.« Charlotte sah sich um. Nicht aufgeräumt?

Nirgendwo in diesem Raum lag etwas herum, nicht einmal Staub. Sie dachte an das allgegenwärtige Chaos in ihrer eigenen Wohnung und schrieb im Geist ein Memo an sich selbst: Lass nie eine Vietnamesin in deine Wohnung. Bian Thao zog einen Paravent von der rot lackierten Wand und klappte ihn auf. »Bitte.«

»Ja. Danke.« Charlotte schob sich hinter den Paravent. Auch wenn Bian Thao sie in ihr Schlafzimmer eingeladen hatte, fühlte sie sich als Eindringling. Sie hätte ihre Mutter nicht mitnehmen sollen. Elli stand vor einem goldgerahmten Foto, das unzählige Menschen auf einem Frachtschiff zeigte. Charlotte öffnete den Reißverschluss ihrer Jeans und stolperte beim nächsten Satz ihrer Mutter fast über das Hosenbein.

»Ach, gehören Sie zu diesen Bootsflüchtlingen?«

»Mama! Kannst du mir mal bitte eben helfen?« Hitze stieg ihr in die Wangen. »Du kannst sie doch nicht so ausfragen«, zischte sie, kaum dass Elli hinter dem Paravent auftauchte.

»Was du immer hast«, zischte Elli zurück und fragte mit erhobener Stimme: »Das konnte ich doch fragen, oder, Bian Thao?«

»Ja. Ja. Nicht schlimm«, versicherte die Vietnamesin eilfertig.

Charlotte konnte direkt hören, wie die Schneiderin sich verbeugte.

»Hilf mir bitte mit dem Kleid.« Charlotte hob die Arme. Sie hielt ihre Mutter wohl besser beschäftigt, bevor die noch in weitere Fettnäpfchen trat.

Der Stoff fühlte sich angenehm kühl auf der Haut an. Charlotte schloss die Augen. Es ist nur ein Kleid, dachte sie, und doch fühlte sie sich verzaubert. Während Elli ihr das Mieder schnürte, malte Charlotte sich aus, wie sie am Arm ihres Vaters durch die Kirche schreiten würde. Jörg würde sie erwarten und ihr die Hand entgegenstrecken.

»O nein!«, jammerte Elli.

»Was ist?« Alarmiert riss Charlotte die Augen auf.

»Nicht okay?«, fragte Bian Thao ängstlich.

»Du isst nicht.« Elli und Charlotte starrten sich im Spiegel an. Charlotte sah die Angst in den Augen ihrer Mutter.

»Das ist nicht wahr.« Charlotte legte die Hände auf ihr dürftiges Dekolletee. Sie aß wirklich. Zumindest wenn Jörg zu Hause war. Sie wollte nicht verschwinden. Sie wollte heiraten. Tränen stiegen ihr in die Kehle. Das Kleid hing an ihr wie ein Sack.

»Was machen wir nur, Bian Thao?«

»Wird okay.« Die Schneiderin klappte den Paravent zusammen. »Nur wenig hier.« Sie schob die Hände unter Charlottes Arme und fasste an beiden Nähten den Stoff zwischen Zeigefinger und Daumen. »Siehst du. Alles gut.« Sie zog Stecknadeln aus dem Nadelkissen an ihrem Handgelenk und der seidige Stoff schmiegte sich wieder wie eine zweite Haut an Charlotte.

»Du musst gut essen. Viel Reis und viel Schwein. Fettes Schwein. Okay? Schwein macht stark. Mein Bruder hat nie Schwein gegessen.«

»Aber deshalb stirbt man doch nicht«, widersprach Elli.

»Doch, doch.« Bian Thao hob die Schultern. »Welle hat ihn über Bord gespült.«

»Wie schrecklich«, sagte Charlotte hastig, bevor Elli den Mund aufmachen konnte.

»Ja, schrecklich«, murmelte Bian Thao und verneigte sich wieder. »Thien Chim war guter Junge.«

»Unser Bernd ist auch ertrunken«, sagte Elli, die es nicht ertrug, wenn ein Gespräch an ihr vorbeiging.

»Wer ist Bernd?« Eine Erinnerung klopfte an Charlottes Stirn.

»Weißt du doch. Der Sohn von Tante Margret. Ein netter Junge. Du wolltest ihn heiraten.« Elli lachte.

»Ich wollte was?« Charlotte hob die Arme, damit Bian Thao neue Abnäher stecken konnte.

»Du warst ganz verrückt nach ihm. Kaum sechs Jahre alt und schon verliebt. Ich erinnere mich: Einmal haben wir ihn im Freibad getroffen und du hast dich an den armen Jungen gehängt wie eine Klette. Nicht einen Schritt konnte er ohne dich tun. Seine Freunde haben ihn schon ausgelacht. In seiner Not ist er ins Schwimmerbecken gesprungen. Und du?« Elli wartete, bis Bian Thao aufsah, bevor sie fortfuhr. »Nichts wie hinterher.«

»Ins Schwimmerbecken?« Charlotte starrte auf ihr Spiegelbild, sah den nassen Jungen, hörte seine Stimme. *Kannst du es jetzt?*

»Einfach so«, fuhr Elli kopfschüttelnd fort. »Hat der Bademeister vielleicht ein Theater gemacht. Er hätte uns beinahe aus dem Bad geschmissen.«

»Woran ist er gestorben?«

»Einfach so ertrunken, obwohl er schwimmen konnte.«

»Wie schrecklich«, murmelte Bian Thao an den Stecknadeln vorbei, die zwischen ihren Lippen steckten. »Nicht gut an Tote denken. Bringt Unglück.«

»Sie denken doch auch an Ihren Bruder.« Elli klang ein wenig beleidigt.

»Wann soll ich zur nächsten Anprobe kommen?«, unterbrach Charlotte die beiden.

»Du bist so wunderschön.« Wieder begegneten sich Charlottes Blick und der ihrer Mutter im Spiegel. Diesmal schimmerten in Ellis Augen so viel Stolz und Liebe, dass Charlotte Tränen der Rührung kamen. Ganz egal, wie unmöglich Elli sich manchmal benahm, sie würde immer für sie da sein. Charlotte drehte sich um und schlang die Arme um ihre Mutter.

»Aua. Du pikst ja.« Lachend löste sich Elli aus der Umarmung, doch auch in ihren Augen glänzten Tränen.

5. Kapitel

Charlottes Freiwoche war so angefüllt mit Hochzeitsvorbereitungen, dass sie froh war, als sie am Montag zum Spätdienst
fahren konnte. Sie hatte einiges mit Jörg zu besprechen und
hoffte, dazu im Dienst Zeit zu finden. Außerdem musste sie
Christa breitschlagen. Kein Nachtdienst mehr. Sie hatte es sich
geschworen.

Direkt nach der Übergabe sprach sie ihre Chefin an.

»Bist du schwanger?« Christa holte den Dienstplan aus der
Schublade.

»Nein, aber nach der letzten Nachtschicht hatte ich fürchterliche Migräne.«

»Das ist blöd. Jetzt wo Heike im Beschäftigungsverbot ist,
wird's langsam knapp.«

»Ich könnte doch tauschen. Vielleicht würde Gina meinen
Nachtdienst übernehmen.«

»Aber sie hat bei Weitem nicht deine Erfahrung.« Wenn
Christa etwas nicht wollte, fing jeder ihrer Sätze mit *aber* an.

»Sie ist erfahren genug. Außerdem hätte sie ja mit Hanne
Dienst.«

»Aber ...« Christa gingen die Argumente aus. Sie war kein
schlechter Kerl, nur getrieben von einem Dienstplan, in dem

es immer mehr Dienste zu besetzen galt, als sie Leute zur Verfügung hatte. »Gina tauscht sowieso ständig.«

»Ja, schon.« Auch Charlotte war bei der Suche nach einem Tauschpartner aufgefallen, dass Gina viele Dienste gewechselt hatte.

»Habt ihr Krach?«

»Wie kommst du darauf?«

»Weil sie alle Dienste getauscht hat, in denen du Schichtleitung bist.«

»Du siehst Gespenster.«

»Also von mir aus.« Christa hob resignierend die Schultern. »Ruf sie halt an.«

Die Kollegin war bereit, die Dienste zu tauschen, wenn Charlotte dafür heute ihre Rufbereitschaft übernehmen würde.

»Das würde mir sehr helfen«, bat Gina, und Charlotte stimmte sofort zu. Erst als sie auflegte, fiel ihr ein, dass heute einer der wenigen Abende war, an denen Jörg keinen Bereitschaftsdienst hatte.

»Macht sie's?«, fragte Christa, als Charlotte das Mobiltelefon auf den Tisch legte.

»Ja.« Charlotte nickte. Sie hasste es, jemandem Ungelegenheiten zu bereiten. »Ist ja nur bis zur Hochzeit, bitte.« Charlotte wusste, dass Christa das Unmögliche möglich machen würde. »Wenn wir aus dem Urlaub zurück sind, kannst du mich wieder ganz normal einplanen.«

»Bis das Baby kommt.« Christa beugte sich vor und änderte die Dienste im Plan. Nur sie beide saßen in der Stationsküche. Die Ärzte waren zu einer Besprechung verschwunden und die anderen Kolleginnen versorgten bereits ihre Patienten oder hatten sich auf eine schnelle Zigarette verdrückt.

»Lass mich erst mal die Hochzeit überstehen.«

»Und dann schwirrst du ab nach Münster.«

»Wie kommst du denn darauf?« Charlotte verschluckte

47

sich fast an ihrem Hagebuttentee. Seit Tagen schmeckte Kaffee für sie wie mit Magensäure gekocht. Vielleicht war sie ja doch schwanger. Ganz sicher konnte man bei einer Spirale schließlich nie sein. Und ihre müsste Ende Oktober raus und dann wollten sie es einfach drauf ankommen lassen. Ein Sommerkind wäre schön.

»Ein Vögelchen hat's mir gezwitschert.« Christa stand auf und stellte ihre Tasse in die Spüle. »Man weiß halt nie, wer hinter einem in der Schlange am Büfett steht.«

»Es ist noch nichts entschieden.«

»My lips are sealed.« Seit Christa mit einem Stipendium der Robert Bosch Stiftung in den USA gewesen war, liebte sie solche Amerikanismen. »Hauptsache, du bleibst mir erhalten.«

»Ich hab nicht die Absicht, wegzugehen. Das hier ist …« Charlotte sah sich um: die verschmierten Gläser mit Brombeer-Hagebutten-Marmelade, selbst eingekocht von Karin; das dreieckige Service, das Ilona der Station zu Weihnachten geschenkt hatte; die Fotowand mit den Babybildern; die Grußkarten dankbarer Eltern; der Zentralmonitor; die zerlesenen Klatschzeitschriften, die Hanne immer zum Nachtdienst mitbrachte. Das alles gehörte seit ihrem Examen vor acht Jahren so sehr zu ihrer Welt, dass es ihr die Kehle zuschnürte, wenn sie nur daran dachte, es aufgeben zu müssen.

Christa lehnte ihr ausladendes Hinterteil gegen die Spüle. Seit sie die fünfzig überschritten hatte, ging sie auf wie ein Hefekuchenteig. »Was sagt denn eigentlich Jörg dazu, wenn du Ginas Dienste übernimmst?«

»Was soll er sagen?« Charlotte hob die Schultern.

»Nicht, dass er mir wieder die Schuld gibt.«

Ein Monitoralarm erlöste Charlotte.

Jörg war alles andere als begeistert, als er von Charlottes verändertem Dienstplan erfuhr. Vor allem, als sie ihm dann auch noch beibringen musste, dass sie außerdem Rufbereitschaft hatte. Sie hatte einfach nicht ablehnen können.

»Heute ist der einzige Abend in der Woche, an dem ich keinen Bereitschaftsdienst habe«, maulte Jörg. »Konnte denn keine andere Rufdienst machen?«

»Das Problem ist, dass Heike im Beschäftigungsverbot ist. Es sind nicht mehr genug Schwestern da, und wenn es dann mal ruhiger ist, nimmt Christa halt Leute aus der Schicht. Und außerdem: Bisher musste ich, wenn ich Rufdienst hatte, äußerst selten in die Klinik.«

Jörgs vorwurfsvollen Blick vermeidend, packte Charlotte ihren Korb und verließ mit ihm die Station. Sie wusste selbst nicht, warum sie log. Warum sagte sie ihm nicht einfach: »Ich kann nicht mehr. Es ist alles zu viel.«

»Der nächste Dienstplan wird besser.«

»Auf meinem nächsten Dienstplan steht nur Urlaub und ich hoffe, auf deinem auch.« Jörg blieb vor der Klinik stehen. Hier trennten sich ihre Wege, Charlottes Peugeot stand auf dem öffentlichen Parkplatz, während Jörg zum Ärzteparkplatz musste. Eine Zeit lang hatten sie versucht, zusammen zu fahren, aber irgendwie endete das immer damit, dass entweder eine der Kolleginnen Charlotte nach Hause brachte, oder sie ein Taxi nehmen musste. Ärztliche Dienstzeiten waren eben eher so etwas wie eine Mindestanwesenheitsgarantie. Es kam selten vor, dass einer der Ärzte die Station pünktlich verließ.

»Und während hier alle knechten, brettern wir auf unseren Harleys am Pazifik entlang.« Jörg wischte sich mit der Hand übers Gesicht. Graue Ränder unter den Augen und Furchen in den Mundwinkeln zeugten von den schlafarmen Nächten, die er hinter sich hatte.

»Ich wünschte, die Hochzeit wäre schon vorbei.« Charlotte peinigte das schlechte Gewissen. Wieso hatte sie nur getauscht? Es war so rücksichtslos von ihr.

»Es wird bestimmt toll, Schatz.« Jörg schlang die Arme um sie. »Wir werden uns bei Vollmond am Strand lieben und …«

»… dabei von Sandflöhen gebissen.« Charlotte stellte sich auf die Zehenspitzen und hauchte einen Kuss auf die Narbe, die seine linke Augenbraue teilte und die er einem Skateboardunfall verdankte. Sie liebte alles an ihm: die blauen Augen, das breite Kinn und selbst seine Schusseligkeit in Alltagsdingen.

»Kinderkrankenschwestern sind so pragmatisch.« Jörg beugte sich vor und biss sie zart in die Nase.

»Vor allem, wenn sie Rufbereitschaft haben.« Charlotte kramte ihre Autoschlüssel aus dem Korb und winkte Jörg zum Abschied. »Der Erste kocht Tee.«

Der Anruf riss sie aus Jörgs Armen. Noch verwirrt vom ersten Schlaf und mit einem klebrigen Gefühl zwischen den Schenkeln zerrte sie sich die Jeans über die Hüften.

»Was'n los?«, nuschelte Jörg und tastete nach seiner Brille.

»Keine Ahnung.«

»Soll ich …?«

»Schlaf weiter.« Charlotte beugte sich vor und küsste ihn. Die Konturen seines Gesichtes schimmerten im Mondlicht.

Ilona und Karin kehrten bereits mit einem vitalen Frühchen aus dem Erstversorgungsraum zurück, als Charlotte schwitzend und außer Atem auf der Station eintraf.

»Welche Kinder soll ich versorgen?«

»Bist du nicht ein bisschen jung für Schweißausbrüche?« Reinhilde, die ältere Kollegin, die auf der Station die Stellung gehalten hatte, stand am Inkubator der dreißigsten Woche, die sich so schwer ins Leben kämpfte.

»Was kann ich tun?« Charlotte wischte sich mit einem Papiertuch über den Nacken. Ihr Kopf schmerzte und um Reinhildes Hände flimmerte ein silberner Rand.

»Hilf bei der Neuaufnahme.« Reinhilde schloss die Inkubatorklappen und desinfizierte sich die Hände. »Ich komm schon zurecht.«

Charlotte fügte sich. Reinhilde war vom alten Schlag und brauchte nie Hilfe. Man munkelte, sie könnte mit einer Hand Spritzen aufziehen und mit der anderen ein Kind wiederbeleben. Das war natürlich maßlos übertrieben, aber Charlotte hatte schon so manchen Nachtdienst mit der Kollegin gemacht und in langen ermüdenden Nächten zugehört, wenn sie von den alten Zeiten erzählte, in denen sie allein die ganze Station mit neun beatmeten Patienten geschmissen hatte, während Ärzte und Kolleginnen mit Transportinkubator und Blaulicht durch die Nacht rasten. Seufzend wandte sich Charlotte ab. Schmerz rieselte durch ihr Hirn wie Sand von einer Düne.

»Lässt sie dich nicht helfen?« Karin schloss ein Namensbändchen um das Handgelenk des Kindes.

»Reinhilde und helfen?« Charlotte verzog den Mund zu einem Grinsen. »Finde den Fehler in diesem Satz.« Und dafür hatte sie sich aus dem Bett gequält.

»Wenn du magst, kannst du mir eine Infusion aufziehen. Aber sag mal«, Karin musterte Charlotte. »Geht's dir nicht gut? Du siehst echt scheiße aus.«

»Migräne«, murmelte Charlotte.

»Du könntest auch den Erstversorgungsplatz checken, dann zieh ich auf.«

»Danke.« Charlotte drehte sich um. Aufräumen war eine gute Idee. Besser als konzentriertes Mischen von sterilen Lösungen.

Tock. Tock. Tock.

Charlotte fuhr herum. Die Arme locker vor der Brust verschränkt, stand Bernd vor ihr und musterte sie mit seitlich geneigtem Kopf. Um seine Füße bildete sich eine schimmernde Wasserlache. Einer der Fußnägel war schwarz verfärbt. Das muss ja wehtun, dachte sie noch und stürzte in die Dunkelheit.

6. Kapitel

»Was ist passiert?« Jörg stürmte ins Zimmer.

Wenn ich das wüsste, dachte Charlotte. Seit sie in diesem Zimmer aufgewacht war, zermarterte sie sich den Kopf. Doch sie erinnerte sich nur an das Tröpfeln und dann Schwärze. Und dann Einzelzimmer. Privatstation. Infusionsschlauch im Handrücken und das gleichmäßige Tröpfeln eines Wasserhahns im Ohr.

»Gut, dass du da bist.« Ilonas Kopf tauchte hinter Jörgs Schulter auf. Die beiden füllten das Zimmer mit ihrer Sorge und Charlotte verspürte den dringenden Wunsch, unter ihrer Bettdecke zu verschwinden. Sie hasste es, wenn Ärzte auf sie herabschauten. Selbst wenn einer der Ärzte ihr Verlobter war. Es erinnerte sie zu sehr an damals, als hungern für sie so selbstverständlich gewesen war wie atmen. Der Oberarzt, ein dicklicher Mann mit unordentlichen grauen Locken, hatte strikte Bettruhe angeordnet. Studentische Aushilfen und Auszubildende, die kaum älter waren als sie selbst, hatten Tag und Nacht neben ihrem Bett gesessen, um aufzupassen, dass sie keine unnötigen Kalorien verbrauchte und das wenige Essen, das sie zu sich nahm, nicht wieder ausspuckte.

Jörg griff nach ihrer Hand und seine suchenden Finger fanden ihren Puls.

»Lass das!« Charlotte zwängte die Mundwinkel zu einem Lächeln, um ihren Worten die Schärfe zu nehmen. Jörg konnte schließlich nicht ahnen, wie sehr diese Situation sie an die schlimmste Zeit ihres Lebens erinnerte. Er machte sich halt Sorgen.

»Es ist nur ein Kreislaufkasper«, fügte sie hinzu. »Ich hätte die Bereitschaft nicht machen sollen.« Der letzte Satz war ein Zugeständnis an ihn.

»Karin fühlt sich auch ganz schlecht, weil sie dich aus dem Bett geholt hat.« Ilona beugte sich vor und tätschelte mütterlich Charlottes Hand. Immerhin tastet sie nicht nach meinem Puls, dachte Charlotte, trotzdem zog sie die Hand weg.

»Sie hat alles richtig gemacht«, antwortete Charlotte und fügte hinzu: »Ich möchte nach Hause.« Was wie eine Feststellung klingen sollte, kam als Jammern über ihre Lippen.

»Kommt gar nicht infrage. Wir zwei«, Ilona drängte Jörg zur Tür, »gehen jetzt. Was du brauchst, ist Ruhe, und die kriegst du am besten hier.« Bevor Charlotte etwas entgegnen konnte, schloss sich die Tür hinter Ilona und Jörg.

Charlotte versuchte, sich aufzurichten, aber ihre Arme gaben einfach unter dem Gewicht ihres Körpers nach. Wütend kniff sie die Augen zusammen. Was fiel Ilona eigentlich ein? Sie konnte doch nicht einfach über ihren Kopf hinweg entscheiden. Sie war kein unmündiges Kind. Und was war mit Jörg? Warum hatte er sich von Ilona aus dem Zimmer schieben lassen? Wie Ameisenheere kribbelten Angst und Wut in Charlotte. Sie lauschte, hörte die murmelnden Stimmen und verstand kein Wort. Sie schloss die Augen. Wahrscheinlich würde Ilona den Vorfall unnötig dramatisieren, damit Jörg sie auf keinen Fall mit nach Hause nahm. Dabei ging es ihr gut. Die Kopfschmerzen waren fort und nichts und niemand schimmerte.

Tock. Tock.

Keuchend riss Charlotte die Augen auf. Das Herz trommelte gegen ihren Brustkorb, bis sie den tropfenden Wasserhahn sah. Kein Bernd lauerte in einem Winkel des Patientenzimmers. Tränen strömten über ihre Wangen. Nichts war gut.

Jörg kehrte allein zurück. Charlotte versuchte, aus seinem Gesichtsausdruck zu lesen, was Ilona gesagt hatte. Vergeblich. Er sah aus, als hätte er jeden Gesichtsmuskel an den richtigen Platz gerückt. Das Fehlen jeglicher Emotion in seiner Miene ängstigte Charlotte mehr, als wenn er geweint hätte. Dieses Pokerface und die dazugehörige etwas schleppende Stimme, als würde jedes Wort auf der Zunge nach Waffen abgetastet, hatten sie zu Anfang ihrer Beziehung bei jedem Streit in den Wahnsinn getrieben. Bis zu ihrem ersten Besuch bei Jörgs Eltern hatte Charlotte geglaubt, dieses Pokerface hätte sich Jörg während des Studiums zugelegt. Doch an jenem Abend hatte sie begriffen, dass er dieses Gefühlskorsett wohl schon seit seiner Kindheit trug. Es schützte ihn vor seinen eigenen Ängsten. Es half ihm, den Schmerz zu ertragen, der zu seinem Beruf gehörte. Es half ihm, die Angst zu ertragen, die sie gerade auffraß.

»Schlaf dich erst einmal aus.« Jörgs Stimme klang sanft, aber bestimmt.

Du bist Patient, schoss es Charlotte durch den Kopf. So wie damals, als sie dich in die Klapse gesteckt haben. Sie fühlte sich ausgeliefert.

»Und morgen machen wir ein paar Untersuchungen.«

»Wer ist wir?« Charlotte hätte schreien können. Sie kannte diesen Tonfall. Offensichtlich stellte er sie gerade mit Eltern, die eine lebenswichtige Maßnahme ablehnten, auf eine Stufe. Was hatte Ilona ihm gesagt?

»Es war Migräne«, entgegnete sie.

54

»Morgen wissen wir mehr.« Jörg setzte sich zu ihr ans Bett. Er redete als Arzt mit ihr und Charlotte war sich nicht sicher, ob nicht auch der Arzt ihre Wange streichelte. Vielleicht war das besser so. Die Ängste auf andere Schultern laden, sich zurücklehnen, vertrauen.

Tock. Tock. Tock. Charlotte schloss die Augen, ihr Körper wurde schwerer, während ihre Gedanken zu schweben begannen. Wäre nicht dieser allgegenwärtige Geruch nach Desinfektionsmitteln gewesen, sie hätte sich einbilden können, zu Hause in ihrem eigenen Bett zu liegen. Mit Jörg an ihrer Seite. Charlottes Ängste sanken tiefer in die Kissen.

Irgendwann strichen Jörgs Lippen über ihre Wange. Die Matratze hob sich, als er aufstand und den Raum verließ.

Tock. Tock. Tock.

Das Tröpfeln hielt sie noch lange wach. Aber schließlich schlief sie doch ein und träumte von einem rostigen Schiff, das mit Menschen überladen war. Anstelle einer Flagge wehte ihr Brautkleid im Wind. Elli winkte, rief etwas, doch ihre Stimme ging im Brausen des Meeres unter. Salziges Wasser schlug Charlotte ins Gesicht. »Wir schaffen das«, sagte eine Stimme neben ihr. Sie wandte den Kopf. Bernd schwamm mit kräftigen Zügen neben ihr. Ihre eigenen Arme bewegten sich blass und durchscheinend unter der Wasseroberfläche.

»Wir schaffen das«, wiederholte Bernd. Aber seine Stimme klang müde und dann ging er unter, einfach so. Keuchend erwachte Charlotte. Reinhardt stand am Fußende ihres Bettes. Heute trug er keine Schürze mit Tomatenflecken, sondern seinen weißen Chefarztkittel, allerdings zierte auch den ein Tomatenfleck. Das ließ ihn zwar wie einen gütigen Onkel wirken, aber das war er nicht. Er war der Studienfreund ihres zukünftigen Schwiegervaters, der Chefarzt der Abteilung, in der sie arbeitete, und damit der letzte Mann, den sie gerade jetzt sehen wollte.

»Was machst du nur für Sachen?«, fragte er mit falscher Munterkeit in der Stimme.

»Migräne.« Charlotte sagte dieses Wort wie ein Mantra. Sie unterdrückte den Impuls, die Bettdecke über das Klinikhemd zu ziehen. Flüchtig fragte sie sich, wann sie ihr die Bereichskleidung ausgezogen hatten und wer dabei gewesen war. Um sich weniger ausgeliefert zu fühlen, setzte sie sich auf. Ihr Kopf schwebte wie ein Ballon auf ihrem Hals. »Heiraten bekommt mir wohl nicht.«

Reinhardt grinste kurz, wurde aber gleich wieder ernst. »Du hast Ilona einen gehörigen Schreck eingejagt.«

»Tut mir leid.« Charlotte biss sich auf die Unterlippe. Sie hatte tatsächlich ein schlechtes Gewissen. Ihre Kollegen verließen sich auf sie und sie fiel ihnen einfach vor die Füße. »Ich hätte keine Rufbereitschaft machen sollen.«

»Christa hat auch ein schlechtes Gewissen. Sie sagt, du hattest darum gebeten, keinen Nachtdienst mehr machen zu müssen?«

»Nur bis zur Hochzeit.« Charlotte starrte auf ihre Finger, die sich in den Bettbezug krallten. Ihre Mundschleimhaut war trocken, als hätte sie mit offenem Mund geschlafen, ihre Augen fühlten sich pappig an und die Haare juckten. Der Druck kehrte in ihren Kopf zurück. Sie griff sich an die Schläfen.

»Wir werden dich mal ordentlich durchchecken.«

Charlotte war sich nicht sicher, ob sie dieses *wir* mochte. »Es ist alles vorbereitet.«

»Was ist vorbereitet?« In Charlotte stieg Panik auf.

»Mach dir keine Sorgen. Wir kümmern uns um dich. Das MR läuft schon warm.«

»Ist das nicht ein bisschen übertrieben? Ich meine, ich fall um und ihr schneidet mit Magnetkraft mein Hirn in Scheiben.«

»Vertrau uns.« Reinhardt beugte sich über sie. Sein zahnpastafrischer Atem streifte ihre Wange. »Du wirst sehen. Wir machen dich fit für die Hochzeit. Ich hab's Jutta versprochen.«

»Du hast was?« Charlotte hasste den Gedanken, dass ihre zukünftige Schwiegermutter von ihrem Schwächeanfall wusste. Es ging sie nichts an. Es ging niemanden etwas an. Es geht Mama etwas an, dachte sie, und Papa. Aber die waren nicht hier. Wahrscheinlich hatte Jörg nicht daran gedacht, sie anzurufen. Er hatte bestimmt ebenso wenig seine Eltern angerufen, aber die waren mit Reinhardt befreundet und gehörten halt dazu. Charlottes Eltern nicht. Und ich eigentlich auch nicht, dachte Charlotte. Ich heirate mich hoch. Absurd, der Gedanke. Und trotzdem funktionierte diese Medizinerwelt so. Schweigepflicht gab es nur gegenüber anderen, nicht gegenüber der eigenen Kaste.

»Ich hab ihr gesagt, heute hättest du volles Programm.« Reinhardt nahm die Brille ab und putzte sie an den Aufschlägen seines weißen Kittels. Er grinste, als hätte er ihr einen Gefallen getan. Und das hatte er wahrscheinlich auch. Es war schon schlimm genug gewesen, in diesem Krankenbett aufzuwachen. Mit Jutta an ihrer Seite wäre sie wahrscheinlich gleich wieder in Ohnmacht gefallen.

»Und das war nicht gelogen«, fuhr Reinhardt so scheinbar gut gelaunt fort, dass Charlotte in Gedanken ihr Migränemantra flüsterte, um ihre Angst in Schach zu halten. »Gleich kommt die Laborantin und dann geht's los. Ich schau später noch mal nach dir.«

Das Krankenzimmer schien doppelt so groß zu sein, nachdem Reinhardt die Tür hinter sich geschlossen hatte. Noch nie war Charlotte so bewusst geworden, wie viel Raum er trotz seiner eher unterdurchschnittlichen Größe einnahm und wie wenig Platz neben ihm war. Sie fühlte sich klein und zerbrechlich.

Und dieses Gefühl wurde auch nicht besser, als ein Assistenzarzt in ihren Venen herumstocherte, und es begleitete sie auch in die Röhre und wurde Teil des magnetischen Klopfens, das sie umgab. Charlotte starrte in den Spiegel über ihrem Gesicht, der ihr ermöglichte, einen Blick auf das Geschehen außerhalb der Röhre und hinter der Glasscheibe mitzubekommen. Sie sah Jörg, der sich vorbeugte, als der neue Chefarzt der Neurologie, dessen Namen sie sich nicht merken konnte, auf den Monitor zeigte. Der Neurologe, der sonst nie grüßte, hatte ihr persönlich die Hand geschüttelt, dabei war sein Blick in Höhe ihres Kinns hängen geblieben. Er hatte es nicht geschafft, ihr in die Augen zu sehen. Was war das für ein Arzt, der seinen Patienten nicht in die Augen blicken konnte? Oder konnte er das nur bei ihr nicht? Was verheimlichten sie ihr? Sie hätte doch bestimmt nichts dagegen, wenn ihr Herr Verlobter bei der Untersuchung anwesend sei, hatte er gesagt. Charlotte hatte nichts dagegen. Im Gegenteil: Sie war froh, Jörg an ihrer Seite zu haben. Aber er war nicht an ihrer Seite. Er war dort drüben und schaute in ihren Kopf. Und Charlotte fragte sich, ob er ihre Enttäuschung darüber als bunte Aktivitätsflecken sehen konnte. Neben ihm stand Reinhardt. Er beugte sich ebenfalls vor, griff sich ans Kinn, runzelte die Stirn. Dann fiel ihm wohl ein, dass sie ihn sehen konnte. Hastig hob er den Daumen und lächelte in Richtung des Ungetüms, dessen Rachen sie verschluckt hatte. Er sagte etwas zu dem Neurologen, das Klopfen verstummte und die Liege setzte sich in Bewegung.

Jörg erwartete sie außerhalb der Röhre. Er lächelte an ihrem Gesicht vorbei. Angst schnürte einen Knoten in ihre Eingeweide. Sie glaubte, das Tröpfeln von Wasser zu hören.

»Was seht ihr?« Ihre Stimme war schrill vor Angst.

»Ich spritz dir jetzt das Kontrastmittel.« Wärme schoss Charlottes Arm hoch. »Alles andere später.«

Als die Untersuchung vorbei war, half ihr Jörg von der Liege und führte sie zum Rollstuhl, mit dem sie zur Untersuchung gebracht worden war. Charlotte hasste das Ding fast ebenso sehr wie das Krankenhaushemd, das sie immer noch trug.

»Und?«, fragte Charlotte.

»Wir brauchen noch weitere Untersuchungen.« Jörg bückte sich und stellte ihre Füße auf die Klappen, als wäre sie selbst nicht dazu in der Lage. Auf seinem Hinterkopf lichtete sich sein Haar, nicht mehr lange und der Schädel würde durchschimmern.

»Aber da ist was?« Charlotte kratzte an dem Pflaster herum, mit dem der kleine Plastikschlauch befestigt war, über den Jörg das Kontrastmittel gespritzt hatte.

»Bitte, Schatz.« Jörg griff mit beiden Händen nach ihrem Kopf und zwang sie, ihn anzusehen. »Du weißt selbst, wie das ist. Lass uns das CT abwarten und mach dir keine Sorgen.«

»Aber du machst dir welche.« In Charlottes Kehle wuchs ein Knoten und Jörgs Gesicht verschwamm vor ihren Augen.

»Natürlich mach ich mir Sorgen.« Jörgs Daumen wischten wie Scheibenwischer die Tränen von ihren Wangen. »Du bist gestern umgefallen und offensichtlich ging's dir schon eine Weile nicht gut, sonst hättest du ja nicht Christa gebeten, dich aus dem Nachtdienst zu nehmen. Warum hast du mir nichts gesagt?«

Wann denn?, war Charlottes erster Gedanke. »Es war doch nur wegen der Migräne«, erwiderte sie stattdessen.

»Aber du hattest nie Migräne.«

»Ich hab auch noch nie geheiratet.«

Jörgs Augen weiteten sich hinter den Brillengläsern und Charlotte wusste, dass ihr hilfloser Versuch zu scherzen gründlich schiefgegangen war.

»So meinte ich das nicht«, sagte sie hastig. »Ich bin einfach nur urlaubsreif. Wir sind urlaubsreif.«

»Lass uns das CT abwarten«, wiederholte Jörg, dann schob er sie zur nächsten Röhre.

Eine Röntgenassistentin erwartete Charlotte mit dem Rollstuhl, als die Untersuchung beendet war.

»Ich kann laufen.«

»Jemand von der Station holt Sie gleich ab.« Die Frau, die Charlotte nur vom Sehen kannte, musterte sie mitleidig.

Einen Cent für deine Gedanken, dachte Charlotte. Sie reckte den Hals, um an der Röntgenassistentin vorbeizusehen.

»Wo ist Doktor Schuster?« Suchend schaute Charlotte sich nach Jörg um. War das jetzt ein gutes Zeichen, dass er nicht auf sie wartete? Oder ein schlechtes?

»Die Ärzte besprechen sich«, antwortete die Röntgenassistentin.

Also ein schlechtes Zeichen.

»Er wird sicherlich gleich bei Ihnen sein.« Für einen kurzen Augenblick legte sie ihr die Hand auf die Schulter.

»Da ist ja die Schwester schon«, sagte sie betont fröhlich. »Es hat schon seine Vorteile, im eigenen Krankenhaus zu sein, nicht wahr? Andere Patienten warten Stunden, bis sie abgeholt werden.«

Für andere Patienten kommt keine Schwester, sondern der Patiententransportdienst, dachte Charlotte. Je mehr sie sich ihres Sonderstatus bewusst wurde, umso unbehaglicher fühlte sie sich. Jeder in diesem Krankenhaus schien mehr über ihren Zusammenbruch zu wissen als sie selbst.

Charlotte schwitzte und hatte eiskalte Füße, als sie wieder in ihrem Krankenzimmer war. Sie sehnte sich nach einer heißen Dusche, wagte aber nicht, sich von der Stelle zu bewegen. Zunächst war sie durchs Zimmer gelaufen, als wäre es ein Käfig, aber schließlich war sie am Fenster zur Ruhe gekommen. Sie sah hinunter in die Einfahrt. Schwestern standen in Grüppchen beieinander und trennten sich nach einer letzten Zigarette. Mit eingeschaltetem Blaulicht fuhren Krankenwagen vor, Besucher verabschiedeten sich und gingen hinüber zum Parkplatz. Ein Luftzug streichelte Charlottes Wange. Ein warmer Gruß vom Leben. Sie rieb sich die Schläfen. In ihrem Kopf dröhnte die Angst.

Schließlich kam Jörg. Er stellte sich hinter sie und umschlang sie mit beiden Armen. Charlotte schloss die Augen und lehnte den Kopf an seine Brust. Sein Herz pochte gegen ihren Schädelknochen.

»Der Chefarzt der Neurologie bespricht die Bilder mit Kollegen.«

»Aber das habt ihr doch schon.«

»Nicht intern.« Jörg legte das Kinn auf ihre Schulter.

»Mit welchen Kollegen dann?«, fragte Charlotte.

»Online«, antwortete Jörg. »Warst du schon beim EEG?« Sein Kinn drückte bei jedem Wort gegen ihr Schlüsselbein.

»Nein. Muss ich?« Migräne, dachte Charlotte. Es ist Migräne. Sie klammerte sich an den Gedanken wie an einen Rettungsring. Nur war der aus Blei und zog sie in die Tiefe.

»Auf jeden Fall«, sagte Jörg und richtete sich auf. Sofort vermisste Charlotte das Gewicht seines Kopfes auf ihrer Schulter. »Das hätte schon längst laufen sollen.« In seiner Stimme klang der Ärger des Arztes mit, dessen Anordnungen nicht sofort befolgt wurden.

»Ich geh mal nachfragen.« Seine Hände lösten sich von ihrem Körper und er wandte sich Richtung Tür.

»Bleib bei mir.« Ihre Stimme ein Schrei, der ihn aufhielt. Sie starrte weiter aus dem Fenster. Jörgs Hände legten sich auf ihre Schultern. In ihren Augenwinkeln sammelten sich Tränen. Sie blinzelte sie fort. Wenn sie sich jetzt umdrehte, würde sie nicht mehr aufhören können zu weinen. MR. CT. EEG. Sie hatte gekrampft. Nichts war mit Migräne. Sie hatte gekrampft. Deshalb erinnerte sie sich auch an nichts. An fast nichts.

Tock. Tock. Tock.

Verfluchter Wasserhahn. Charlotte griff sich an die Schläfen. Es fühlte sich an, als würde Wasser durch ihr Hirn tropfen.

»Kann den nicht mal einer abstellen?«

»Was?«

Tock. Tock. Tock.

»Den Wasserhahn natürlich. Was sonst.« Charlotte drehte sich um. Tröpfelnd stand Bernd neben Jörg und hob wie um Entschuldigung bittend die Hände.

Und wieder stürzte Charlotte ins Nichts.

7. Kapitel

Jeden Morgen kurz vor dem Aufwachen wiegte sich Charlotte in der Illusion, zu Hause zu sein, doch dann erreichten die Gerüche der Station ihre Nase und sie wusste wieder, wo sie war. Auch wenn sich in den Jahren seit ihrem Ausbildungseinsatz auf der Neurologie viel verändert hatte, war eins gleich geblieben: der schwermütige Geruch nach Desinfektionsmittel und halben Leben. Der Einsatz auf der Neurologie war der einzige gewesen, dessen Ende sie herbeigesehnt hatte. Nach jedem Dienst hatte sie geheult. Ihr Herz lief über vor Mitleid mit den Patienten. Es schien alles so hoffnungslos. Sie dachte an die Familienväter, die nach einem Schlaganfall die Sprache verloren hatten, die Mütter, die von heute auf morgen halbseitig gelähmt waren und nie mehr ihre Kinder auf den Arm nehmen konnten. Noch immer spürte sie die Scham der Männer und Frauen, die vor einfachen Rechenaufgaben kapitulieren mussten, dröhnte die polternde Zuversicht der Angehörigen in ihren Ohren, die wider besseres Wissen hofften, dass die Menschen, die sie gekannt und geliebt hatten, zurückkehrten.

Und jetzt gehörte sie zu diesen Menschen. Charlotte presste die Fingernägel in die Handballen. Sie stand am Fenster und wartete darauf, dass ihre Mutter aus dem Eingang trat. Elli war vor einigen Minuten gegangen und Jörg hatte mit ihr das Zimmer verlassen, um oben auf der Station mit Patienteneltern zu sprechen. Jeder kehrte in sein Leben zurück. Nur sie nicht. Sie blieb in diesem Krankenzimmer.

Oli-go-den-dro-gli-om! Oli-go-den-dro-gli-om! Oli-go-den-dro-gli-om!

Wie ein Metronom klackerte die Diagnose durch Charlottes Schädel. »Vorläufige Diagnose«, hatte der Chefarzt der Neurologie betont. »Wir müssen die Biopsie abwarten.« Charlotte versuchte, sich an seinen Namen zu erinnern. Schweiß brach ihr zwischen den Schulterblättern aus. Wieso vergaß sie ihn ständig? Sie hätte nachfragen müssen, aber sie hatte es nicht getan. Sie hatte sich innerlich einfach nur weggeduckt. Jedes Wort hatte sie wie ein Keulenschlag getroffen. Nach dem Gespräch hatte Jörg sie lange im Arm gehalten. »Wir schaffen das«, hatte er gesagt. »Du bist in guten Händen.« Tha-la-mus! Biop-sie! Hirn-druck!

Charlotte wollte in keinen Händen sein. Sie wollte dieses Ding nicht, das in ihrem Kopf wuchs. Sie wollte ihr Leben zurück. Arbeiten. Heiraten. Reisen. Kinder kriegen.

Charlotte öffnete das Fenster und hielt die Nase in den schmalen Spalt, um nicht an ihrer Angst zu ersticken. Zu gern hätte sie es weit aufgerissen, aber das ging nicht. Sie könnte ja rausspringen und ihren Tumor auf den roten Pflastersteinen zerschmettern, bevor er sie tötete. Warum eigentlich nicht? Sie behielt diese Gedanken für sich, teilte sie nicht mit Jörg und schon gar nicht mit Pfarrer Wilms, der gestern nach dem EEG hier auf sie gewartet hatte. Ob sie mit ihm spazieren gehen wollte, hatte er sie gefragt. Das Wetter sei so schön. Sie könnten sich auf eine Bank im Innenhof setzen.

Das Auftauchen des Seelsorgers verriet mehr als die Worthülsen der Ärzte, wie es um sie stand. Charlotte wollte das

Zimmer nicht verlassen, wollte nicht zu den Patienten gehören, die mit müden Schritten ihre Rollatoren oder Infusionsständer durch die Gegend schoben. Sie wollte nicht das Gewicht der mitleidigen Blicke spüren, die jenseits der Tür lauerten. Sie wollte auch nicht mit Pfarrer Wilms reden. Er verstand sie, schließlich war es sein Job, und ließ sie allein zurück: auf das Essen, die Tabletten, das Todesurteil wartend.

Charlotte sah zur Zimmerdecke. Nur zwei Etagen trennten sie von ihrem alten Leben. Platz sieben und acht müssten über ihr sein. Auch von dort sah man hinunter auf die Einfahrt. Wenn man hinsah. Als Schwester hatte sie selten daran gedacht, aus dem Fenster zu schauen. Auf Station war die Welt innerhalb der Mauern wichtiger als die draußen. Vielleicht war das der Grund, warum die Station zu ihrer ersten wirklichen Heimat geworden war. Sie hatte so lange gebraucht, um dieses Gefühl zu überwinden, verschwinden zu wollen. Sie hatte so sehr gekämpft. Mit jedem Bissen, mit sich, mit Elli, und nun nahm ihr dieses Ding in ihrem Kopf einfach alles wieder weg. Wo Elli nur blieb? Charlotte kratzte sich die Kruste von einem Mückenstich am Oberarm. Ob sie doch noch mit Jörg sprach? Und wenn ja, worüber? Dass alles eine Lüge war und der Tumor sie umbringen würde? Unsinn. Jörg würde Elli nichts sagen, was er nicht auch ihr sagte. Nicht Elli. Wohl aber den anderen. Charlotte atmete aus, als ihre Mutter das Krankenhaus verließ. Sie schaute suchend hoch. Unwillkürlich wich Charlotte zurück, auch wenn es unwahrscheinlich war, dass Elli sie sehen konnte. Elli kramte in ihrer Schultertasche und zog ihr Asthmaspray heraus. Charlotte fühlte sich schuldig: »Mama kann nicht atmen.« Dieses Gefühl, das sie als Heranwachsende begleitet und sie dazu gebracht hatte, sich zu einem Nichts hungern zu wollen, war auf einmal wieder da.

»Mama geht es nicht gut.« Das Mantra ihrer Kindheit. »Du bist alles, was ich noch habe.« Charlotte starrte auf ihre Mutter hinunter. Elli hatte erst in den Familiensitzungen begriffen, was sie ihr angetan hatte.

Sie inhalierte zwei Hübe und kramte dann ihr Handy hervor. Ob sie jetzt ihren Vater anrufen würde? Um ihm zu sagen, dass ihre gemeinsame Tochter einen Tumor im Kopf hatte?

»Tumor heißt nicht Krebs«, hatte Jörg ihrer Mutter mit dieser sanften Arztstimme erklärt, die jedem Normalmenschen Angstschauer über den Rücken jagte. Er war extra heruntergekommen, um mit ihr zu sprechen. Auf Station hatten sie deshalb die Visite verschoben. Also wusste jetzt jeder Bescheid. Jörg hatte sich nicht die Zeit genommen, sich umzuziehen. Er trug blaue Bereichskleidung und darüber einen weißen Kittel. Professionell fürsorglich hatte er Elli in diesen Kokon eingewoben, der ihr half, das Unvorstellbare zu denken, ohne daran zu zerbrechen. Mit einfachen Worten hatte er ihr alles erklärt: die geplante Biopsie, die anstehende OP, die Medikamente. Er hatte so viel Zuversicht ausgestrahlt, dass Charlotte die Zähne zusammenbeißen musste, um nicht zu schreien. Sie wusste, was er verschwieg, und auch wenn sie es nicht fertigbrachte, ihrer Mutter die Illusion zu rauben, sich selbst würde sie nicht belügen. Der Tumor wuchs schnell und saß ungünstig. Nach dieser OP wäre nichts mehr wie vorher. Wenn es gut lief, konnte sie trotzdem ihre Fähigkeit verlieren, Gedanken in Worte zu fassen. Kognitive Dysphasie. Allein das Wort klang schon bedrohlich. Im schlimmsten Fall verlor sie sich selbst.

Schließlich hatte ihn sein Klinikhandy fortgerufen. Ob der Anruf abgesprochen war? Charlotte hasste sich für diesen Gedanken. Sie wusste selbst, dass sie ungerecht war. Aber sie kannte die Tricks. Wie oft hatte sie selbst Ärzte aus Gesprächen mit Angehörigen gerettet.

»Ausgerechnet im Kopf«, hatte Elli geflüstert, als sie wieder allein waren. Tränen quollen über ihre Lider. Charlotte drückte ihr ein Papiertuch in die Hand. Auf dieser Station gab's keine silbernen Boxen, hier gab's nur Pappe. Charlotte war's egal. Sie wandte sich ab, während Elli sich die Nase putzte. Gab ihr die Zeit, die sie brauchte, um »Das schaffen wir« zu sagen und sich in den Alltag zu retten: »Soll ich dir Wäsche bringen?« Und: »Wer sagt es Papa?«

Sie hatte tatsächlich »Papa« gesagt, so als würde der Tumor sie wieder zu einer Familie machen.

»Mach du das«, hatte Charlotte erwidert. »Ich bin müde.«

»Das sind die Tabletten«, hatte Elli gemeint und Charlotte hatte genickt.

Charlotte setzte sich an den kleinen Tisch und legte die Hände auf ihr Notebook. Als Klinikmitarbeiterin genoss sie alle Privilegien, die sonst nur Privatpatienten hatten. Und als Verlobte eines Oberarztes noch einige mehr. Einzelzimmer, Zustellbett und Highspeed-Internet inklusive. Direkt gemütlich, wenn nicht der Tumor und der Geruch wären.

»Recherchier bloß nicht im Internet«, hatte Jörg sie gewarnt, als er ihr Notebook mitgebracht hatte. Seit ihrem Krampfanfall ging er nur noch zum Duschen nach Hause. »Du weißt, was von den Infos dort zu halten ist.«

»Ich weiß«, hatte Charlotte geantwortet und trotzdem das World Wide Web abgesucht, sobald er zur Station ging. Pflichtschuldigst hatte sie mit den Leitlinien der Arbeitsgemeinschaft der Wissenschaftlichen Medizinischen Fachgesellschaften begonnen, aber dann doch ihre Verdachtsdiagnose gegoogelt. Neben den üblichen Verdächtigen wie Wikipedia und NetDoc war sie auf das Forum der Deutschen Hirntumorhilfe gestoßen. Oligodendrogliom – wie leicht ihr der Zungenbrecher mittlerweile über die Lippen kam – war dort natürlich auch Thema, aber um weitere Informationen zu bekommen, hätte sie sich anmelden müssen. Die Entscheidung, unter welchem Fantasienamen sie sich in diesem Forum anmelden sollte, hatte sie schlichtweg überfordert und sie hatte das Fenster geschlossen.

Später hatte sie dann Oligodendrogliom in die Google-Bilder-suche eingegeben, sich MR-Bilder von anderen Gehirnen angesehen und nach Ähnlichkeiten gesucht

Ein Klopfen ließ sie den Kopf heben.

»Wie geht es dir, mein Kind?«

Mein Kind? Charlotte traute ihren Ohren nicht und noch weniger ihren Augen. Bekleidet mit einem anthrazitgrauen Trägerkleid und bewaffnet mit einem riesigen Strauß roter Gerbera und weißer Calla betrat das HWS-Syndrom ihr Krankenzimmer.

»Bist du auf dem Weg zu einer Beerdigung?« Was hatte Jörg seiner Mutter bloß erzählt, dass sie mit einem solchen Blumenstrauß auftauchte?

»Wieso?« Jutta hob die Augenbrauen. »Die sind natürlich für dich.« Sie drückte Charlotte den Strauß in die Hand. »Ich klingle nach einer Vase.«

»Nicht.« Vergeblich hob Charlotte die Hand. Jutta drückte bereits den Schwesternruf.

»Stell dich nicht an«, sagte Jutta. »Die Schwestern haben doch sonst nichts zu tun.« Missbilligend sah sie zu Jörgs zerwühltem Bett. »Ich hätte schon erwartet, dass du ein Einzelzimmer hast.«

»Och, der junge Mann ist ganz nett.« Die Bemerkung war raus, bevor Charlotte es verhindern konnte.

»Ein Mann?« Entsetzt legte Jutta die Hand auf ihre Perlenkette.

»Setz dich doch.« Charlotte verschwand mit dem Blumenstrauß ins Badezimmer. Sie hatte große Lust, ihn einfach in die Topfspüle zu stopfen.

»Ich denke, ich sollte mal mit Dieter-Thomas sprechen«, sagte Jutta hinter ihr. »Vielleicht kann er ja was machen.«

»Ich bin kein Frühchen.«

68

Jutta war die Einzige, die Reinhardt beim Vornamen nannte. Alle anderen vermieden jede direkte Anrede oder sagten schlicht De-Te.

»Natürlich muss man was tun. Schließlich können sie dich unmöglich mit einem Mann aufs Zimmer legen.«

»Jörg schläft hier.«

»Aber das geht doch nicht. Wie soll der Junge denn zur Ruhe kommen?«

»Er wollte es so.« Charlotte stellte sich wieder ans Fenster, so weit weg vom Chloé-Duft ihrer zukünftigen Schwiegermutter wie möglich. Eine Meise landete auf dem Fensterbrett und musterte sie mit blanken Augen, dann breitete sie die Flügel aus und flog davon.

»Solltest du nicht besser liegen?«

»Mir geht es gut.«

»Werner kann leider nicht kommen.« Jutta räusperte sich. »Die Praxis.«

»Kein Problem.« Charlotte sah der Meise hinterher. Fliegen müsste man können. Einfach zum Fenster raus und weg.

»Was ist denn jetzt mit den Einladungskarten?«

»Was soll sein?« Daher wehte also der Wind. Charlotte biss sich auf die Unterlippe.

»Ja.« Jutta räusperte sich. »Kannst du überhaupt? Die Hochzeit und alles. Jetzt. In deinem Zustand.« Jutta verhedderte sich in dem Satz. »Was meint denn Jörg?«

»Ich weiß nicht«, antwortete Charlotte wahrheitsgemäß. Über die Hochzeit hatten sie noch nicht gesprochen. Dieses letzte Stück Normalität hatten sie noch nicht anzutasten gewagt.

»Hast du ihn nicht gefragt?«

»Nein, natürlich nicht.« Jutta trat hinter Charlotte. »Wir wollten ihn nicht noch zusätzlich belasten.«

Nein, ihn nicht. Nicht den kostbaren Sohn. Auf keinen Fall willst du ihn belasten. Aber mich kannst du damit belasten. Bitterkeit stieg in Charlotte auf, obwohl sie wusste, dass sie ungerecht war. Ein Tumor machte aus Jutta bestimmt keinen anderen Menschen, zumindest solange er nicht in ihrem Kopf hauste. Sie presste die Fingernägel in die Handflächen. Der Schmerz half ihr, die Situation zu ertragen.

»Die Situation ist wirklich eine große Belastung für uns alle«, fügte Jutta hinzu.

Sei endlich still, betete Charlotte. Sei endlich still. Es ist mein Kopf. Nicht deiner.

»Du solltest dankbar sein, dass uns Menschen wie Dieter-Thomas zur Seite stehen.«

»Ja, das sollte ich wohl.« Charlotte drehte sich zu ihrer zukünftigen Schwiegermutter um. Mit Mühe hielt sie die Tränen zurück, die in ihrer Kehle wüteten.

»Bist du gekommen, um mir zu sagen, dass ich eine Last für deinen kostbaren Sohn bin? Hast du mir deshalb weiße Calla mitgebracht?« Charlotte presste Luft an ihren tränenschweren Stimmbändern vorbei. Jeder Atemzug ein Messerstich. »Um mir zu sagen, dass ich so gut wie tot bin?« Aufschluchzend atmete sie aus.

»Was du immer gleich denkst.« Juttas Hand wanderte wieder zu ihrer Perlenkette. »Wirklich, Kind.«

»Ich bin kein Kind«, schrie Charlotte.

»Du hast geklingelt?« In der Tür stand ein Pfleger. Charlotte kannte ihn. Er hieß Thomas, hatte ein Jahr vor ihr Examen gemacht.

»Wenn Sie uns bitte eine Vase besorgen würden.«

»Alles in Ordnung?« Thomas sah zu Charlotte.

»Danke, das wär's.« Jutta fertigte ihn wie einen um Trinkgeld bettelnden Kellner ab.

»Alles gut.« Charlotte straffte die Schultern. Es wurde genug über sie geredet, sie musste die Gerüchteküche nicht auch noch mit einer Familienkrise anheizen.

»Ich weiß ja, dass das alles schwer für dich sein muss«, fuhr Jutta fort, nachdem Thomas die Tür hinter sich geschlossen hatte. Wahrscheinlich glaubte sie wirklich, was sie sagte. Und wahrscheinlich meinte sie es auf ihre eigene behütete und großbürgerlich altmodische Art sogar gut mit ihr. Hatte Mitleid mit ihr.

Charlotte umschlang sich mit beiden Armen. Sie hatte das Gefühl, auseinanderzubrechen.

»Mit diesem Tumor in deinem Kopf«, Jutta griff sich in ihr sorgfältig frisiertes Haar, »ist es umso wichtiger, dass wir dir helfen, die richtigen Entscheidungen zu treffen.«

»Ich …« Charlotte atmete gegen den Schmerz an. Ihre Ahnung wurde zur Gewissheit. Dabei hatten sie abgesprochen, Jörgs Eltern nichts zu sagen, bevor nicht das Ergebnis der Biopsie vorlag. »Ich …«

»Mutter.« Jörg stand auf einmal im Zimmer, wahrscheinlich hatte Thomas ihn angerufen. Er schloss die Tür und lehnte sich dagegen. »Wieso bist du hier?«

»Nun ja«, antwortete Jutta. »Man macht sich ja schließlich auch so seine Gedanken.«

»Wir waren uns einig.« Verzweifelt zerrte Charlotte Tücher aus der Zett-Box. Ihre Schleimhäute barsten unter der Last ihrer Tränen. Sie fühlte sich verraten und im Stich gelassen.

»Ich hab ihr nur Blumen gebracht.«

»Weiße Calla und Gerbera«, schluchzte Charlotte.

»Ja und?« Jörg schob die Brille zur Nasenwurzel hoch. Das tat er immer, wenn er verwirrt oder überfordert war, und wahrscheinlich war er in diesem Moment beides. Verwirrt und überfordert.

»Ich geh jetzt wohl besser.« Jutta sah von Charlotte zu Jörg, der sofort zur Seite trat, um seiner Mutter Platz zu machen.

»Dein Vater möchte dich sprechen«, sagte sie und drehte sich in der Tür noch einmal um. »Ruf ihn doch bitte an.«

»Wieso hast du es ihnen gesagt?« Charlotte wischte sich die Nase mit einem Zipfel ihres T-Shirts.

»Ich hab ihnen nichts gesagt«, beteuerte Jörg und nahm Charlotte in die Arme.

»Dann war's Reinhardt.«

»Sei nicht sauer. Er wird's nur gut gemeint haben.«

»Es steht ihm nicht zu. Es ist schon schlimm genug, dass jeder in diesem Scheißkrankenhaus alles über mich weiß.«

»Aber sie kümmern sich.« Sanft streichelten Jörgs Hände über ihren Rücken.

»Ja, so wie deine Mutter sich kümmert.«

»Sie hat's bestimmt nur gut gemeint.«

»Ja klar. Gerbera und weiße Calla.« Charlotte löste sich aus seiner Umarmung, die ihr die Luft zum Atmen nahm, stürmte ins Bad und schmiss Jörg den Blumenstrauß vor die Füße. Wassertropfen spritzten auf seine Hose.

»Aber der ist doch nett.« Jörg bückte sich. Verwirrt sah er zu ihr auf.

»O ja«, schnaubte Charlotte. »Ohne die Nachhilfestunden in Blumenkunde, die ich deiner Mutter verdanke, würde ich das auch denken. Aber dank ihr weiß ich, dass weiße Calla zu den sogenannten Todesblumen gehören.«

»Was verdammt noch mal sind Todesblumen?« Jörg trug den Strauß zurück ins Waschbecken.

»Frag deine Mutter, sie hat's mir erklärt, als es um den Brautstrauß ging. Wahrscheinlich hat sie den auch schon umbestellt, von Brautstrauß auf Kranz. Ob wir die Hochzeit absagen wollten, hat sie gefragt.«

»Ich …« Jörg trocknete sich die Hände mit einem Papiertuch ab. »Ich hab sie bereits abgesagt«, murmelte er, ohne den Blick von seinen Händen zu nehmen. »Ich hab mit den Kollegen gesprochen. Jetzt so am Anfang. Das funktioniert nicht.«

»Du hast was?« Charlotte starrte ihn an wie einen Fremden.

»Wir holen die Hochzeit und alles nach, wenn es dir besser geht.«

»Du hast sie abgesagt, ohne mit mir zu sprechen?«

»Ich wollte dich nicht auch noch damit belasten.«

»Mich nicht auch noch belasten?«

»Professor Bleufinger hielt es auch für das Beste. Wir kriegen das hin. Wirklich.« Nun endlich sah Jörg auf. Charlotte sah die Tränen in seinen Augen und wusste, dass alles nur eine Lüge war. Dass sie keine Chance hatte und dass es nie eine Hochzeit geben würde.

»Ich will nicht«, sagte sie.

»Was willst du nicht.«

»Mein Leben verlieren.« Sie hatte so hart gearbeitet, sich nicht mehr hungernd zu einem Nichts aufzulösen, und nun das.

»Aber das wirst du nicht«, beteuerte Jörg. »Die Therapiemöglichkeiten sind wirklich hervorragend.«

»Aber ich hab's doch schon verloren«, schluchzte Charlotte.

8. Kapitel

Charlotte schaute hinauf zu ihrem Balkon. Noch lag er im Schatten. Seufzend atmete sie aus. Wo üppig blühende Geranien ranken sollten, hingen nur noch vertrocknete Zweige aus den Kästen. Was so ein paar Tage Sonne und Krankenhaus anrichten konnten. Aber jetzt war sie wieder zu Hause. Der Gedanke fühlte sich fremd an. Zu viel war passiert. Aber wo sollte sie sonst hin? Hinter ihr fuhr ein Auto vorbei. Für einen Moment übertönte Motorengeräusch das Zwitschern der Vögel, dann war der Wagen verschwunden.

Charlotte schloss die Haustür auf. Die Kühle des Hausflurs strich über ihre nackten Arme. Aus der unteren Wohnung dröhnten laute Ska-Musik und ein Staubsauger. Es klang alles so normal. So, als wäre sie einfach nur von einer kurzen Reise zurückgekehrt. Dabei war sie weggelaufen. Nachdem Jörg zur Station gegangen war, hatte sie sich angezogen, ihre Handtasche genommen und war in ihren Wagen gestiegen, der immer noch auf dem Nachtdienstparkplatz gestanden hatte, und war nach Hause gefahren. Einfach so. Wahrscheinlich vermisste sie noch nicht einmal jemand. Langsam stieg Charlotte die Stufen hinauf. Ihre Schienbeine schmerzten und bereits nach der ersten Treppe war sie außer Atem. War das nun der Tumor oder

74

waren es die Medikamente? Charlotte wusste es nicht. Müde schloss sie die Wohnungstür auf. Es duftete nach Jörgs Duschgel, in der offenen Badezimmertür lag ein Handtuch, ein Wasserhahn tropfte. Tock!

Charlottes Nackenhaare richteten sich auf, als zerrte eine unsichtbare Hand an ihnen. Stille. Hastig sah sie sich um. Kein tropfnasser Bernd kündigte einen weiteren Krampfanfall an. Es ist alles gut, dachte Charlotte. Alles in Ordnung. Sie stopfte Jörgs Handtuch in den Wäschekorb. Ihre Hände zitterten. Als sie sich aufrichtete, sah sie ihn.

Ein Wassertropfen löste sich vom Duschkopf und fiel in die Duschtasse. Tock! Charlotte lachte. Keine Aura, nur Nachlässigkeit. Sie drückte gegen den Mischhebel und ging hinüber in die Küche. Im Radio dudelte ein Werbejingle. Charlotte schaltete es aus. Seit dieses Ding in ihrem Kopf wuchs, sehnte sie sich nach Ruhe. Auf dem Küchentisch lag die Post neben einem Schmiermesser mit getrockneter Margarine. Ungeöffnet. Kein Wunder. Viel Zeit hatte Jörg nicht zu Hause verbracht.

Ich hätte das nicht tun sollen. Der Gedanke setzte sich in ihrem Kopf fest und vertrieb ihre Euphorie. Charlottes Handy klingelte. Jörg. Sie ignorierte es, setzte sich an den Küchentisch und legte den Kopf auf ihre Unterarme. Wie früher als Kind, wenn sie wütend auf ihre Mutter war oder wenn sie verstecken spielten. *Eins, zwei, drei … zehn. Ich komme. Hinter mir und vorder mir, an beiden Seiten gilt es nicht.*

Vorder mir? Gab's den Ausdruck überhaupt? Wahrscheinlich nicht im Duden. Aber so hatte es geheißen, so hatte sie es gesagt. Sie und die anderen Kinder aus der Siedlung. Ob Bernd jemals mitgespielt hatte? Charlotte erinnerte sich nicht. Er war bestimmt viel zu alt dafür gewesen. Nach allem, was Elli erzählt hatte, war er ein Jugendlicher, der seine kleine Cousine neckte. Trotzdem ärgerte es sie, dass sie keine eigenen Erinnerungen an Bernd hatte.

Du warst sechs Jahre alt, sagte ihr Verstand.

Aber warum sehe ich ihn jetzt?

Vielleicht ist er es nicht.

Aber wer ist es dann?

Eine Aura.

Charlotte schluchzte. Eine Aura, freigesetzt durch den Tumor. Vielleicht hatte die Erinnerung an Bernd in den Zellen überlebt, die der Tumor zerstört hatte. Sie sah ihn, weil er jetzt heimatlos durch ihr Gehirn irrte. Doch was war verschwunden? Welche Erinnerungen besaß sie nicht mehr?

Die Fragen dröhnten in ihrem Schädel. Aufstöhnend schloss Charlotte die Augen.

Sie schaute auch nicht auf, als Jörg in die Wohnung stürmte.

»Warum bist du weggelaufen?« Er zog sich einen Stuhl heran und setzte sich dicht an ihre Seite. Mit beiden Armen umschlang er sie.

»Ich kann da nicht bleiben.«

»Aber die Biopsie.«

»Verstehst du denn nicht?« Charlotte schüttelte heftig den Kopf und fragte sich im gleichen Augenblick, was das mit ihrem Tumor machte. »Ich will das nicht.«

»Wer will schon krank sein? Aber da müssen wir jetzt durch. Wir schaffen das.« Seine Hand legte sich auf ihre Hände.

Wir hatte er gesagt. Charlotte lauschte dem Klang seiner Worte nach. Ihr *wir* hatte die Diagnose zerstört. Das einzige *wir*, das sie noch kannte.

»Ich werde sterben«, antwortete Charlotte. Sie fror trotz der Wärme in der Küche.

»Du kannst nicht einfach aufgeben!« Zum ersten Mal seit der Diagnose verlor Jörgs Stimme das professionelle Timbre. Er rückte ab von ihr, starrte sie an, als hätte sie den Verstand verloren. Dabei war ihr Verstand das Einzige, was ihr noch geblieben war. Bis jetzt. Fast sehnte Charlotte den Tag herbei, an dem der Tumor auch ihr Bewusstsein weggefressen hätte.

»Wofür sollte ich denn kämpfen?« Nur mit Mühe schaffte sie es, genügend Luft durch die Enge ihrer tränenverschwollenen Stimmbänder zu pressen, um zu sprechen. »Oli-go-den-dro-gli-om. Hörst du? Oli-go-den-dro-gli-om. Es gibt nichts, für das es sich zu kämpfen lohnt.«

»Das ist doch Unsinn. Es gibt dich, mich. Uns.«

»Uns?« Charlotte wischte sich die Nase. »Du hast die Hochzeit abgesagt.«

»Verschoben! Nicht abgesagt.«

»Du hast es nicht mal mit mir besprochen.«

»Bleufinger meinte …«

»Scheiß was auf Bleufinger.« Mit einem Ruck schob Charlotte den Stuhl zurück. Krachend knallte er gegen die Besteckschublade. Jörg starrte sie an, als wäre sie ein Wesen aus seinem schlimmsten Albtraum.

In diesem Moment hasste Charlotte ihn. Weil er sie nicht verstand. Weil er vernünftig war. Weil sich in seinem Hirn kein Tumor ausbreitete. Sie verschränkte die Finger ineinander, um nicht auf Jörg loszugehen. Sie war so wütend, dass sie kaum atmen konnte. Sie kannte sich selbst nicht mehr. Hatte wirklich sie das gesagt? Oder eher der Tumor? Oli-go-den-dro-gli-om. Was machte er mit ihr? Welche Hirnzellen explodierten bei den Krampfanfällen, welche blieben zurück? Was sah Jörg? Wen sah er? Sie, die Frau, die er hatte heiraten wollen? Was war das überhaupt für ein Fall: Hatte heiraten wollen? Kaputter Konjunktiv? Deutsch-Leistungskurs und keine Ahnung. Verdammt noch mal, Charlotte vergrub die Fingernägel in die Handflächen, um diesem Schmerz irgendetwas entgegenzusetzen.

»Er hat sich nicht einmal vorgestellt«, jammerte sie. Ihre Wut verpuffte und trudelte quietschend wie ein Ballon, aus dem die Luft entwich, durch die Küche. »Ich …«

Jörgs Handy unterbrach sie. Er ging hinaus. Sie hörte seine

Stimme, ihren Namen. Sein resigniertes: »Ich komme.«

»Ich muss zurück in die Klinik. Wirklich.« Er streckte bittend die Hand aus. »Komm mit, bitte.«

»Nein.« Charlotte verschränkte die Arme vor der Brust. »Du kannst mich nicht zwingen.«

»Okay.« Jörg schob seine Brille die Nase hoch, nickte nachdenklich. »Wir reden heute Abend. Ich ... ich bring was vom Türken mit.« Er drehte sich um und ging. Das Schlagen der Wohnungstür, das Klappern seiner Schuhsohlen, die Haustür, der Motor seines Wagens.

Die Leere der Wohnung kroch Charlottes Wirbelsäule hoch, sickerte ihr in die Ohren und füllte ihren Kopf mit Stille. Regungslos saß sie am Küchentisch. Irgendwann kehrten die Alltagsgeräusche zurück. Stimmen im Treppenhaus. Vogelgezwitscher. Das Brummen einer Fliege an der Fensterscheibe. Ein Schauder lief durch Charlotte. Sie hob die Hände und starrte auf die blutigen Halbmonde in ihren Handflächen.

Würde das in Zukunft ihr Leben sein? Mit blutigen Halbmonden in den Handinnenflächen und einem dumpfen Gefühl im Kopf auf den nächsten Krampfanfall warten? Fröstelnd zog sie die Schultern hoch.

Vielleicht hätte sie doch damals einfach verschwinden sollen. Siebenunddreißig Kilo und vierhundertsechzig Gramm hatten noch gefehlt. Wie viel wohl ihr Tumor wog?

9. Kapitel

Die Kaffeemaschine blubberte und der Duft von frisch gebrühtem Kaffee breitete sich in der Wohnung aus. Jörg duschte. Das Wasser prasselte gegen die Stimme des Radiomoderators an. Charlotte drehte sich auf die Seite und zog sich die Decke übers Ohr. Ich sollte aufstehen, dachte sie. Den Tisch decken. Trotzdem rührte sie sich nicht. Jeden Morgen wurde es schwieriger, sich aus diesem grauen Gespinst zu lösen, in das die Medikamente sie hüllten. War das der Preis? Charlotte starrte auf ihre Hand, die vor ihr auf dem Kopfkissen lag. Nur noch ein heller Streifen erinnerte an den Verlobungsring, den sie bis Anfang der Woche getragen hatte. Dann hatte sie ihn abnehmen müssen. Seitdem lag er neben ihrem Wecker. Mit Mühe hatte sie ihn vom Finger bekommen. »Ich lass ihn weiten«, hatte Jörg ihr versprochen, aber es war bei der guten Absicht geblieben. Selbst ihr Körper war ihr fremd geworden. Das Cortison hatte ganze Arbeit geleistet und sie ertrug ihren eigenen Anblick nicht mehr. Das aufgedunsene Gesicht. Die teigige Haut. Die Wurstfinger. Wie sollte Jörg sie noch lieben können? Sie konnte es ja selbst nicht mehr.

Charlotte griff nach ihrem Verlobungsring. Ihre Finger streiften das Smartphone und es fiel auf den Bettvorleger. Sie war so ungeschickt in letzter Zeit. »Eine Folge der Medikamente«, sagte Jörg, aber sie beide wussten, dass es der Tumor war, der in ihr wuchs. Manchmal erwischte sich Charlotte dabei, wie sie den Kopf abtastete. Albern. Ihre Beule war im Kopf. Nicht außen.

»Alles klar?« Jörg setzte sich auf ihre Bettkante, legte ihre Tabletten auf den Nachttisch und reichte ihr ein Glas Leitungswasser. Nicht zu kalt, nicht zu warm. Charlotte schluckte die Pillen, obwohl sie in ihrem Hals kratzten, und verkroch sich wieder unter der Bettdecke.

»Magst du was essen?«

»Später«, log Charlotte.

Wasser tropfte von Jörgs Haaren in den Kragen des Bademantels, den er trug. Früher hätte er sich nackt zu ihr gesetzt. Charlotte ballte die Faust unter der Bettdecke, bis sie den scharfen Schmerz ihrer Fingernägel spürte. Sie hatte jetzt ein Vorher-/Nachher-Leben. Nur dass sie fürs Nachher nicht allzu viel Leben übrighatte und dafür war sie dankbar.

Seit der Diagnose hatte Jörg sie nicht mehr angerührt. Sie lagen nebeneinander wie Fremde. Dabei ging es ihr gar nicht um Sex. Aber er nahm sie nicht einmal in den Arm. Hatte er Angst vor dem Tumor? Oder ekelte ihn ihr Körper, der sich dank des hoch dosierten Cortisons mit Wasser füllte?

Charlotte betrachtete seine Hand, die auf der Matratze lag, nur Zentimeter von ihrem Bauch entfernt. Auch Jörgs Ringfinger schmückte ein schmaler heller Streifen, obwohl ihn kein Ödem dazu zwang.

»Geht's dir nicht gut? Soll ich …?« Jörg beendete den Satz nicht.

»Nein, alles gut«, log Charlotte wie immer. Was sollte sie auch sonst sagen? Über das, was sie Tag und Nacht beschäftigte, redeten sie nicht. Also verkroch Jörg sich hinter seinen Fachzeitschriften oder seinem Notebook, während sie vor dem Fernseher hockte und nicht begriff, wohin ihr Leben verschwunden war. Sie redeten nicht einmal in den wenigen Nächten, in denen Jörg nicht in der Klinik war und sie nebeneinander im Zwielicht der Straßenlaternen lagen und so taten, als schliefen sie.

Dabei versuchte es Jörg immer wieder. Schließlich war er Arzt. Er konnte es nicht ertragen, dass sie sich aufgegeben hatte. Aber Charlottes Kehle war wie zugeschnürt, wenn sie nur an ihn dachte. Ihn. Den Tumor. Für Charlotte war der Tumor in ihrem Kopf männlich, auch wenn er in der Literatur einen sächlichen Artikel bekommen hatte. Das Oligodendrogliom. Doch der Artikel *das* erschien ihr zu harmlos. Das passte zu Worten wie Zimmer, Kaninchen oder Kätzchen, aber nicht zu einem Totmacher wie Oligodendrogliom. Totmacherartikel waren maskulin. Der Tumor. Der Krebs. Der Tod. Das waren so Zack-Zack-Worte. Die Krankheit war ein weibliches Wort. Es zeigte das Leiden. Das passte also auch nicht zu Leiden. Ein Wort wie Leiden müsste eigentlich auch weiblich sein. Charlotte verirrte sich lieber in ihren Gedanken, als Jörg anzusehen und die Gedanken zu denken, die hinter all diesem kruden und überflüssigen Zeug in ihrem Kopf lauerten und die mit dem schmalen hellen Streifen an seinem Ringfinger zu tun hatten. Sie hatte während ihrer Magersucht gelernt, wie man Menschen in Grund und Boden schwieg. Nie hätte sie gedacht, dass sie diese Fähigkeit einmal gegen Jörg verwenden würde. Trotzdem tat sie es. Sie verschloss sich in ihrem Schweigen.

»Willst du nicht aufstehen?«, fragte Jörg.

Sein Gewicht auf der Matratze fehlte ihr, als er aufstand und zum Schrank ging. Ob er daran dachte, welcher Tag heute war? Ihr Nichthochzeitstag. Der so anders hätte sein sollen. Sie hätten zusammen geduscht, sich unter dem heißen Wasserstrahl geliebt.

Stattdessen ging er in die Klinik. Seine Art, dem Tag auszuweichen. Wie wäre es wohl gewesen? Auf dem Standesamt.

Bis dass der Tod euch scheidet. Sagte man das eigentlich noch? Charlotte war sich nicht sicher. Sie war sich nicht einmal sicher, ob Jörg so lange bei ihr blieb. Bis zu ihrem Tod. Auch wenn es nicht mehr lange dauern würde. Sie versuchte, sich Jörg an ihrem Totenbett vorzustellen. Würde er neben ihr sitzen und ihre Hand halten? Eher nicht. So war er nicht gestrickt. Eher würde er ihr eine Knochennadel ins Schienbein jagen und ihr Supra ins Herz spritzen. Er konnte nicht aufgeben. Er war Arzt. Krankheiten gehörten behandelt, und zwar sofort.

»Willst du nicht doch noch einmal mit Bleufinger sprechen? Oder einem anderen Neurologen?« Jörg redete in den Schrank hinein.

»Heute?«, fragte Charlotte. Das Wort türmte sich wie eine Gewitterwolke zwischen ihnen auf.

Jörg drehte sich zu ihr um, öffnete den Mund und zuckte dann doch nur hilflos mit den Achseln.

Fühlst du dich schlecht, weil du in die Klinik gehst?, dachte Charlotte, sprach den Gedanken jedoch nicht aus. Warum über einen Nichttag reden?

»Ich komm so früh wie möglich nach Hause.« Mit der frischen Jeans über dem Arm verließ Jörg das Schlafzimmer. Er zog sich nicht einmal mehr vor ihren Augen an oder aus. So als könnte ihn der Tumor anspringen, wenn er nackt und hilflos war.

Charlotte hörte das Klappen der Haustür, das heisere Husten, mit dem Jörgs Wagen ansprang. Dann drehte sie sich noch einmal auf die andere Seite. Wendete sich ab vom Licht, dämmerte fort in diese Welt zwischen Wachen und Schlafen, in der sie sich sicher fühlte und in der es weder Hochzeiten noch Nichthochzeiten gab.

10. Kapitel

Das scheppernde Schrillen der Haustürklingel weckte sie. Verwirrt tastete Charlotte nach ihrem Smartphone. Fast elf. Sie hatte ihre eigene Nichthochzeit verschlafen. Verschwinde, dachte sie und drückte sich das Kissen aufs Ohr. Staub tanzte in den Sonnenstrahlen, die durch die Schlitze der Jalousien schienen und Streifen aus Licht aufs Laminat malten. Ein Windhauch wehte den Duft von frisch gemähtem Gras ins Schlafzimmer. Charlotte vergrub ihre Nase in die stickige Wärme der Bettdecke. Die Welt jenseits ihrer Wohnung war nicht mehr ihre Welt. Der Tumor hatte sie auf den Stand einer Vierjährigen zurückgeworfen, die nicht allein aus dem Haus durfte. »Dir könnte unwohl werden«, hatte Elli gesagt. Jörg hatte deutlichere Worte gefunden. Wieder schrillte die Klingel durch die Wohnung. Hartnäckig. Fordernd. Wahrscheinlich Elli. Bestimmt hatte sie ihren Schlüssel vergessen. Seit sie Urlaub hatte, verging kein Tag, den sie nicht mit ihrer besorgten Anwesenheit füllte. Elli hatte ihren Urlaub nicht abgesagt. Aber wahrscheinlich wäre das auch gar nicht möglich gewesen. Die Praxis, in der sie arbeitete, machte Betriebsferien. Charlotte schob die Beine aus dem Bett. Das Laken schabte über ihre nackte Haut. Auch so eine Folge der Medikamente. Diese ganze Chemie verwandelte Charlottes

Haut in eine schwappende Pelle aus Missempfindungen. Und nicht nur die Haut: Geräusche waren zu laut, Gerüche zu aufdringlich und alles, was sie in den Mund nahm, schmeckte nach Blech.

»Ich komm ja schon.« Charlotte schlurfte in den Flur, drückte den Türöffner und öffnete die Wohnungstür, bevor sie ins Bad ging. Während sie pinkelte, lauschte sie auf die laute Rockmusik aus der Nachbarwohnung. Gedankenverloren wippte ihr Fuß im Takt. Charlotte hatte es nicht eilig, ihrer Mutter zu begegnen. Elli würde Kaffee kochen, Tupperdosen in den Kühlschrank stellen und sich die Lunge mit ihrem Spray freipusten. Seit sie von dem Tumor wusste, quälte sie sich von einem Asthmaanfall zum anderen. »Du musst essen, Kind«, würde sie sagen und dabei ganz knapp an ihrem Gesicht vorbeilächeln. Charlotte wusste gar nicht, wann ihre Mutter ihr das letzte Mal in die Augen geschaut hatte.

Sie will dich so in Erinnerung behalten, wie du gewesen bist, sagte ihr Verstand.

Du bist schon eine Erinnerung, sagte das Herz.

Wie Bernd, der aus der Zwischenwelt gekommen war, um ihr den Weg zu zeigen. Eine Träne tropfte auf die Klobrille zwischen ihre nackten Schenkel. Charlotte wischte sie weg und drückte die Spülung, als könnte sie die Krankheit in die Kanalisation spülen. Dann wusch sie sich die Hände und verließ das Badezimmer. Wenn sie zu lange im Bad blieb, würde ihre Mutter hereinkommen. Das hatte sie schon einmal getan.

»Hi Charly.«

Charlotte starrte auf die Gestalt vor ihr, panisch lauschte sie auf das Tropfen von Wasser. Schweiß brach ihr zwischen den Brüsten aus. Was passierte mit ihr?

An der Flurwand gegenüber der Badezimmertür lehnte Raphaela oder eine Aura, die aussah wie Raphaela. Eine gebräunte, etwas hagere Raphi mit welligem, von der Sonne gebleichtem Zopf, fröhlich funkelnden haselnussbraunen Augen und einem breiten Grinsen im Gesicht. Nichts an ihr tropfte. Charlotte streckte die Hand aus, ihre Fingerspitzen stießen gegen Raphis Bauch. Eine Aura konnte man nicht berühren.

»Du?« Unterhalb von Charlottes Zwerchfell breitete sich ein Schwächegefühl aus.

»Sieht so aus, was?« Raphaela schloss Charlotte in ihre Arme.

»Wer? Woher?« Schluchzend schmiegte Charlotte sich in die Umarmung. Es tat so gut, gehalten zu werden, Raphaelas Patschuliduft einzuatmen, ihr das Shirt vollzurotzen. Charlotte wischte sich die Nase.

»Lass uns in die Küche gehen, Süße.« Raphi bugsierte Charlotte auf einen Stuhl, erst dann beantwortete sie ihre Frage. »Jörg hat mir gemailt.«

»Er hat dir gemailt?«

»Ja. Klar«, sagte Raphi und lachte dabei, als wäre es das Selbstverständlichste der Welt. »Er musste es mir doch sagen, wegen der Hochzeit.«

»Wieso wegen der Hochzeit?« Charlottes Gedanken kämpften sich wie Schallwellen durch Wasser. »Warst du denn …?«

»Natürlich war ich eingeladen.« Wie so oft beendete Raphi Charlottes Frage. In der ersten Zeit hatte Charlotte diese Angewohnheit irritiert. Damals in der Kinder- und Jugendpsychiatrie mitten im Wald, wo sie sich ein Zimmer geteilt hatten. Es hatte sich für Charlotte angefühlt, als würde man eine Rolle spielen, und Raphi hätte das Drehbuch.

»Das wusste ich nicht.«

»Es war ja auch ein Geheimnis, Liebes.« Raphaela führte Charlotte in die Küche und drückte sie auf einen Stuhl. »Ich wäre als Überraschungsgast aus der Torte gestiegen, so wie in *Manche mögen's heiß*, nur ohne Kalaschnikow. Oder so ähnlich.«

»Das hättest du getan?«

»Es war Jörgs Idee. Er hat sogar den Flug bezahlt. Wer hätte das gedacht. Wo er doch so froh war, mich aus dem Weg zu haben. Er muss dich sehr lieben.« Raphaela breitete die Arme aus.

»Das ist …« Charlotte gelang es nicht, den Satz zu beenden, und diesmal ließ auch Raphi ihn unvollendet.

Charlotte wischte sich die Augen. »Du siehst anders aus«, sagte sie, um etwas zu sagen, das sie nicht gleich wieder in einen Wasserspeier verwandelte. »Kantiger und irgendwie gegerbt.«

»Das bringt das Leben bei den Kooris so mit sich.«

»Bei den wer?«

»Kooris, so nennen sich die australischen Ureinwohner in New South Wales.«

»Heißt das, du lebst mit Aborigines zusammen?«

Raphaela nickte.

»Ist das irgendein humanitäres Projekt?«

»Irgendwie schon. Wenn auch ganz anders, als du dir vorstellen kannst.«

»Klingt spannend.« Zum ersten Mal seit Wochen drehten sich Charlottes Gedanken nicht um das Ding in ihrem Kopf. Aber so war Raphi schon immer gewesen. Sie waren Freundinnen geworden, bevor Charlotte ihr erstes Therapeutengespräch hatte, und sie war sich sicher, dass sie es ohne Raphi nicht geschafft hätte, und genauso ging es Raphi. Aber während Charlotte sich zu Tode hungerte, ritzte sich Raphi den Schmerz aus der Seele. Ihre Freundschaft überlebte die Zeit in der Klinik und sie entschieden sich sogar für den gleichen Beruf. Die Zeit im Wohnheim gehörte mit zu den besten Zeiten in Charlottes Leben. Sie und Raphi wieder zusammen, nur ohne Therapeuten, die wie Trüffelschweine in ihren Seelen wühlten. Und dann war Jörg aufgetaucht und sie hatten sich ineinander verliebt und Raphi war nach Australien gegangen.

»Was genau machst du da?«, kehrte Charlotte zur Unterhaltung zurück. Sie wollte nicht an Jörg denken. Nicht jetzt. »Gesundheitsfürsorge?«

»So in etwa.« Raphaela atmete tief ein. »Ich …«, sie lachte verlegen auf, »ich bin Schülerin bei einem Nangkari.«

»Einem was?«

»Einem Schamanen.«

»Du bei einem Schamanen?« Charlotte schüttelte den Kopf. Zu überrascht, um sich zu sorgen, was diese Bewegung mit dem Ding in ihrem Kopf machen könnte.

»Ja.« Das Lächeln verschwand aus Raphis Augen und auf einmal wirkte sie nicht nur äußerlich verändert.

Unausgesprochene Worte flatterten wie lichtscheue Motten zwischen ihnen.

»War es das, was du gesucht hast?«, fragte Charlotte schließlich.

»Nicht unbedingt«, antwortete Raphi achselzuckend. »Aber: Man findet schließlich nur selten, was man sucht«, fügte sie hinzu. »Vielleicht irre ich, aber vielleicht gehe ich auch die ersten Schritte auf dem richtigen Weg.«

»Das ist so weit weg«, murmelte Charlotte und sie meinte damit nicht nur die äußere Entfernung. Schamanismus war mindestens so weit weg von allem, was sie über Raphi zu wissen glaubte, wie Australien.

»Ich weiß, was du denkst.« Raphi lächelte, als könne sie ihre Gedanken lesen. »Und ich werde bestimmt straucheln. Immer wieder. Und aufstehen. Immer wieder. Aber ich werde weitergehen.« Unbewusst strichen ihre Hände über ihre Unterarme. Dünner Shirtstoff verbarg die blassen Narben.

»Tja.« Charlotte presste die Fingernägel in die Handballen. »Immerhin hast du einen Weg gefunden, den du gehen kannst.« Sie biss sich auf die Unterlippe: Das hatte sie nicht sagen wollen. Es klang so – neidisch.

Aber genau das bin ich, dachte sie. Neidisch. Neidisch. Neidisch.

»Und warum bist du hier?«, fuhr sie fort. »Die Hochzeit ist abgesagt. Wie es aussieht, hab ich meinen Weg zwar nicht gefunden, aber er dafür mich.«

»Red keinen Scheiß.« Raphaela griff über den Küchentisch hinweg nach Charlottes Hand und sah ihr in die Augen. Mitten hinein. Das hatte seit Wochen keiner mehr getan. An ihren Wimpern glitzerten Tränen, aber sie grinste. Und auf einmal war sie wieder genau die Raphi, mit der Charlotte sich das Zimmer und die Dauerwurst geteilt hatte. »Hat dir dieser Scheißtumor etwa schon das Gehirn aufgeweicht? Du bist meine beste Freundin. Und Freunde braucht man nicht nur am schönsten Tag des Lebens, sondern auch, wenn's richtig scheiße läuft. Deshalb bin ich hier.«

»Danke«, schniefte Charlotte. »Hast du ein Taschentuch?«

»Siehst du? Schon brauchst du mich.« Raphaela zog ihren Rucksack von der Anrichte und kramte darin.

»Was ist das?« Erst jetzt bemerkte Charlotte den Kleidersack, der an der Tür hing.

»Was meinst du, was es ist?«

»Ist es …«

»… dein Hochzeitskleid.«

»Wieso?«

»Ich hab's bei deiner Mama abgeholt.«

»Sie hat es dir gegeben?«

»Na ja, so richtig nicht.«

»Wie, so richtig nicht?« Charlotte starrte auf den Kleidersack wie auf das Tor zur Unterwelt.

»Ehrlich gesagt, hab ich sie angekrückt.«

»Du hast sie angelogen.«

»Ja. Ich hab ihr gesagt, dass ich das Kleid zur Schneiderin bringen und versuchen werde, wenigstens einen Teil des Geldes zurückzukriegen.«

»Das hast du gesagt?«

»Sonst hätte sie es mir ja nicht gegeben.«

»Aber warum?«

»Es ist dein Kleid, oder?«

»Die Hochzeit ist abgesagt.«

»Verschoben.«

»Sie bringt dich um, wenn sie gleich kommt.«

»Ich hab sie ausgeladen.«

»Du hast was?«

»Ich hab ihr gesagt, ich kümmere mich heute um dich, und das werde ich tun.«

»Ich werde nicht heiraten. Ich werde sterben.« Es tat nicht einmal mehr weh, von ihrem eigenen Tod zu sprechen. Jeder musste früher oder später sterben. Sie gehörte halt zu den Menschen, die früher an der Reihe waren. Besser so, als sich an ein Leben zu klammern, das keins war.

»Nur, wenn du nicht kämpfst.«

»Aber wofür?«, brach es aus Charlotte hervor. »Für ein halbes Leben im Wartezimmer des Schicksals?«

»Geht's ein bisschen weniger dramatisch?«

»Nein.« Charlotte atmete tief ein. »Hat Jörg dir nicht gesagt, was da in meinem Hirn ist? Hast du keine Augen im Kopf? Siehst du nicht, was dieser Tumor aus mir macht?«

»Der Tumor macht das aus dir, was du ihn machen lässt.«

»So einfach ist das nicht.« Charlotte fühlte sich unendlich müde. Nicht einmal Raphi verstand sie. »Ich hab Krampfanfälle und der Tumor wächst schneller, als du seinen Namen buchstabieren kannst.«

»Wer nicht kämpft, hat schon verloren. Ich weiß«, Raphi hob abwehrend die Hände, »das ist so platt wie Friesland. Trotzdem bleibt es die Wahrheit.«

»Das schaff ich nicht noch einmal.« Charlotte löste die Fingernägel aus ihren Handballen und atmete gegen den einsetzenden Schmerz an.

»Doch«, widersprach Raphaela. »Diesmal ist dein Kampf nur ein anderer.« Sie ging hinüber zur Küchentür und öffnete den Kleidersack.

»Nicht«, stammelte Charlotte. »Ich will das nicht sehen.«

»Das dachte ich mir. Deshalb habe ich es ja mitgebracht.«

»Lernt man das bei deinen Schamanen?«

»Auch, oder auch nicht.« Mit einem Ruck zog Raphaela den Kleidersack vom Bügel.

»Du hast doch keine Ahnung.«

»Mag sein, aber ich hab schon verstanden, dass du dich einigelst und auf den Tod wartest.«

»Mehr ist da ja auch nicht mehr.« Charlotte starrte auf die perlenbestickte Blumengirlande aus grauer Spitze, die an der linken Hüfte begann und über die rechte Schulter rankte.

»Alles, was mein Leben ausgemacht hat, hat dieses Oli-go-den-dro-gli-om ausgelöscht.«

»Zum Auslöschen gehören immer zwei. Und du hast schon einmal versucht zu verschwinden. Isst du?«

»Ritzt du?«, fauchte Charlotte.

»Du hast jedes Recht, wütend zu sein.«

»Jetzt klingst du wie eine Therapeutin.«

»Ich bin deine Freundin.«

»Entschuldige. Ich weiß, du meinst es gut.« Enttäuschung ließ sie die Zähne zusammenbeißen. Mitleid. Raphi hatte Mitleid. »Sieh mich doch an.« Charlotte streckte der Freundin ihre geschwollenen Finger entgegen. »Ich würd's sprengen.«

»Stimmt«, gab Raphaela zu. »Ein Grund mehr, diesem Scheißkerl in deinem Kopf den Garaus zu machen.«

»Klingt so eine Schamanin?«

»Wie sollte sie denn klingen?«, fragte Raphi. »Etwa so?« Sie brabbelte etwas von Chakrenverwirrung und Weltenbaum.

Charlotte fühlte sich ertappt.

»Weißt du«, sagte Raphi. »So ein Quatsch hat nichts mit meinem spirituellen Weg zu tun. Aber ich kann's auch nicht besonders gut erklären. Im Moment fehlen mir schlichtweg die deutschen Worte, um ihn zu beschreiben.«

Neid. Neid. Neid. Charlotte presste die Fingernägel wieder in die Handballen.

»Also lass uns bei dir bleiben.« Raphi zog das Gummi straff, mit dem sie ihr Haar zurückgebunden hatte. »Erzähl mir von ihm.«

»Von Jörg?«

»Wenn du möchtest, auch von Jörg, aber ich hatte eher an den Scheißkerl in deinem Kopf gedacht.«

»Was soll ich sagen?«, antwortete Charlotte zögernd. Raphaela hatte den Tumor einen Scheißkerl genannt. Einfach so hatte sie genau das richtige Wort gewählt. »Er bringt mich um.« Ihre Stimmbänder knisterten wie gefriergetrocknet. Jedes Wort tat weh, trotzdem sprach sie weiter. »Dabei fing alles ganz harmlos an.«

»Ich mach uns was zu essen.«

Raphi kochte Kaffee und schmierte Marmeladenbrote, während Charlotte von den Kopfschmerzen und auch von Bernd erzählte. Niemandem hatte sie bisher von Bernd erzählt, der tropfenden Aura, die einen Krampfanfall ankündigte.

»Das ist echt irre.« Raphaelas Oberlippe zierte Waldfruchtmarmelade.

»Ist nicht dein Ernst.« Charlotte wunderte sich selbst, dass sie zu Ironie fähig war.

»Nein, wirklich. Weißt du, dass nach dem Glauben der Kooris das Urwesen allen Seins die Wasserschlange ist?«

»Ja und?«

»Im Schamanismus steht das Wasser für den Fluss des Lebens und dein inneres Kind.«

»Äh, ja.« Charlotte starrte in ihre leere Kaffeetasse. Sie spürte geradezu, wie sich ihre Chakren verwirrten. Inneres Kind. Wasserschlange. Lebensfluss.

»Vielleicht will dir dein inneres Kind etwas sagen.«

»Bestimmt will es das«, antwortete Charlotte. »Nämlich, dass gleich ein Krampfanfall kommt. Schon vergessen? Aura?«

»Ja sicher, aber wer hat schon einen tropfenden Cousin als Aura? Glaub mir, dein inneres Kind will dir helfen. Was sagt er denn?«

»Was er sagt? Ich weiß nicht.« Hatte er jemals mit ihr gesprochen? Doch, ja. »Hi, hat er gesagt und dass ich gewachsen sei und dass er jetzt öfter kommen würde.«

»Sonst nichts?«

»Doch.« Das Bild des Jungen, der sich den Bauch kratzte, hatte sich in ihr Hirn gebrannt. »Er hat gefragt, ob ich schwimmen kann.«

»Und, kannst du es?«

»Natürlich kann ich es.« Charlotte bereute bereits, dass sie Bernd erwähnt hatte. »Wofür steht schwimmen bei deinen Schamanen?«

»Das weiß ich nicht. Aber wir können es herausfinden.«

»Was meinst du mit *wir*?«

»Komm mit mir.«

»Nach Australien?«

»Warum nicht?« Raphi bückte sich nach dem Kleidersack. Charlotte hatte das Gefühl, sie tat es, um ihr nicht in die Augen sehen zu müssen. »Wäre das nicht besser, als hier auf den Tod zu warten?«

»Du begreifst es nicht, oder?« Charlotte schüttelte fassungslos den Kopf. »Ich schaff es nicht mal mehr allein vor die Tür. Wenn ich rauswill, kommt Elli vorbei, oder ich muss warten, bis Jörg zu Hause ist. Ich bin so mobil wie … wie …« Hilflos schaute sie sich um. Ihr fiel kein passender Vergleich ein.

»Der Kühlschrank?«, schlug Raphi vor. »Bücherregal? Klo?« Jeder Vorschlag aberwitziger als der vorherige. Zum ersten Mal seit Wochen lachte Charlotte. Raphis Humor nahm es sogar mit einem Tumor auf.

Humor, Tumor, schoss es Charlotte durch den Kopf. Die beiden Worte unterscheiden sich nur durch einen Buchstaben. Ein Buchstabe reicht aus, um die Bedeutung eines Wortes von fröhlich zu grauenhaft zu ändern.

»Du wärst doch nicht allein.« Raphi beugte sich vor und zog Charlottes Hände von ihrem Marmeladenbrot. Klebrig verschränkten sich ihre Finger ineinander. »Ich wär doch bei dir.«

»Die Medikamente.« Trotz des Einwandes sickerte die Idee warm in Charlottes Hände, wanderte mit dem Pulsstrom in ihr Herz. Warum nicht Australien? Sterben konnte sie schließlich überall, aber dann hätte sie sich wenigstens noch einen Traum erfüllt. »Ich …«

»Denk drüber nach. Es ist eine wunderbare Welt.« Raphi erzählte von ihrem Leben Down Under und mit jedem Satz wuchs Charlottes Sehnsucht. Sie spürte die Sonne auf der Haut, das einschläfernde Murmeln des Didgeridoos, roch den Rauch des Lagerfeuers und dachte an Jörg, der die Hochzeit abgesagt hatte und sich nicht einmal mehr in ihrer Gegenwart umzog.

»Es wäre wunderbar«, murmelte sie.

»Es ist wunderbar.« Raphis Augen glänzten. »Und es ist eine Chance.«

»Was ist eine Chance?« Die Küchentür schwang auf und ein riesiger Strauß roter Rosen auf zwei Beinen kam in die Küche.

»Hi Jörg.« Raphi sprang auf und breitete die Arme aus.

»Wow.« Jörg legte die Rosen in die Spüle und küsste Raphaela auf beide Wangen. »Du bist also doch gekommen.«

»Der Flug ließ sich nicht mehr stornieren.«

»Endlich mal eine gute Nachricht.« Geschäftig klatschte Jörg in die Hände. »Wo haben wir Vasen?«

»Im Wohnzimmerschrank unten links«, antwortete Charlotte. Jörg wusste nie, wo etwas stand. Als wäre er ein Gast in seiner eigenen Wohnung, schoss es ihr durch den Kopf. Früher hatte sie das nie gedacht, solche Sachen auf seine Schusseligkeit geschoben. Jetzt war sie sich nicht mehr so sicher. Oder vielleicht war sich auch der Tumor nicht sicher. Woher sollte sie wissen, wer gerade in ihrem Kopf dachte? »Warum bist du hier?«

»Um dich abzuholen.«

»Aber bist du nicht in der Klinik?«

»Hast du das wirklich geglaubt?« Jörg beugte sich zu ihr. Sein warmer Pfefferminzatem strich über ihre Haut und zum ersten Mal seit Wochen berührten sich ihre Lippen.

»Glaubst du wirklich, dass ich nicht weiß, welcher Tag heute ist?«

»Nein, eigentlich nicht«, räumte Charlotte ein. »Eher, dass du ihn verdrängst.«

»Ich weiß, dass du das denken musstest, Schatz, und es tut mir leid. Aber: Wir haben eine Überraschung für dich. Und du«, er drehte sich zu Raphi um, »bist natürlich auch herzlich eingeladen. – Was ist das?« Jörgs Unterkiefer klappte herunter und das Lächeln stürzte aus seinen Mundwinkeln. Er starrte auf das Kleid. »Ist das …? Wie kommt das denn hierher?«

»Raphi hat es mitgebracht«, antwortete Charlotte hastig. »Es ist …« in Ordnung, wollte sie sagen, doch Jörg unterbrach sie.

»Das ist jetzt nicht wahr. Wie konntest du?«, fuhr er Raphi an. Die Hände zu Fäusten geballt, baute er sich vor ihr auf.

»Ich wusste, es täte ihr gut.« Auch Raphi streckte das Kinn kampfbereit vor.

»Was bitte soll ihr daran guttun?« Jörgs Stimme schnarrte vor unterdrückter Wut. »Charlotte ist krank. Es geht ihr schlecht. Sehr schlecht. Und du kommst einfach angeflogen, hast von nichts eine Ahnung, aber weißt, was ihr guttut.« Er zeigte auf das Kleid und Tränen schossen ihm in die Augen.

»Jörg.« Charlotte streckte die Hand nach ihm aus.

»Natürlich tut es das«, sagte Raphi. »Irgendwer muss sie ja an ihre Träume erinnern.«

»Na bravo.« Jörg warf die Hände in die Luft. »Und an welche Träume hast du sie noch erinnert, Frau Hobbypsychologin? Sag's mir nicht.« Abwehrend hob er beide Hände, als Raphi zu einer Antwort ansetzte. »Die Chance ist dann wohl, mit dir nach Australien abzuschwirren.«

»Wenn es das ist, was sie will: Ja.«

»Habt ihr darüber gesprochen?« Jörg ging vor Charlotte in die Knie. Tränen glänzten in seinen Augen. »Du kannst nicht einfach fortlaufen.«

»Was hat sie denn hier?«, fragte Raphi.

»Mich! Verdammt noch mal. Die Chance, geheilt zu werden. Verdammt noch mal.« Mit einem Ruck stemmte sich Jörg in die Höhe. »Verschwinde!« Er drängte Raphi zur Tür. »Ich lass nicht zu, dass …«

»Du egoistisches Arschloch.«

»Hört auf!« Charlotte presste die Hände gegen die Ohren.

Tock. Tock. Tock. Das Geräusch füllte ihren Schädel. Jörg und Raphi lösten sich in Nebelfetzen auf, gaben den Blick auf Bernd frei, der mit der Hand über die perlenbestickte Blumengirlande glitt.

11. Kapitel

Charlotte öffnete die Augen. Ihre Lider waren schwer, als hätten sich Mücken daran gütlich getan. Schlieren flirrten zwischen ihren Augen und der geweißten Zimmerdecke. Zwischen ihren Augen pochte ein dumpfer Schmerz. Wieso lag sie im Bett? Was war passiert? Charlottes Ratlosigkeit dauerte nur einen Wimpernschlag, dann presste sich das Wort Krampfanfall in ihr Hirn. Sie schluckte die aufsteigende Panik herunter. Schmerz schoss ihr in die Kehle. Charlotte griff sich an den Hals. Als hätte diese Bewegung ihren Körper geweckt, funkte ihr Rücken SOS, das zerknitterte Bettlaken folterte ihre Fersen und ihr linker Arm fühlte sich an wie aufgepumpt. Sie sah nach links. Seitlich über ihr hing eine Plastikflasche. Plastikflasche? Infusion, meldete ihr Gehirn. Charlottes Blick wanderte den Schlauch entlang, über den die Flüssigkeit in ihre Vene floss, und landete bei der zum Platzen gespannten Haut über der Ellbogenvene. Sie biss sich auf die Unterlippe. Okay, dachte sie. Das läuft wohl nicht in die Vene. Das war immerhin eine Erklärung dafür, dass sich ihr Arm anfühlte, als würde er gleich platzen. Aber es war keine Erklärung für die Halsschmerzen und den Schmerz zwischen ihren Augen. Charlotte tastete mit den Fingerspitzen ihre Stirn ab und atmete zischend ein, als sie auf die Beule über ihrer

Nasenwurzel stieß. Wieso war sie gefallen? Sie hatte am Tisch gesessen. Jörg war nach Hause gekommen. Er hatte Blumen mitgebracht, rote Rosen. Sie hatten gestritten. Raphi war auch da gewesen und Bernd. Charlotte richtete sich auf. Sie musste die Infusion ausstellen. Der Raum schwankte, sie schwitzte vor Anstrengung, aber schließlich saß sie und schaute sich um. Das Handwaschbecken, der bequeme Sessel mit Leselampe, der in die Wand eingebaute Schreibtisch mit Kunstledermappe, der Rosenstrauch.

Sie beugte sich vor, schaltete die Infusion aus und drückte den Schwesternruf. Der Raum drehte sich und ebenso langsam, wie sie sich aufgerichtet hatte, ließ Charlotte sich zurücksinken. Sie schwitzte und keuchte, als wäre sie vier Etagen hochgejoggt. Was war nur los mit ihr? Ihre Hand fiel auf die Bettdecke. Tränen liefen ihr über die Schläfe und versickerten in ihrem Haar. Das Rauschen der Klimaanlage, leise Stimmen, ein Lachen, quietschende Räder, klapperndes Geschirr. Der schwermütige Geruch nach Desinfektionsmittel und halben Leben. Wie spät mochte es sein? Sie sah zum Fenster. Der Himmel bedeckt, keine Sonnenscheibe hinter den Wolken. Wahrscheinlich Nachmittag. Wo war Jörg?

Die letzte Frage beantwortete sich nach einem hastigen Klopfen. Jörg sah aus, als käme er von der Station. Dabei hatte er sich doch freigenommen, hatte er gesagt.

»Wo ist Raphi?« Die Frage endete in einem Hustenanfall. Was war nur mit ihrem Hals passiert?

»Ich hab die Blumen von zu Hause mitgebracht.« Jörg zog eine Rose aus dem Strauß und trat damit an ihr Bett. »Damit du noch was davon hast.«

»Wo ist Raphi?«, wiederholte Charlotte ihre Frage.

»Ruh dich erst mal aus.« Jörg setzte sich an ihr Bett und griff nach ihrer Hand. Er ignorierte ihre Frage, wie er es immer tat, wenn er nicht antworten wollte. Charlotte schloss die Augen.

Ihr fehlte die Kraft, ihn noch einmal zu fragen. Wenn Jörg nicht wollte, dann wollte er nicht. Charlotte hatte ihn noch nie zu etwas zwingen können. Hatte sie es je gewollt? Liebt man einen Menschen überhaupt, wenn man ihn zu etwas zwingen will? Wie Schlick trieben die Gedanken durch ihr Gehirn. Und dort versickerten sie unausgesprochen.

»Danke«, krächzte sie matt. Es war so viel einfacher im Hier und Jetzt. Trotz der Schmerzen.

»Mein Arm«, murmelte sie. »Die Infusion.«

»Scheiße«, fluchte Jörg, als er die Schwellung sah. Hastig verließ er das Krankenzimmer, nur um wenige Augenblicke später mit einem dieser Allzweckverbandswagen zurückzukommen, mit denen sie hier arbeiteten. Charlotte drehte den Kopf weg, als er ihren Arm verarztete.

»So«, sagte er schließlich und schob den Wagen zur Seite. »Das hätten wir.« Mit hängenden Armen stand er vor ihrem Bett. Er wirkte so hilflos, wie Charlotte sich fühlte.

»Ich denke nicht, dass du einen neuen Zugang brauchst. Ich …« Er bückte sich und hob etwas auf, was er in den Abfallbehälter des Wagens warf. Vielleicht war es das, was er hatte sagen wollen, vielleicht aber auch nur ein Stück Pflaster.

»Wie spät ist es?«, fragte Charlotte, als die Stille zwischen ihnen zu einer grauen Mauer wuchs.

»Gleich drei.« Jörg zog sich einen Sessel ans Bett und reichte ihr ein gefülltes Wasserglas, das auf dem Nachtschränkchen stand. Schluck für Schluck trank Charlotte. »Gleich drei«, hatte er gesagt. Sie versuchte sich zu erinnern, wann das Klingeln an der Haustür sie geweckt hatte. Sie wusste es nicht, hatte nur das Gefühl, dass es spät gewesen war. Und dann hatten sie in der Küche gesessen und dann war Jörg gekommen, der Streit, Bernd.

»Mir tut jeder Knochen weh.« Sie schloss die Augen. Wenigstens klappte das Sprechen jetzt besser.

»Das wundert mich nicht.«

»So schlimm?« Fröstelnd zog Charlotte die Schultern hoch. Sie hatte das Gefühl, die Raumtemperatur wäre auf den Gefrierpunkt gefallen. Jörg war dabei gewesen. Was hatte er gesehen? Was für sie ein schillerndes Fallen ins Nichts war, waren für ihn zuckende Gliedmaßen, verzerrte Gesichtszüge. Scham wallte in Charlotte auf. Es war so würdelos, so …

»Es war wieder ein Grand Mal.«

»Wieso wieder?« Charlotte griff sich an die Stirn.

»Weil du bereits im Juni einen Anfall hattest.«

»Und das hast du mir nicht gesagt?«

»Ich sag's dir jetzt.«

»Wie lange?«

»Vier Stunden.«

Vier Stunden? Charlottes Herz hörte einfach auf zu schlagen. In der Stille, die entstand, versuchte sie, ihr Wissen über Anfallsleiden abzurufen: Epileptische Anfälle zerstören im Normalfall keine Hirnzellen, eine Ausnahme waren die sogenannten Grand-Mal-Anfälle, die mehrere Stunden andauern konnten. Wieder einer. Er hatte gesagt: wieder einer.

»Aber wie kann das sein?« Sie tastete die Beule über ihrer Nase ab. War das Schorf oder Kruste? »Es ist gleich drei, hast du gesagt. Ich kann nicht vier Stunden gekrampft haben.«

»Nicht heute«, bestätigte Jörg und es dauerte einen Augenblick, bis Charlotte begriff.

»Welcher Tag ist heute?«

»Montag.«

»Montag?« Sie hatten Freitag heiraten wollen. Vor ihrem freien Wochenende, damit die Kolleginnen aus ihrer Schicht kommen konnten. Und heute war Montag? Was war an den anderen Tagen passiert? Der Monitor über Charlottes Kopf fiepte. Jörg streckte sich und schaltete ihn aus. Sie roch seinen Schweiß, als er den Arm ausstreckte.

»Sie haben wirklich alles aufgeboten, was die neurologische Giftküche zu bieten hat, um dich da rauszuholen. Bis heute Morgen warst du auf der Neuro-Intensiv.«

Charlotte griff sich an die Kehle. Deshalb also die Halsschmerzen. Sie hatten ihr einen Schlauch in die Luftröhre geschoben, sie künstlich beatmet.

»Wo ist Raphi?«, wiederholte Charlotte ihre Frage nun doch wieder. Sie konnte sich nicht vorstellen, dass die Freundin sie alleingelassen hatte. Nicht Raphi.

»Ich weiß es nicht«, antwortete Jörg. Sein Kiefer verspannte sich. »Sie ist abgehauen, als der Rettungswagen kam.«

»Nein«, widersprach Charlotte. »Ist sie nicht. Du hast sie rausgeschmissen.«

Alles war wieder da. Die Farben, der Klang des Didgeridoos.

»Zu Recht. Sieh nur, was sie dir angetan hat.«

»Das war doch nicht sie.«

»Doch«, beharrte Jörg. »Das war sie. Sie hat dich einfach überfordert: das Brautkleid, diese Fantastereien. Was willst du überhaupt in Australien?«

»Ich weiß nicht.« Der Schmerz in Charlottes Hals verstärkte sich. Sie griff sich an die Kehle. »Vielleicht leben, bevor ich sterbe.«

»Das ist doch gequirlte Scheiße«, fauchte Jörg. »Was ist mit mir? Mit uns? Dein Leben ist hier, bei mir.«

»Dann komm doch mit.«

»Du erwartest wirklich von mir, dass ich dir beim Sterben zusehe?«

Ja, dachte Charlotte. Besser ein Ende mit Schrecken, als ein Schrecken ohne Ende. Ihr Widerstand war nicht einmal originell und auch bestimmt nicht verständlich. Nicht für Jörg, in dessen Wortschatz der Begriff *aufgeben* nicht existierte. Wie sollte sie ihm erklären, dass sie das Cortison und das Keppra

100

nur aus Angst vor den Krampfanfällen nahm? Dass sie das halbe Leben nicht wollte, das ihr nach der OP blieb. Wie sollte sie ihm begreiflich machen, dass es vorbei war? Er würde es nie verstehen. »Nein«, antwortete Charlotte bitter. »Ich erwarte gar nichts von dir. Schließlich warst du es, der – kaum stand die Diagnose – die Hochzeit abgesagt hat. Und weißt du was? Ich versteh dich sogar. Bei so einer Diagnose lässt sich eben nicht so leicht *in guten und in schlechten Zeiten* und *bis dass der Tod euch scheidet* sagen.«

»Ist es das?«

»Du hast mich doch schon abgeschrieben.«

»Das ist nicht wahr. Es war nicht mehr der richtige Zeitpunkt. Aber wenn du willst: Lass uns heiraten. Aber dann lässt du dich auch operieren.«

»Das ist Erpressung.« Allein der Gedanke daran, dass ein Operateur, egal wie präzise, durch ihr Hirn schnitt, ließ sie schaudern. Der Tumor hockte an der Brücke zu ihrem Bewusstsein. Selbst wenn die OP erfolgreich war, wäre sie danach wahrscheinlich nicht mehr sie selbst.

»Ja. Nein. Und wenn schon.« Jörg griff nach ihrer Hand. »Dann ist es eben Erpressung. Hauptsache, du willigst ein. Denn alles andere ist Selbstmord auf Raten.«

»Nein.« Charlotte schüttelte den Kopf. »Es ist zu spät. Wir hatten Pläne. Nichts davon würden wir machen können. Ich will dich da nicht hineinziehen.« Ich will nicht zu Hause auf dich warten, während du lebst, dachte sie. Ich will nicht bei jedem Wassertropfen vor Angst zusammenzucken. Ich will kein unmündiges Kind sein, das nur mit Mama auf die Straße darf. Ich will nicht meine Fähigkeit verlieren, Zusammenhänge zu begreifen. Ich will nicht auf diese Art sterben. Das alles dachte Charlotte in das Rauschen der Klimaanlage hinein. Keinen dieser Gedanken sprach sie aus. Oli-go-den-dro-gli-om.

»Gut.« Jörg schluckte. Als er weitersprach, blickte er an

Charlotte vorbei. »Ich liebe dich. Aber entweder machst du die Therapie oder ich gehe. Entscheide dich!« Mit dem Finger schob er die Brille zur Nasenwurzel hoch. Dann stand er auf und verließ das Krankenzimmer. Hinter ihm fiel die Tür ins Schloss. Zurück blieben Charlotte und der Duft der Rosen, der sich wie ein Leichentuch über den Raum legte.

»Alles in Ordnung?«, fragte die Krankenpflegeschülerin, die wenige Minuten, nachdem Jörg das Zimmer verlassen hatte, kam, um den Verbandswagen abzuholen.

»Ja, danke«, antwortete Charlotte, obwohl offensichtlich nichts in Ordnung war. Sie lag im Krankenhaus. Sie hatte einen Tumor und einen Exverlobten und ihre Freundin war verschwunden.

Ohne mich, dachte Charlotte. Sie ist ohne mich gegangen. Auch wenn sie enttäuscht war, verstand sie Raphi. Wahrscheinlich war ihr bewusst geworden, welche Last sie auf ihre Schultern geladen hätte, wenn sie mit ihr nach Australien gereist wäre.

»Möchten Sie Tee oder etwas essen?«

»Nein danke.«

»Sie haben Säfte und Wasser in Ihrem Kühlschrank.« Die Schülerin zeigte mit der etwas übertriebenen Privatstations-Freundlichkeit auf das Hightech-Nachtschränkchen neben Charlottes Bett.

»Ich weiß. Danke.«

»Na dann.« Die Schülerin schob den Wagen zur Zimmertür.

»Wenn Sie bitte …« Charlotte zeigte auf die Rosen. »Würden Sie die mit rausnehmen?«

»Ein so schöner Strauß.«

»Nehmen Sie ihn einfach mit.« Und meine Erinnerungen dazu. Wieder ein Gedanke, den sie nicht aussprach. Wie lange ihr diese Möglichkeit wohl noch blieb? Eigene Gedanken. Ihre letzte Freiheit. Eigene Entscheidungen konnte sie nur noch bedingt treffen. Sie konnte nicht einfach fortgehen. Nicht Auto fahren. Nicht arbeiten. Nicht, ohne andere Menschen zu gefährden. In ihrem Kopf tickte eine Zeitbombe. In einem Jahr würde sie vielleicht nicht mehr schlucken können oder ihre Erinnerung verlieren. Wer wusste schon, was von ihr übrig blieb, wenn der Tumor sich in ihrem Gehirn ausbreitete. Charlotte schloss die Augen. Ich will das nicht! Tränen liefen ihr über die Wangen. Ich will das nicht.

Oli-go-den-dro-gli-om! – Aus-puff!

Auspuff? Charlotte hörte die Stimme, als säße der Mann neben ihrem Bett. *Einfach einen Staubsaugerschlauch an den Auspuff und dann mit einem Kreisbohrer ein Loch in den Boden vom Kofferraum gebohrt. Kann man sich das vorstellen?*

Ja, dachte Charlotte. Das kann man sich vorstellen.

12. Kapitel

Am nächsten Tag verließ Charlotte die Klinik. Diesmal schlich sie sich nicht aus dem Krankenhaus, sondern unterschrieb die Entlassungspapiere. Während sie noch packte, klopfte der Stationsarzt an.

Ihren Entlassungsbrief in der Hand betrat er das Zimmer und schloss die Tür hinter sich. »Haben Sie sich das wirklich gut überlegt, Frau …« Er zögerte vor ihrem Nachnamen, als hätte er ihn vergessen. »Degener?«, fügte er schließlich hinzu.

»Ich werde eine zweite Meinung einholen«, antwortete Charlotte. Dabei bezweifelte sie weder die Diagnose noch die Therapieoptionen. Nur ihre Fähigkeit, dieses Restleben zu führen, bezweifelte sie, aber das würde der Arzt nicht verstehen.

»Das ist natürlich Ihr gutes Recht«, antwortete der Stationsarzt. »Aber …«

»Ich weiß«, unterbrach Charlotte ihn. »Danke, Herr Doktor …« Auch sie stockte, weil ihr sein Nachname nicht einfiel. Sie wusste nur, dass sie mal bei einem Betriebsfest miteinander getanzt hatten. Er war nett und lustig gewesen. War. Gewesen. Vorbei. Wie ihr Leben.

»Wir haben Ihrem Verlobten ein paar Adressen gegeben. Falls Sie …«

»Danke«, antwortete Charlotte hastig. »Das ist sehr freundlich«, fügte sie hinzu, ohne es zu meinen. Jörg hatte also Adressen von Fachärzten bekommen, an die sie sich wenden sollte. Sie wusste nicht, ob sie lachen, weinen oder vielleicht krampfen sollte.

»Bringt Ihr Verlobter Sie nach Hause?«

»Ja.« Charlotte wusste selbst nicht, warum sie log. Wahrscheinlich aus dem gleichen Grund, aus dem Jörg die Adressen genommen hatte. Ihre Beziehung ging niemanden etwas an, ebenso wenig wie ihre Krankheit. Charlotte hatte keinem gesagt, dass sie heute die Klinik verlassen würde. Ihre Eltern würde sie anrufen, wenn sie zu Hause war. Elli würde sich fürchterlich aufregen, da war Charlotte sich sicher. Ihr Vater würde sie verstehen. Oder zumindest so tun. Charlotte dachte an die Nachmittage, die sie in seiner Kunstschreinerwerkstatt zwischen all den alten und halb fertigen Schränken und Tischen verbracht hatte. Der Geruch nach Holz, der im Sonnenlicht tanzende Staub. Ihr Vater hatte nie etwas gesagt, auch nicht, als sie immer dünner wurde. Aber zwischen Hobel und Kreissäge hatte immer eine Tüte Lakritzschnecken gelegen. Um ihm eine Freude zu machen, hatte Charlotte sie gegessen und war anschließend im Bad verschwunden. Er hatte es nie bemerkt.

Nachdem der Stationsarzt gegangen war, verließ auch Charlotte das Krankenzimmer.

»Alles klar soweit?« Thomas kam ihr auf dem Flur entgegen. Er schob einen Rollstuhl, in dem ein in sich zusammengesunkener alter Mann hockte. An der Seite des Rollstuhls hing ein prall gefüllter Urinbeutel.

»Ja. Danke.« Charlotte schulterte ihre Reisetasche und ging zum Aufzug. Nicht mehr lange und sie würde ebenso hilflos sein. Vielleicht würde sie aber auch bei einem Krampfanfall an ihrer eigenen Zunge ersticken. Es gab viele Möglichkeiten, an einem Hirntumor zu sterben. Charlotte mochte keine davon.

Vor der Klinik wehte eine Windbö ihr die Haare ins Gesicht. Sie blieb stehen, hielt für einen Moment das Gesicht in die Sonne und atmete die warme, nach Abgasen und frisch gemähtem Gras riechende Luft ein. Sie war froh, dass die Sonne schien. Schließlich war die Wahrscheinlichkeit groß, dass es ihr letzter Sommer war. *Sie tanzte nur einen Sommer.* Dieser Satz tauchte zusammen mit dem unbändigen Bedürfnis nach einer Zigarette in ihrem Kopf auf und verschwand ebenso schnell wieder. Ein letztes Mal drehte Charlotte sich um und schaute die Fassade des Krankenhauses hoch, das viel mehr ihr Zuhause gewesen war als ihre Wohnung, dann wandte sie sich ab und ging hinüber zum Taxistand.

Die Gerippe der Geranien, die sie im April gepflanzt hatte, hingen noch immer vertrocknet aus den Balkonkästen. Ihr habt's hinter euch, dachte Charlotte und schloss die Tür zum Hausflur auf. Aus der Erdgeschosswohnung schallten laute Musik und das Brummen einer Waschmaschine im Schleudergang. Die Treppen zu ihrer Wohnung hochzusteigen, war anstrengender, als Charlotte gedacht hatte. Auf halbem Absatz blieb sie keuchend stehen, aber schließlich stand sie doch vor ihrer Wohnungstür. Sie ließ die Reisetasche an der Garderobe stehen und ging durch die Wohnung. Ihre Sandalen klackerten auf dem Laminat. Die Luft in der Wohnung war warm und roch muffig nach Einsamkeit. In den wenigen Tagen, die sie im Krankenhaus verbracht hatte, hatte sich die Wohnung verändert, war nicht mehr das Zuhause, das sie kannte. Kein feuchtes Handtuch lag im Flur, in Jörgs Hälfte vom Kleiderschrank hing nur noch das T-Shirt mit dem Brandflecken auf der Brust und selbst seine Tasse fehlte. Dafür lagen zwei Briefe auf dem Küchentisch. Einer von Jörg, einer von Raphi.

Charlotte zögerte, warf dann aber doch beide ungelesen ins Altpapier. Raphi war fort. Sie musste ihre Entschuldigungen nicht lesen. Sie verstand sie auch so. Diesen Weg musste sie alleine gehen. Ohne sie abzuhören, löschte sie alle Nachrichten auf dem blinkenden Anrufbeantworter und auch alle SMS, die Raphi ihr geschickt hatte.

Dann setzte sie sich ins Wohnzimmer, starrte auf den Kamin und spürte, wie der Tumor in ihrem Kopf wuchs und wuchs und wuchs. Tränen liefen ihr über die Wangen. Wie lange würde sie noch sitzen können, wie lange wäre sie noch in der Lage, Entscheidungen zu treffen? Begriffe wie Patientenverfügung, lebenserhaltende Maßnahmen drängten sich in ihr Bewusstsein. Es gab niemanden in ihrem Leben, dem sie ihr Sterben hätte anvertrauen können. Nicht Jörg, der den Gedanken an Tod nicht ertrug, nicht Raphi, die sie nicht in ihr Sterben ziehen wollte, nicht ihrem Vater, den alles emotional überforderte, was er nicht mit Lakritz und einer Umarmung regeln konnte, und vor allem nicht Elli, die alles unterschreiben würde, wenn es sie nur am Leben halten würde.

Der Klingelton ihrer Mutter riss sie aus ihren Gedanken. Wenn man an den Teufel dachte. Charlotte nahm ihr Smartphone und wischte über das Display.

»Die haben gesagt, du bist einfach nach Hause gegangen.« Elli keuchte, als wäre sie zu schnell gerannt. Im Hintergrund hörte Charlotte Vogelgezwitscher.

»Wo bist du?«

»Am Krankenhaus natürlich. Ich komm hier an und das Zimmer ist leer. Kannst du dir vorstellen, wie ich mich gefühlt habe?«

»Tut mir leid.« Charlotte biss sich auf die Unterlippe. »Ich dachte nicht, dass du so früh kommst.«

»Bist du beurlaubt?«

Charlottes Zungenspitze schlug am Oberkiefer an, um das Nein zu bilden, aber dann fiel sie zurück und machte Platz für ein Ja.

»Wie schön«, sagte Elli. »Jörg hat jetzt doch auch Urlaub, oder? Schließlich wolltet ihr …« Elli rettete sich in ein asthmatisches Keuchen.

»Ab morgen.« Ohne es zu wollen, verfiel Charlotte in die Muster ihrer Jugend: *Ich hab bei einer Freundin gegessen. Ich hab ein Brot gegessen.* Später hatte sie nicht nur gelogen, sondern auch Lebensmittel verschwinden lassen, um ihre Mutter zu täuschen. Bis sie zu dünn geworden war, um noch irgendwem etwas vormachen zu können.

»Soll ich zu dir kommen?«, fragte Elli.

»Nicht heute«, wehrte Charlotte ab. Sie wollte Elli nicht hier haben. Sie würde Jörgs Auszug riechen, sobald sie einen Fuß in die Wohnung setzte.

»Aber du kannst doch nicht allein bleiben«, sagte sie. »Was ist, wenn du …«, Elli stockte, »ich meine, wenn dir unwohl wird.«

»Die Medikamente haben gut angeschlagen.« Charlotte strich sich eine verschwitzte Haarsträhne aus der Stirn. »Ich ruf dich später noch mal an.« Sie drückte das Gespräch weg.

Später am Tag rief sie ihren Vater an. »Hi Paps«, sagte sie, als er sich meldete.

»Hi Kleine. Wie geht's?«

»Besser. Ich bin aus dem Krankenhaus raus.«

»Siehst du. Ich hab doch gleich gesagt, es wird nichts so heiß gegessen, wie es gekocht wird.« Rudolf zog an seiner Zigarette.

»Nichts, was man nicht mit Holzschrauben und Leim hinkriegen würde«, erwiderte Charlotte. Sie wusste nicht, was Elli oder Jörg ihrem Vater erzählt hatten. Sie selbst hatte nicht über den Tumor gesprochen. Charlotte hatte es nichts übers Herz gebracht.

»Gut, dass du anrufst«, sagte ihr Vater. »Du wirst es nicht glauben, aber ich wollte gerade zu dir.«

»Du im Krankenhaus? Das sagst du nur, weil ich zu Hause bin.«

»Nein. Wirklich. Brigitte hat gesagt, wenn ich meinen Arsch nicht ins Krankenhaus bewege, schiebt sie mich mit meinem dämlichen Schädel voran durch die Kreissäge.«

»Das klingt nach einer Drohung.« Brigitte war Rudolfs aktuelle Freundin. Sie hatten sich bei den Weight Watchers kennengelernt und bekämpften nun gemeinsam ihre Pfunde mit Salatblättern, gedünstetem Fisch und regelmäßigen Fressattacken.

»Ich hab dir sogar Lakritze gekauft.«

»Das ist lieb.« Charlotte zögerte. Während sie im Krankenhaus durch ihre Tage gedämmert war, hatte sie über ihre Möglichkeiten nachgedacht. Eine Überdosis schied aus, weil sie nicht genügend Medikamente im Haus hatte und die Gefahr zu groß war, mit einem Leberschaden aufzuwachen. Die Medikamente einfach wegzulassen, dauerte zu lange. Also blieben: Staubsaugerschlauch und Kreisbohrer. Ersterer stand im Schlafzimmer. »Kannst du vielleicht auch den akkubetriebenen Kreisbohrer mitbringen? Wir brauchen den für die Arbeitsplatte in der Küche. Wir haben gedacht, jetzt, wo wir nicht wegfahren, könnten wir ein bisschen basteln.«

»Klar bring ich den mit. Ich kann euch das auch machen.«

»Lieb von dir, Papa, aber Jörg will sich bestimmt nicht die Gelegenheit entgehen lassen, selbst zu bohren.« Wie leicht es ihr wieder fiel. Charlotte dachte an all die Lügen, mit denen sie ihre Eltern in Sicherheit gewiegt hatte. Hastig redete sie weiter. Nur nicht darüber nachdenken, dass sie gerade wieder die Menschen belog, die ihr am meisten bedeuteten. Aber sie hatte keine Wahl.

13. Kapitel

Es war eine gute Nacht zum Sterben. Charlotte drehte den Zündschlüssel und das gleichmäßige Quietschen der Wischblätter erstarb. Die Mondsichel stand schmal am sternenklaren Himmel und vor ihr ragte dunkel die Uferböschung auf. Eine einzelne Laterne beleuchtete den Parkplatz unterhalb des Kanals. Ein guter Platz zum Sterben. Charlotte stieg aus ihrem Peugeot und öffnete die Heckklappe. Sie zögerte, als sie nach dem Staubsaugerschlauch griff. Aber dann dachte sie daran, wie der Tumor ihr Gehirn zerstörte und was ihr bevorstand. Entschlossen schob sie den Schlauch über den Auspuff und griff nach dem hitzebeständigen Klebeband, das sie online bestellt hatte. Fast eine Woche hatte es gedauert, bis das Päckchen endlich bei ihr eingetroffen war. Eine Woche, in der sie alle Menschen aus ihrem Leben ausgeschlossen hatte. Ihren Eltern hatte sie gesagt, dass sie mit Jörg verreisen würde, und das Telefon hatte sie auf lautlos gestellt. Die Nachrichten, die ihr Raphi täglich auf dem Anrufbeantworter hinterließ, löschte sie, ohne sie abzuhören, und um die Flut an SMS und Handyanrufen einzudämmen, blockierte sie Raphis Nummer. Die meiste Zeit hatte sie damit verbracht, ihren Abschiedsbrief wieder und wieder neu zu formulieren. Aber auch wenn sie selbst wusste, warum sie nur so und nicht anders handeln konnte, fand sie nie die richtigen Worte. Schließlich hatte Charlotte es aufgegeben und die Entwürfe im Kamin verbrannt.

Und nun war es so weit. Sorgfältig wickelte sie das Klebeband um Auspuff und Schlauch. Der Nieselregen legte sich wie ein feuchtkaltes Tuch auf ihren Nacken. Charlotte schauderte. Sie stemmte sich mit ihrem gesamten Körpergewicht auf den Bohrer. Es ging schwerer, als sie gedacht hatte, aber schließlich fraß sich der Bohrer kreischend durch den Kofferraumboden. Charlotte schwitzte und fror gleichzeitig. Ihre Zähne klapperten. Mit klammen Fingern schob sie den Schlauch durch die Öffnung, dann schlug sie die Heckklappe zu, setzte sich hinters Steuer, startete den Wagen, schaltete Zentralverriegelung und Umluftgebläse ein und starrte hinaus in die Nacht. Ihr gefiel, was sie sah: die dunklen Büsche, die hell schimmernden buckeligen Stufen, die zum Kanal hinaufführten. Eine Fledermaus flog über die Motorhaube. Charlotte hustete. Der Geschmack der Abgase legte sich auf ihre Schleimhäute. Sie griff sich an die Kehle, widerstand dem Impuls, die Tür zu öffnen, aus dem Wagen zu stürzen. Ich will nicht sterben!

Tock. Tock. Tock.

Dumpfer Schmerz bohrte sich mit der Unerbittlichkeit eines Lochbohrers durch ihr Hirn.

»Das solltest du nicht tun.«

Charlotte schaute auf, sah Bernd im Rückspiegel. Er hatte die Beine angezogen und wackelte mit den nackten Füßen. Wasser tropfte aus seinen Haaren.

»Ich …« Charlotte fiel ins Nichts.

14. Kapitel

Die Hölle roch nach … Blumenkohl? Schmerz wummerte durch Charlottes Schädel. Ihre Finger tasteten über die … Bettdecke? Unter den Schulterblättern, ihrem Po, ihren Oberschenkeln spürte sie die Falten eines … Lakens? Der Rest ihres Körpers verschwand in Kälte. War sie nackt? Charlotte öffnete die Augen. Blutige Spiralen verengten ihr Blickfeld. Am Ende dieses leuchtend roten Spiraltunnels sah sie das Gesicht eines … Mannes? Gerunzelte Stirn, zusammengekniffene Augen, schmale Lippen. Das wütende Gesicht eines Mannes. Nicht Jörg und trotzdem nicht unbekannt.

»Ich kenn Sie«, fauchte der Mann. Seine Stimme klang so wütend, wie er aussah. »Sie sind die Krankenschwester.«

Der Polizist. Kraftlos zog Charlotte die Decke zum Kinn hoch, versuchte, sich aufzusetzen.

Schon bei ihrer ersten Begegnung hatte er ihr Angst gemacht und da hatte sie nicht nackt in seinem Bett gelegen.

Übelkeit wühlte in ihren Därmen. Ihr Speichel schmeckte nach Auspuffabgasen. Es war also passiert. Sie hatte es getan. Aber warum lag sie dann hier?

»Sie erkennen mich, oder?« Der Polizist beugte sich vor, bis sie nur noch seine Augen am Ende des Tunnels sah. »Ich bin's.

Der Freund und Helfer.« Sein Speichel traf ihre Wangen wie Nieselregen.

»Wieso?« Charlotte verstand nichts von dem, was ihre Sinne ihr sagten. Nach ihrer Erinnerung musste sie tot in ihrem Peugeot sitzen oder bereits auf dem Weg ins Leichenschauhaus sein.

»Wieso was?«, fauchte der Mann. »Was sollte der Scheiß?«

»Ich wollte nicht mehr.«

»Was? Nicht mehr sterben?«

»Ich … ich weiß nicht.« Charlotte schluckte gegen die Übelkeit an. »Wieso bin ich hier?«

»Weil Sie so freundlich waren, Ihren Pseudoselbstmordversuch ausgerechnet vor meiner Haustür zu machen.«

»Das ist nicht wahr.«

»Und ob das wahr ist. Du warst doch im Krankenhaus.« Unvermittelt hatte der Polizist zum Du gewechselt. »Bei dem Mädchen. Warum verdammt noch mal konntest du dir keinen anderen Ort suchen?« Sein Gesicht verschwand aus dem Tunnel, dafür senkte sich die Matratze unter dem Gewicht seines Körpers. »Wolltest du auf Nummer sicher gehen?«

Die plötzliche Bewegung war zu viel für Charlotte. Sie schaffte es gerade noch, den Kopf abzuwenden. Klatschend landete ihr Mageninhalt in einem Eimer, der neben dem Bett stand.

»Es tut mir leid.« Zitternd wischte sie sich den Mund, wieder hob sich ihr Magen, ihr Zwerchfell zog sich zusammen, glühende Messer fuhren durch ihren Schädel, ihr Herz stolperte, bittere Galle breitete sich in ihrer Kehle aus. Charlotte hatte das Gefühl zu ersticken, aber schließlich ließ der Würgereiz nach. Keuchend und schwitzend fiel sie in die Kissen zurück.

»Hier.« Der Mann hielt ihr eine Zigarette vor den Mund. Bitterer Rauch stieg ihr in die Nase. Dope?

Kraftlos schlug Charlotte die Hand zur Seite. Ein Polizist hielt ihr einen Joint unter die Nase? Vielleicht war sie doch schon tot und in ihrer persönlichen Hölle gelandet. Kopfschmerzen, kalte Füße, Drogen. Sie hatte das letzte Mal auf ihrer Abiturfeier gekifft.

»Zieh dran. Das hilft. Glaub mir.« Er hielt ihr den Joint gegen die Lippen. Vorsichtig inhalierte Charlotte den bitteren Rauch. Die Übelkeit zog sich wie eine misstrauische Katze zurück.

»Woher haben Sie das?« Charlotte drehte den Joint zwischen den Fingern.

»Rauch einfach. Danach geht's dir besser.«

»Haben Sie ... damit gerechnet?« Charlotte nickte in Richtung des Eimers.

»Ich bin immer vorbereitet.«

Der Polizist griff nach dem Eimer und stand auf. Leise fluchend verließ er das Zimmer und ließ sie mit dem Joint zurück. Ungeduldig wartete Charlotte auf seine Rückkehr. Sie hatte so viele Fragen und keine Antworten. Noch einmal zog sie an dem Joint. Der Rauch kühlte die Messer in ihrem Schädel, aber noch immer sah sie alles wie durch einen blutroten Tunnel.

Der Polizist kehrte mit dem geleerten Eimer zurück.

»Kann ich ein Glas Wasser haben? Bitte.« Charlotte reichte ihm den Joint. »Ich glaub, es geht schon wieder.«

»Warum hast du das gemacht?«

Charlotte wich seinem Blick aus.

»Warum kiffen Sie?«

»Um zu überleben.« Er bückte sich nach einer Flasche Wasser und reichte sie ihr.

»Danke. Wieso haben Sie mich gefunden? Ich meine ...« Charlotte hob die Hand, als er den Mund öffnete. »Ich wusste nicht, dass Sie hier wohnen. Ich dachte, ich hätte alles richtig gemacht.«

»Hast du ja wohl auch. Schließlich hab ich dich gefunden. Aber hast du dich mal gefragt, was das für mich bedeutet?«

114

»Wie oft soll ich das noch sagen: Ich wollte nicht, dass Sie, dass irgendwer mich findet.«

»Und warum hupst du dann wie eine Irre?«

»Hupen?« Charlotte hatte Mühe, seinen Worten zu folgen.

»Ja. Du hast gehupt. Immer wieder, und als ich kam, warst du bewusstlos. Ich hab die Scheibe eingeschlagen.«

»Es tut mir leid.«

»Was? Dass dein kleines Autochen kaputt ist?«

»Nein, ich …« Charlotte klammerte sich an die Flasche. »Ich …«

»Verdammt noch mal«, unterbrach der Polizist sie. »Du hast alles so gemacht wie er. Weil ich es dir erzählt habe?«

Nein, wollte Charlotte sagen, aber ihr fehlte die Kraft zu lügen, also nickte sie nur.

»Warum sollte ausgerechnet ich dich finden?« Wieder sackte er auf die Bettkante.

»Das wollte ich nicht wirklich. Aber trotzdem: danke.«

»Willst du mich verarschen? Wofür bedankst du dich?«

»Dass ich hier bin und nicht …«, Charlotte schloss für einen Moment die Augen, »… im Krankenhaus.«

»Ich hätte das nicht noch mal ertragen. Dieses Warten und diese Leute, wie …«, er senkte den Kopf, starrte auf seine Hände, die zwischen seinen Beinen baumelten, »… du. So unpersönlich freundlich.«

»Es war keine Absicht.«

»Nee. Ist schon in Ordnung. Wahrscheinlich müsst ihr so sein.«

»Das meine ich nicht.«

»Was dann?«

»Das Hupen. Das war keine Absicht.«

»Was dann?«

»Ein Krampfanfall.« Charlotte setzte die Flasche an die Lippen und trank in tiefen Zügen. Sie trank gegen die Übelkeit an, gegen die Verzweiflung, gegen den Tunnelblick.

»Scheiße.« Der Polizist schüttelte den Kopf. Ein Fiepen unterbrach die Bewegung. Er griff sich ans Ohr.

»Willst du's mir erzählen?«

»Da gibt es nicht viel zu erzählen«, murmelte Charlotte.

Aber dann erzählte sie ihm doch von dem Scheißkerl in ihrem Kopf. Er hörte ihr zu, ohne den Blick von seinen Händen zu nehmen. Nur hin und wieder unterbrach sie das Fiepen seines Hörgerätes. Dann nutzte sie die Pause, um zu trinken. Mit jedem Schluck, den sie trank, weitete sich der Tunnel und schließlich war er ganz verschwunden.

»Und nun?«, fragte er, als sie schließlich schwieg.

»Ich weiß nicht.«

»Was weißt du nicht?«

»Ob ich noch mal den Mut aufbringe.«

»Lass dir Zeit.« Der Polizist stand auf und streckte sich.

Charlotte glaubte, sich verhört zu haben. Wofür hielt dieser Typ sie? Glaubte er wirklich, dass sie Selbstmordversuche machte wie andere Leute eine Diät? Nächsten Montag fang ich an. Nächsten Montag bring ich mich um. Sein nächster Satz bestätigte ihren Verdacht. »Du musst sowieso warten, bis dein Auto repariert ist.«

Wahrscheinlich war er bekifft. Auf keinen Fall konnte er meinen, was er sagte. Sei dankbar, dachte Charlotte. Jeder andere hätte einen Krankenwagen und die Polizei gerufen.

»Wie heißt du eigentlich?«, fragte der Polizist.

»Charlotte.«

»Okay, Charlotte. Ich bin der Paul.«

»Wo sind …?« Charlotte räusperte ihre Verlegenheit fort. »Meine Sachen?«

»In der Wäsche. Du hattest … ich meine …« Paul wedelte mit den Händen.

»Ich verstehe.« Hitze stieg Charlotte in die Wangen. Natür-

116

lich. Der Krampfanfall. Hastig griff sie nach der Wasserflasche. Sie war leer.

»Du brauchst was zum Anziehen«, stellte Paul das Offensichtliche fest. »Ich hab noch was hier. Das müsste passen.« Ohne in ihre Richtung zu sehen, warf er ein ausgeleiertes T-Shirt, Wollsocken, eine Jogginghose und einen mintgrünen Slip mit eingerissener Spitze auf die Bettdecke.

»Sind von meiner Ex«, fügte er hinzu. »Sie ist ausgezogen.«

»Wie mein Freund.«

»Nein«, widersprach Paul mit einer Heftigkeit, die Charlotte überraschte. »So nicht.« Unwillkürlich griff er nach dem Hörgerät.

»Warum tragen Sie das?«

»Nicht deine Sache.«

»Entschuldigung. Ich wollte nicht persönlich werden.«

»Schon gut. Ich mach mir 'nen Strammen Max. Wie sieht's mit dir aus? Hunger?«

»Nein.« Charlotte schüttelte den Kopf. »Ich glaube, mein Magen hat noch genug damit zu tun, das Wasser weiterzuleiten.«

»Ich kann dir 'nen Tee kochen.«

»Klingt gut. Ich müsste …«

»Wenn du hier rausgehst, die erste Tür rechts. Du musst feste drücken. Sie schließt nicht richtig.«

»Oh.«

»Wenn du mich suchst, ich bin der Küche. Am Ende des Flurs.«

Paul verließ das Schlafzimmer und Charlotte zog sich hastig an. Das Sweatshirt duftete nach Lavendel und ein wenig nach Zimt. Der Slip war entschieden zu groß und auch die Hose saß sehr locker. Auf Socken taperte Charlotte ins Bad. Wie ihr unfreiwilliger Gastgeber ihr geraten hatte, stemmte sie sich gegen die Tür, dann schaute sie sich um. Mitten im Raum stand ein schimmernder Badeofen aus Kupfer. Er erinnerte Charlotte an den Holzofen auf dem Bauernhof in Vorarlberg, auf dem sie bis zu ihrem zwölften Lebensjahr mit ihrer Mutter immer drei Wochen im Sommer Ferien gemacht hatte. Jeden Morgen hatte sie das Quietschen der Ofentür geweckt, wenn die Bäuerin den Ofen anheizte.

Der Rest des Bades war mit schwarzen Fliesen und weißem Sanitär ultramodern eingerichtet und so ganz anders als das holzgetäfelte Bad in Österreich mit seiner fleckigen Badewanne.

Beim Händewaschen musterte Charlotte aus reiner Gewohnheit die Medikamentenschachteln auf der Ablage. Paul gehörte wohl nicht zu den Menschen, die ihre Medikamente kindersicher aufbewahrten. Vomex gegen Erbrechen. Medikamente gegen Schwindel. Charlotte war sich auf einmal ziemlich sicher, dass Paul den Eimer nicht für sie neben das Bett gestellt hatte.

Sie trocknete sich die Hände, zerrte an der Tür und ging hinüber in die Küche. Die Holzdielen knarrten. Sie klopfte an.

»Komm rein.«

Sie drückte die Tür auf. Der heimelige Duft von gebratenem Schinken hüllte sie ein.

An der Längsseite der Küche stand ein altmodischer Kachelherd mit umlaufender Messingstange zwischen einem Spültisch mit Durchlauferhitzer und einem amerikanischen Riesenkühlschrank. Links führte eine Glastür ins Freie. An der rechten Wand stand ein himmelblau lackiertes Küchenbüfett. Paul saß an einem zerkratzten Holztisch in der Mitte des Raumes und wischte mit einer Brotscheibe einen Teller blank.

»Weißt du nun Bescheid?«

»Wie bitte?« Unschlüssig blieb Charlotte in der Tür stehen.

»Ich hab noch keine Frau gekannt, die nicht nach einem Besuch im Bad bestens informiert war. Und du bist Krankenschwester. Du musst wahrscheinlich nicht einmal die Beipackzettel lesen.«

Charlotte fühlte sich ertappt. »Ist der für mich?« Sie setzte sich zu Paul an den Tisch und versenkte ihre Nase in der dampfenden Teetasse. »Wenn Sie nicht wollen, dass Ihr Bad etwas über Sie verrät, warum lassen Sie dann Ihre Medikamente offen liegen?«

»Ich bin nicht unbedingt auf Besuch eingestellt«, antwortete Paul und schob sich das letzte Stück Brot zwischen die Lippen. »Hier kommt selten jemand vorbei.«

»Außer Selbstmörder?«

»Und solche, die es werden wollen.« Paul zog ein silbernes Zigarettenetui aus der Hosentasche und steckte sich einen Joint an.

»Stört es Sie, wenn ich rauche?«, ätzte Charlotte.

»Ich hab dich nicht eingeladen.«

»Haben Sie keine Angst?«

»Wovor?«

»Dass Sie erwischt werden. Immerhin sind Sie … Polizeiobermeister?« Charlotte stieg der Rauch zu Kopf. Sie hatte das Gefühl zu schweben.

»Ich bin im Moment arbeitsunfähig geschrieben«, sagte Paul und seine Stimme schwang mahagonibraun durch den Raum.

»Wegen dem Hörgerät?«

»Auch.« Paul drehte den Joint zwischen den Fingern.

Charlotte genoss das schwebende Gefühl und nippte an ihrem Tee. Er schmeckte leicht buttrig und ein wenig nach Zitrone.

»Was ist das?« Ihre eigene Stimme klang auf einmal mintgrün wie der Slip, den sie trug. Charlotte mochte die Farbe nicht.

»Hanftee«, antwortete Paul. »Hilft gegen Schmerzen und Übelkeit.«

»Danke, ich …«, Charlotte schob die Tasse zur Tischmitte, »… denke, ich sollte gehen.«

»Deine Sachen sind noch nicht trocken.«

»Ja dann.« Charlotte war froh über den Aufschub. Sie dachte an ihre Wohnung. Das einsame T-Shirt in Jörgs Schrankhälfte.

»Kannst du irgendwohin?«, fragte Paul.

»Ich weiß nicht, vielleicht zu meiner Mutter.«

»Willst du sie anrufen?«

»Ja. Vielleicht«, antwortete Charlotte.

»Ruf sie an.« Er lehnte sich zurück und zog ein Handy aus der Hosentasche. Charlotte nahm es und wählte die Nummer ihrer Mutter.

»Wo bist du, Kind?«, schluchzte Elli ins Telefon, kaum dass sie ihre Stimme erkannte. »Jörg hat angerufen. Warum hast du mich angelogen?«

»Bei einer Freundin.« Charlotte zog es vor, nur Ellis erste Frage zu beantworten.

In Pauls Mundwinkeln zitterte ein Schmunzeln. Er stand auf und stellte den Teller in die Spüle.

»Warum hast du denn nichts gesagt?«

»Mama. Ich bin erwachsen.«

»Ja, natürlich, Kind. Es ist nur … Ich hab mir solche Sorgen gemacht. Ich bin zur Wohnung und du warst nicht da. Und dein Auto auch nicht. Dabei sollst du doch nicht fahren und dein Handy hast du auch vergessen.«

»Es geht mir gut. Wirklich.«

Keine Lüge. Charlotte fuhr mit dem Finger über den Rand der Tasse. Es ging ihr tatsächlich gut. Sehr gut sogar. Sie fühlte sich warm und lebendig. Es fühlte sich gut an, das Leben nach dem Sterben.

»Wann kommst du nach Hause?«

»Ich weiß nicht. Bald.« Charlotte biss sich auf die Unterlippe.

»Nicht bald«, widersprach Elli. »Heute. Du hast deine Medizin vergessen.«

»Hast du geschnüffelt?«

»Du hättest …« Elli stockte. Charlotte hörte, wie sie sich schnaubend die Nase putzte.

Du hättest tot sein können, hatte sie bestimmt sagen wollen und ahnte nicht, wie nah sie damit der Wahrheit kam. Charlotte sah zu Paul hinüber, der mit verschränkten Armen an der Spüle lehnte. Was immer er dachte, sein Gesicht spiegelte es nicht.

»Pass auf dich auf, Kind!«

»Wir telefonieren.« Charlotte drückte das Gespräch weg und legte das Handy auf die Tischplatte.

»Wenn meine Sachen trocken sind, verschwinde ich.«

»Wenn du das willst.«

»Natürlich will ich das.«

»Natürlich.«

»Ja.« Charlotte schob den Stuhl zurück und stand ebenfalls auf. Sie fühlte sich unterlegen, wenn er so auf sie heruntersah.

»So wahr, wie du bei einer Freundin bist?« Pauls Augenbrauen hoben sich und in seinen Mundwinkeln zitterte wieder ein Schmunzeln.

»Was hätte ich sonst sagen sollen?«

»Die Wahrheit wahrscheinlich nicht.« Paul kratzte sich am Kopf. Unvermittelt wurde er aschfahl und griff mit beiden Händen nach der Spüle, als suchte er Halt.

»Was ist los?« Charlotte berührte seinen Arm. Schweiß perlte von seiner Stirn.

»Nichts«, presste Paul hervor. »Lass mich.« Er griff nach der Stuhllehne, tastete sich weiter, torkelte auf die Wand zu und stolperte aus der Küche. Charlotte folgte ihm. Als wären ihm die Kniesehnen durchtrennt, plumpste er aufs Bett und da blieb er die nächsten Stunden. Schwitzend und würgend. Charlotte wachte an seinem Bett, weil sie sich schuldig fühlte und weil das Würgen ihm die Kraft nahm, sie fortzuschicken. Sie wischte ihm den Schweiß von der Stirn, schüttete den Eimer aus und zündete ihm sogar einen Joint gegen die Übelkeit an, weil er sich weigerte, etwas von den Medikamenten zu nehmen, die sie im Badezimmer gesehen hatte. Schließlich, die Sonne stand schon tief im Westen, schlief Paul ein, und weil sie müde war und nicht wusste, wohin sie gehen sollte, legte sich Charlotte neben ihn. Reglos starrte sie in das grau werdende Zwielicht und atmete den sauren Schweißgeruch des Mannes neben sich. Tränen kitzelten in ihren Ohren und versickerten in dem Kissen.

Sie sollte verschwinden, sofort. Dieser Mann hatte wirklich genug mit sich selbst zu tun.

Aber vielleicht brauchte er sie. Charlotte begriff erst jetzt, wie sehr es ihr gefehlt hatte, nützlich zu sein. Oder zumindest ebenbürtig. Nicht Kranke. Nicht Patientin. Sondern Mensch.

15. Kapitel

Am nächsten Morgen weckte Charlotte das Tuten eines vorbeifahrenden Schleppers. Sie schlug die Augen auf. Das Kissen neben ihr war abgezogen und die Gardine bauschte sich im Morgenwind. Es roch nach brackigem Wasser und Diesel. Sie drehte sich um und blinzelte gegen das helle Morgenlicht an. Wie spät mochte es sein? Eine Hummel summte durch das offene Fenster. Charlotte schlug die Bettdecke zurück und setzte sich auf die Bettkante, ihre Füße versanken im flauschigen Bettvorleger. Der Eimer, den sie immer wieder geleert hatte, war ebenso verschwunden wie der Mann, neben dem sie die Nacht verbracht hatte. Sie stemmte sich von der Bettkante.

Der Duft von frisch gebrühtem Kaffee wies ihr den Weg.

Barfuß tapste sie in die Küche. Paul hantierte am Herd. Seine Haare glänzten vor Nässe.

»Morgen.«

Paul erwiderte ihren Gruß, ohne sich zu ihr umzudrehen.

Charlotte zog sich einen Stuhl heran und setzte sich an den Tisch. Eigentlich hätte sie tausend Gründe gehabt, sich unwohl zu fühlen. Sie hatte einen Tumor im Kopf, einen verunglückten Selbstmordversuch und eine fürchterliche Nacht an der Seite eines Mannes hinter sich, der sich die Seele aus dem Leib gekotzt hatte. Trotzdem fühlte sie sich wohl wie schon lange nicht mehr. Vielleicht war es die Nachwirkung des Tees und der Joints, vielleicht war es aber auch einfach die Atmosphäre des Hauses. Sonnenflecken leuchteten ihr entgegen und durch die offene Tür hörte sie das Scharren der Hühner und das Zwitschern der Vögel. Der Holzboden schmiegte sich warm gegen ihre Fußsohlen. Sie spürte die Maserung an ihren Zehen. Es war so ein ganz anderes Gefühl, auf etwas zu laufen, das mal gelebt hatte. Es fühlte sich so viel natürlicher an.

Sie dachte an ihre eigene Wohnung: Laminat, Kunststoffoberflächen, Mikrofaser. Pflegeleicht und schnell zu reinigen. Dieses Haus war anders. Es atmete und es forderte Aufmerksamkeit. Fensterrahmen mussten lackiert werden, Scheiben gekittet. Der Boden musste abgeschliffen, der Tisch mit einer Bürste geschrubbt werden. Das Haus war wie der Badeofen. Schön anzusehen, aber zeitaufwendig zu pflegen. Im Gegensatz dazu war ihre Wohnung ein Durchlauferhitzer: energieeffizient und funktional. Charlotte fühlte so etwas wie Neid auf die unbekannte Frau, die Paul verlassen hatte. Was für eine Art Mensch waren sie und Paul, dass sie sich für ein solches Haus, ein solches Zuhause entschieden hatten?

Auf jeden Fall anders als Jörg und ich, dachte Charlotte mit leiser Wehmut. Bei uns musste immer alles schnell gehen, weil der Tag immer zu wenig Stunden hatte. Sie sah hinüber zu Paul, der in einen Topf starrte, aus dem Dampf aufstieg. Irgendwie wusste sie, dass er das nur tat, um sie nicht anschauen zu müssen.

»Wie geht es dir?«

»Wenn du duschen willst.« Paul legte den Holzlöffel zur Seite und drehte sich nun doch zu ihr um. Der Blick seiner geröteten Augen wanderte über ihren Kopf hinweg zur gegenüberliegenden Wand. »Der Ofen ist angeheizt.«

»Ich hab gar nicht mitgekriegt, dass du das Kopfkissen

abgezogen hast.« Charlottes Lächeln prallte an Pauls Schulterblättern ab. Er hatte sich wieder abgewandt und rührte im Topf.

»Was kochst du?« Sie schnüffelte, roch aber nichts.

»Deine Klamotten liegen im Bad.«

Okay, dachte Charlotte und erhob sich. Paul wollte offensichtlich nicht mit ihr sprechen. Sie hatte sich, wenn auch nicht freiwillig, in sein Leben gedrängt. Wie blöd war das Schicksal eigentlich? Sie wollte wegen der Krampfanfälle sterben und ein Krampfanfall zwang sie ins Leben zurück. Charlotte schlich ins Bad. Ihre Klamotten lagen als Haufen auf dem Klodeckel. Sie widerstand dem Impuls, sie zusammenzulegen, und duschte. Das heiße Wasser wusch einen Teil der trüben Gedanken aus ihrem Kopf.

Paul stellte gerade einen Brotkorb auf den Tisch, als Charlotte in die Küche zurückkehrte.

»Passen sie noch?«, fragte er.

»Ist alles Stretch.« Charlotte setzte sich an den Tisch. Frisch geduscht und in ihren eigenen Klamotten fühlte sie sich wieder etwas mehr wie die Charlotte, die sie gewesen war, bevor der Scheißkerl in ihrem Kopf ihr Leben durcheinandergewirbelt hatte. Ihr Blick wanderte über den gedeckten Tisch. Es war alles da: schief geschnittene Brotscheiben, Marmelade, mattgrüne Eier. »Sieht toll aus«, sagte sie, ohne es zu meinen.

»Ich dachte, wir beide könnten eine Stärkung gebrauchen.«

»Was für Hühner legen solche Eier?« Charlotte nahm das Ei aus dem Becher und drehte es in der Hand.

»Grünleger.«

»Tut mir leid, dass ich gefragt habe.«

»Kein Witz. Die heißen wirklich so.«

»Entschuldige.« Hitze stieg Charlotte in die Wangen.

»Kaffee oder Tee?«

»Kaffee bitte.« Charlotte misstraute Pauls Teesorten.

Eine Weile schaute sie ihm schweigend beim Essen zu. Er wirkte so normal, so ausgeruht. Und dann dachte sie daran, was für eine Nacht er hinter sich hatte. Wie konnte das sein?

»Hast du das öfter?«

»Was?« Paul legte das Brot auf den Teller, als hätte ihm ihre Frage den Appetit verdorben.

»Das heute Nacht«, sagte Charlotte. »Was war das?«

»Das war der Scheißkerl in meinem Kopf.« Paul sagte es leichthin, aber seine Kiefer verspannten sich.

»Willst du darüber reden?« Charlotte wusste selbst nicht, warum sie das jetzt gefragt hatte. Sie nippte an ihrem Kaffee. Wie blöd war sie eigentlich? Sie benahm sich wie ein dämlicher Küchenpsychologe und stellte genau die Fragen, die sie hasste.

»Was gibt's schon zu sagen?« Paul drehte die Brotscheibe auf seinem Teller. Ein Lächeln zitterte in seinen Mundwinkeln. »Er bringt mich nicht um.«

»Wirklich?«, fragte Charlotte. Auch wenn sie wusste, dass sie auf dünnem Eis unterwegs war, konnte sie nicht aufhören. »Bist du gerne Polizist?«

»Ja klar.« Unwillkürlich griff er sich ans Ohr.

»Aber das kannst du nicht mehr.«

»Beweist du mir gerade, dass es mir schlecht geht?« Wieder zitterte dieses Schmunzeln in seinen Mundwinkeln. »Treffer. Versenkt. Freundin weg. Job weg. Aber das ist nicht alles, oder?« Er biss in sein Brot. »Du solltest auch was essen.«

»Ich hab keinen Hunger.«

»Willst du deinen Tumor aushungern?«

»Wenn es funktionieren würde.« Charlotte legte die Hände um die Tasse. Wie rieselnder Sand kehrte der Schmerz zurück. Sie würde eher sich als den Scheißkerl in ihrem Kopf aushungern. Aber es würde ihr gut gehen dabei. Sie dachte an die Euphorie, die sich einstellte, wenn man nur lange genug hungerte.

126

»Warum tust du nicht etwas, was funktionieren würde?«, fragte Paul.

»Ach«, fragte Charlotte. »Du hast nicht zufällig eine Dienstwaffe, mit der ich mich erschießen könnte?«

»Tut mir leid. Nein.« Paul zuckte mit den Achseln. »Aber an Selbstmord habe ich gerade nicht gedacht.«

»Du meinst die OP?«

»Zum Beispiel.«

»Du tust doch auch nicht, was die Ärzte dir sagen, oder?« Charlotte dachte an die Medikamente im Badezimmer.

»Ich hab meinen Weg gefunden«, antwortete Paul.

Schon wieder einer, der seinen Weg gefunden hatte. Charlotte dachte an Raphi. Ob sie jetzt am Lagerfeuer saß, sich mit Asche bemalte und dabei an sie dachte?

»Weißt du«, fuhr Paul fort. »Wenn du so eine Morbus-Irgendwer-Krankheit hast wie ich, dann gibt es viele Therapien, weil keine so richtig funktioniert.«

»Meinst du, ich sollte auch kiffen?«

»THC heilt keinen Tumor.«

»Nein.« Charlotte nippte wieder an ihrem Kaffee. »In diesem Fall sind sich die Mediziner einig. Leider.«

»Danke wegen gestern.«

»Nicht dafür«, antwortete Charlotte mechanisch. Der Kühlschrank sprang an und füllte die Stille mit seinem Brummen.

»Du hast kein Radio.«

»Stört's dich?«

»Im Gegenteil. Seit …« Unbewusst strich Charlotte sich über den Hinterkopf. »Eigentlich mag ich die Stille.«

»Früher habe ich ständig Radio oder Musik gehört«, sagte Paul. »Aber jetzt bin ein bisschen empfindlich, was Geräusche angeht.«

»Lebst du deshalb hier, in diesem Haus zwischen den Kanälen?«

»Nein.« Paul starrte über Charlotte hinweg. »Wir hatten das Haus schon vorher gekauft. Bevor es losging.«

»Es steckt viel Arbeit drin.« Charlotte sah sich um. *Wir* hatte er gesagt. Aber es gab kein *wir* mehr, nur noch ihn. Sie versuchte sich die Frau vorzustellen, die zu dem *wir* und dem mintgrünen Slip gehörte und die gegangen war.

»Ich hab ja Zeit genug.«

»Ja«, antwortete Charlotte. »Das hast du wohl.« Sie dachte an die Zeit, die sie hatte und die sie nicht füllen konnte, weil alles so sinnlos war.

»Ich war beim SEK«, sagte Paul in ihre Gedanken hinein. »Ist mit der härteste Job bei der Polizei und ich hab ihn gern gemacht. Aber dann fingen die Schwindelanfälle an und jetzt bin ich erst mal krankgeschrieben. Dienstunfähig.« Paul spuckte das Wort aus.

»Wieso hast du das?«

»Keine Ahnung. Warum hast du den Tumor?«

»Entschuldige. War 'ne blöde Frage.«

»Nicht unbedingt. Schließlich ist das die Frage, die einen nachts wachhält, oder? Warum gerade ich?«

»Ja«, murmelte Charlotte. »Warum ich?«

»Man kommt auf die bescheuertsten Antworten.« Paul musterte sie über den Tisch hinweg. »Weißt du, dass man für ein gerettetes Leben verantwortlich ist?«

»Meinst du, das ist die Antwort? Weil das Universum meint, du solltest für ein gerettetes Leben verantwortlich sein, hat es dir die Krankheit geschickt, damit du zum richtigen Zeitpunkt zu Hause bist und ich dich aus dem Schlaf hupen kann?« Charlotte starrte auf die Tischplatte.

»Komische Logik, oder?«

»Kann ich bleiben? Bitte.« Charlotte erschrak über sich selbst. Wieso hatte sie das gesagt? Ein Kanalbruch oder ein Weltuntergang wäre jetzt ideal.

»Du willst bleiben? Aber warum?« Paul schien weniger erschrocken als überrascht zu sein.

»Ich weiß nicht.« Woher kam dieser Gedanke? Aus dem Nichts? Aus dem Tumor? Charlotte sah sich um, atmete die Stille. Alles schien so weit weg: die Schmerzen, die Angst, der Tod. Nein, der nicht. Der blieb eine Realität.

»Vielleicht«, sagte sie und war sich auf einmal sicher, dass sie genau das empfand, »vielleicht weil hier ein guter Platz zum Sterben ist.«

»Das hier ist kein Hospiz.«

»Es war dumm. Entschuldige. Ich weiß auch nicht, was mich geritten hat.«

»Ich schnarche.«

»Du meinst …?« Die Erkenntnis überfiel sie wie eine Gänsehaut. Er war einverstanden? O Gott. Was tat sie hier?

»Du könntest bei mir schlafen. Es ist ein Doppelbett und ich werde nicht über dich herfallen.«

»Ich weiß, ich bin eklig.« Der Satz war draußen, bevor Charlottes Verstand es verhindern konnte. Wer sprach eigentlich gerade aus ihr? Nichts, was sie sagte, klang nach ihr.

»Hast du keine anderen Sorgen?« Paul zog das silberne Etui aus der Brusttasche und nahm sich einen Joint.

»Hast du keine Angst, dass sie dich erwischen?«

»Warum sollten sie?«

»Was weiß ich? Wenn sie deinen Dealer hochnehmen, bist du geliefert.«

»Lass das mal meine Sorge sein.« Paul lehnte sich zurück und schloss die Augen, während er den bitteren Rauch inhalierte.

»Ich auch bitte.« Nun war Charlotte endgültig überzeugt, dass der Tumor von ihr Besitz ergriffen hatte. Besessen, sie war besessen. Es fühlte sich gut an. Paul gab ihr den Joint und steckte sich einen neuen an. Sie inhalierte den Rauch. Kein Hustenreiz. Es war, als hätte ihre Lunge auf den Rauch gewartet, um in den Alveolen die Wärme an ihr Blut abzugeben.

»Diese Krampfanfälle.« Paul klang, als suchte er nach einem Grund, die voreilig ausgesprochene Einladung rückgängig zu machen.

»Ich hab Medikamente.«

»Dann ist gut.« Paul lehnte sich mit dem Becher in der Hand zurück.

Für eine ganze Weile schwiegen sie beide. Er nachdenklich, Charlotte ängstlich, dann sagte er: »Ich will ja nicht behaupten, dass Sex das Erste ist, an das ich denke, wenn ich dich sehe. Aber das hat weniger mit dir als eher damit zu tun.« Paul tippte auf das silberne Etui.

»Danke«, erwiderte Charlotte, als hätte er ihr ein Geschenk gemacht.

16. Kapitel

Nach dem Frühstück half Paul Charlotte, die Glasscherben aus ihrem Auto zu fegen und ihre Selbstmordkonstruktion abzubauen.

»Kein schlechtes Teil.« Anerkennend wog er die Bohrmaschine in der Hand. »Hast du dir die extra dafür gekauft?«

»Nein.« Charlotte schüttelte den Kopf.

»Geliehen?«, fragte Paul und schaute von dem Auspuffrohr auf, das er gerade mit Tape umwickelte.

»Wer ist denn der glückliche Besitzer?«

»Mein Vater.«

»Dein Vater?«

»Ja«, antwortete Charlotte.

»Und wann wolltest du sie zurückgeben?«

»Ich weiß nicht.« Charlotte wandte den Blick ab. Jetzt wäre eine gute Gelegenheit für Bernd, zu erscheinen und weitere Diskussionen in einem Krampfanfall zu ersticken. Der Gedanke war so absurd wie das, was sie getan hatte. Paul starrte sie an, als wäre sie von einem anderen Stern.

»Er ist Schreiner«, fügte sie hinzu, als würde das irgendetwas erklären.

»Du bist echt grell.« Paul schüttelte den Kopf.

»Ich weiß.« Charlotte zupfte Glasscherben von der Fußmatte.

»Wirklich?« Paul warf das Tape in den Kofferraum und schloss die Heckklappe. »Hast du dich nicht gefragt, wie dein Vater sich gefühlt hätte? Ich meine ... du leihst dir von ihm das Werkzeug, mit dem du dich umbringen willst.«

»Ich wollte doch nicht, dass sie mich finden.« Laut ausgesprochen klang dieser Gedanke deutlich weniger rücksichtsvoll, als er sich vor zwei Tagen angefühlt hatte. »Wo steht eigentlich dein Wagen?«, fragte sie, um das Thema zu wechseln.

»Meine Ex hat ihn mitgenommen.«

»Du hast kein Auto?« Die Kunst, ein Gespräch in jede Richtung zu lenken, beherrschte sie. Paul ging ihr auch prompt in die Falle.

»Im Moment kann ich sowieso nicht fahren«, antwortete er. »Und du solltest es auch nicht tun«, fügte er hinzu.

»Ja, Herr Polizeiobermeister«, antwortete Charlotte.

»Ich mein das ernst.«

»Das ist mir bewusst. Schon vergessen? Ich wollte nicht spazieren fahren, sondern mich umbringen.«

»Ach ja. Möglichst weit weg von zu Hause, um die Gefühle deiner Eltern nicht unnötig zu verletzen.«

»Das war jetzt gemein.« Charlotte spürte, wie ihr Hals eng wurde. »Sterben muss ich sowieso. Ich wollte nur den Zeitpunkt selbst bestimmen.«

»Sterben müssen wir alle.«

»Komm mir nicht auf die Tour«, fauchte Charlotte. »Es macht schon einen Unterschied, wenn du weißt, wie begrenzt die Zeit ist, die dir noch bleibt.«

Ein roter Mini rollte auf den Parkplatz und parkte möglichst weit weg von Charlottes Peugeot. Eine Frau in T-Shirt und Jogginghose stieg aus und nickte in ihre Richtung. Wenn sie es seltsam fand, dass um Charlottes Auto herum Glasscherben glitzerten, ließ sie sich nichts anmerken. Mit federnden Schritten joggte sie die ausgetretenen Stufen zum Kanal hoch.

»Also.« Charlotte drückte Paul Handfeger und Kehrblech in die Hand und stieg in ihren Wagen. »Ich fahr dann mal.«

»Und du willst wirklich selbst fahren?« Paul zog ein paar letzte Splitter aus der Gummierung.

»Natürlich.« Charlotte steckte den Schlüssel in die Zündung und gab Gas. Tausendmal geübte Abläufe, trotzdem fühlte sich jede einzelne Bewegung fremd an. Der Motor heulte auf.

»Du könntest ihn abholen lassen.« Paul beugte sich vor.

»Nein, nicht nötig.« Charlotte trat die Kupplung und legte den Rückwärtsgang ein. Ein Blick in den Rückspiegel zeigte ihr, dass Bernd nicht auf der Rückbank hockte.

»Wenn sich ein Anfall ankündigt, fahr ich sofort rechts ran. Versprochen.«

»Ach Scheiße.« Paul schlug aufs Autodach und kam um den Wagen herum. Er öffnete die Beifahrertür, warf den Handfeger auf die Rückbank und quetschte sich auf den Beifahrersitz.

»Danke.« Wie schnell er zu ihrem Beschützer geworden war. Aber war er das nicht von Berufs wegen? Dein Freund und Helfer.

Der Opel ihrer Mutter stand vor dem Haus. Charlotte parkte ihren Wagen dahinter ein und zog die Handbremse.

»Meine Mutter ist da.«

»Hast du einen Abschiedsbrief hinterlassen?«

Charlotte schüttelte den Kopf. »Ich wollte, aber irgendwie gab es keine Worte, die sie verstanden hätten.«

»Und das hat dir nicht zu denken gegeben?«

»Nein.« Charlotte zog den Zündschlüssel. Eigentlich müsste sie jetzt aussteigen, zum Haus gehen, die Tür aufschließen, die Treppe hinaufgehen, die Wohnungstür öffnen, in ihre Wohnung gehen, mit Elli sprechen. Nichts davon tat sie, obwohl es sie zu ihr zog. Sie wollte in ihrer Umarmung versinken, ihre

Stimme sagen hören, dass alles gut würde. Auch wenn es nicht stimmte. Das alles wollte sie und gleichzeitig nicht. Also saß sie einfach da und starrte aufs Lenkrad. Ohne Fahrtwind überfiel sie die Hitze. Schweiß perlte ihr von der Stirn.

»Ich kann da jetzt nicht einfach rein und wieder verschwinden.« Im Haus zwischen den Kanälen hatte sich alles so leicht angehört, doch es war nicht leicht. Es war alles andere als leicht. Tränen verschleierten Charlottes Blick.

»Welche ist deine Wohnung?« Paul streckte den Kopf vor.

»Die da oben.« Charlotte zeigte auf ihren Balkon. Die Wohnzimmergardine bewegte sich. »Sie beobachtet uns.«

»Deine Geranien könnten Dünger vertragen.« Paul stieß die Beifahrertür auf und stieg aus. Unschlüssig blieb er auf dem Bürgersteig stehen. »Soll ich mitkommen?«

»Nein«, antwortete sie einen Bruchteil zu schnell. Paul runzelte die Stirn.

»Ah ja.« Er richtete sich auf. »Du warst ja bei einer Freundin.«

»Was hätte ich ihr sagen sollen?«, fragte Charlotte. »Ich bin bei einem kiffenden Polizisten?«

»Du hättest das Kiffen weglassen können.« Paul grinste auf sie herab.

»Auch ohne das Kiffen hätte meine Mutter Lunte gerochen und sich die Wahrheit zusammengereimt.«

»Wäre vielleicht auch besser, wenn sie die erfährt.«

»Es ist …« Charlotte hatte keine Ahnung, was sie sagen wollte. »Ich kann ihr das nicht antun«, brachte sie schließlich hervor. Der Satz fühlte sich richtig an.

»Vielleicht versteht sie mehr, als du denkst.« Paul schlug zum Abschied mit der flachen Hand aufs Autodach. »Sprich mit ihr.«

»Aber …?«

»Kein Aber.« Er nickte ihr zu. »Hör auf, vor dir selbst wegzulaufen. Schon vergessen?«, fügte er hinzu. »Da oben wollte dich noch keiner.« Er streckte den Zeigefinger kurz Richtung Himmel. »Selbst wenn dir nicht mehr viel Zeit bleibt, nimm sie nicht den Leuten weg, die dich lieben.«

»Vielleicht hast du recht.« Charlotte stieg aus und verriegelte den Wagen. »Soll ich dir ein Taxi rufen?«

»Nicht nötig«, antwortete Paul. »Dahinten ist eine Bushaltestelle.«

»Danke noch mal.« Sie streckte die Hand aus und berührte kurz seinen Arm.

»Nicht dafür.« Er zwinkerte ihr aufmunternd zu, dann ging er davon.

Charlotte schaute ihm nach, bis er um die Straßenecke bog, dann atmete sie tief ein und betrat den Hausflur. Eine Fliege summte an ihrem Gesicht vorbei in die Freiheit. Charlotte wäre ihr gerne gefolgt.

»Wer war das?« Elli riss die Tür auf und zog Charlotte gleichzeitig in eine Wolke Chanel Coco Mademoiselle.

»Ein Freund.« Charlotte befreite sich aus der mütterlichen Umarmung und ließ den Haustürschlüssel in die Schale neben der Tür fallen, dann ging sie hinüber in die Küche.

»Kennt Jörg ihn?«

»Mama. Bitte.« Charlotte setzte sich an den Tisch. Fröstelnd sah sie sich um. Wie steril ihre Küche wirkte.

»Ich hol deine Reisetasche.«

»Nein«, sagte Charlotte zur zuklappenden Haustür. Mist, dachte sie. Jetzt wird sie gleich nachbohren, warum ich keine Reisetasche mitgenommen habe, wenn ich doch bei einer Freundin war. Irgendwie war sie früher besser darin gewesen, Lügengerüste zu konstruieren.

»Was ist mit dem Peugeot passiert?« Elli war ebenso schnell wieder in der Wohnung, wie sie verschwunden war. Ihre Stimme klang atemlos. »Hattest du einen Unfall?«

»Nein, nur ein Ball.« Charlotte atmete erleichtert aus.

Offensichtlich hatte Elli die Reisetasche vergessen. Was gut war. Denn schließlich lag sie im Schlafzimmer auf dem Schrank.

»Was heißt hier nur?« Elli trat an die Spüle und füllte Wasser in die Kaffeemaschine. »Du hättest tot sein können.«

»Ich hab's nicht mal mitgekriegt.« Immerhin, das war keine Lüge. Charlotte presste die Fingernägel in ihre Handballen. Nach der Stille im Haus zwischen den Kanälen schnarrte Ellis Stimme in ihren Ohren.

»Jörg war außer sich.«

»Du hast mit ihm über mich gesprochen?« Zu dem Schmerz in den Handflächen gesellte sich ein dumpfes Ziehen in der Brust, das mit jedem Herzschlag wuchs. »Nimm den Menschen, die dich lieben, nicht die Zeit mit dir«, hatte Paul gesagt. Der hatte gut reden. Er kannte Elli nicht.

»Natürlich hab ich das«, erwiderte Elli. »Er wusste doch nicht, wo du warst.«

»Ich will das nicht.«

»Was? Was? Willst? Du? Nicht?« Die Kaffeedose in der Hand drehte sich Elli zu ihr um.

»Dass du hinter meinem Rücken mit ihm sprichst.«

»Von wem sollte ich sonst erfahren, dass ihr euch getrennt habt, weil du dich nicht operieren lassen willst? Von dir etwa?«

»Ich brauchte Zeit.«

»Jörg hat überall rumtelefoniert. Niemand wusste, wo du warst. Nicht mal Raphaela.«

»Jörg hat Raphi angerufen?«

»Er hat jeden angerufen. Der Junge liebt dich.«

»Aber sie ist in Australien, oder etwa nicht?«

»Wenn ich gewusst hätte, was die mit dem Kleid vorhat.« Elli schnaubte. »Ich hätt's ihr doch im Leben nicht gegeben. Aber die war schon immer so …«

»Raphi ist in Deutschland?«

»Heute früh abgeflogen, sagt Jörg.« Elli stellte die Kaffeedose ab und legte Charlotte die Hand auf die Schulter. »Keine Träne solltest du der nachweinen. Überall verbrannte Erde.«

»Mama. Bitte.« Reflexhaft nahm Charlotte Raphi in Schutz. Sie dachte an die letzten Minuten, bevor Bernd sie in den Abgrund gezogen hatte, die nicht abgehörten Nachrichten auf dem Anrufbeantworter und an den ungelesenen Brief, der im Altpapier gelandet war.

Was Raphi wohl geschrieben hatte? Jörg konnte richtig gemein werden, wenn ihm etwas gegen den Strich ging. Und Raphi war ihm gegen den Strich gegangen. Ebenso wie dieser Scheißkerl in ihrem Kopf ihm gegen den Strich ging.

»Kind«, sagte Elli. »So kann das doch nicht weitergehen. Du musst dich operieren lassen.«

»Hat Jörg dich geimpft?«

»Ich bin deine Mutter. Du kannst nicht von mir erwarten, dass ich dir beim Sterben zuschaue. Das konnte ich schon damals nicht.«

»Dann geh.« Charlotte straffte die Schultern.

»Rede noch einmal mit einem Neurologen. An so einem Tumor stirbt man doch nicht. Nicht mehr heutzutage.«

»Aber ich will dieses Restleben nicht«, quetschte Charlotte zwischen zusammengepressten Zähnen hervor. Wenn sie jetzt anfing zu weinen, hatte Elli gewonnen. »Ich werde nie wieder die Gleiche sein.«

»Na und? Wenn schon? Niemand bleibt sich immer gleich. Meinst du, ich bin die Gleiche, die ich mit Mitte zwanzig war?«

»Aber dein Hirn funktioniert noch«, fauchte Charlotte. Auch wenn du es selten benutzt, dachte sie, ohne es auszusprechen.

»Du kannst arbeiten, für dich sorgen, tun, was du möchtest. Was kann ich? Rente beantragen und auf das nächste Rezidiv warten?« Charlotte stieß sich vom Tisch ab und ihr Stuhl krachte gegen die Besteckschublade. Sie rannte aus der Küche und griff tränenblind nach dem Autoschlüssel. Wenn sie hierblieb, konnte sie ebenso gut vom Balkon springen. Wie konnte Elli nur? *Niemand bleibt sich immer gleich.* Charlotte schlug die Autotür hinter sich zu und fuhr mit quietschenden Reifen davon.

Paul fragte nicht, warum sie wieder nicht mehr dabeihatte als die Kleidung, die sie trug. Er überließ ihr sein Schlafzimmer und Charlotte verkroch sich ins Bett und in sich selbst. Es war, als hätte der Streit mit ihrer Mutter ihr jegliche Kraft aus den Knochen gezogen. Vielleicht lag es aber auch daran, dass sie seit ihrer missglückten Selbsttötung keine Medikamente mehr genommen hatte. Schniefend rollte sie sich auf dem roten Laken zusammen. Paul brachte ihr den nach Zitrone duftenden Tee, der Töne sichtbar machte. Kaum hatte sie die Tasse geleert, ließ die Erschöpfung sie einschlafen.

Stimmen weckten Charlotte. Pauls mahagonibraune, Jörgs gelbes Stakkato und Ellis grellviolette Sorge. Sie verstand nur einzelne Worte, wie das pechschwarze *gemeingefährlich* und das graue Wort *Polizei.* Sie mochte die Farben nicht und zog sich die Decke über den Kopf, um sie auszusperren.

Tock. Tock. Bernd lag neben ihr. Seine kalte Haut jagte ihr Schauer durch den Körper. Charlottes Halssehnen spannten sich.

Als sie das nächste Mal aufwachte, sickerte Mondlicht ins Zimmer. Die Stimmen waren verstummt und hatten eine watteweiche Stille zurückgelassen. Auch Bernd war verschwunden. Charlotte drehte sich auf den Rücken und blieb liegen. Paul kam herein, setzte sich auf die Bettkante und reihte sich in das watteweiche Schweigen ein. Irgendwo rief ein Käuzchen.

»Geht's dir gut?«

Charlotte fand keine Antwort in sich, also schwieg sie.

17. Kapitel

Ein Mückenstich riss Charlotte aus ihrer Lethargie. Auf der Suche nach Eiweiß zur Arterhaltung stach eine Mücke sie in die zarte Haut ihrer linken Fußsohle. Das durch die Zellverletzung freigewordene Histamin bahnte sich seinen Weg entlang Charlottes Nervenfasern und ihr Gehirn meldete heftiges Jucken. Und weil Charlottes vegetatives Nervensystem schon mal angesprungen war, meldeten sich auch gleich Blase und Magen.

Als sie wenig später in die Küche humpelte, stand die Tür zum Garten offen. Sie blinzelte gegen die schon tief im Westen stehende Sonne und machte sich auf die Suche nach Paul.

Der Betonboden der Terrasse war noch so von der Hitze des Tages aufgeheizt, dass er unter ihren Füßen brannte. Zwei hastige Schritte später stand Charlotte auf dem sommertrockenen Gras. Zwischen verkrüppelten Obstbäumen pickten weißbraun gefleckte Hühner, während nektarschwere Hummeln über Brombeersträuchern taumelten. Über dem glitzernden Wasser des Kanals jagten Schwalben nach Mücken.

Ein Schleppkahn tuckerte vorbei und die Bugwelle rauschte gegen die Spundwände.

»Paul?« Charlotte schirmte ihre Augen ab und ging ums Haus herum zum Schuppen am Ende des Gemüsegartens. An seinen Wänden rankten Bohnen empor und auf dem Dach glänzten Solarzellen. Der Weg zwischen den Beeten bestand aus festgetretenem Schotter. Entlang des Weges war eine Wäscheleine gespannt, auf der Handtücher im Wind trockneten. Um nicht auf dem spitzkantigen Schotter laufen zu müssen, balancierte Charlotte auf der Beetumrandung vorbei an Kartoffeln, Möhren, Kopfsalat, Strauchtomaten und Gemüsesorten, die sie nicht einmal dem Namen nach kannte.

Ein Jogger lief den Treidelpfad hinter dem Maschendrahtzaun entlang und hob grüßend die Hand. Sein hochrotes Gesicht war vor Anstrengung verzerrt.

Die Schuppentür stand offen. Ein Vorhang, wie man ihn aus Kneipen kannte, verbarg die Sicht ins Innere.

Charlotte schob den Vorhang zur Seite und tauchte ein in eine helle Welt aus harzig duftender Zitrone.

Paul drehte sich zu ihr. Er hielt ein Ding in der Hand, das aussah wie ein Leuchtstab.

»Was ist das?«

»Eine Handlupe.«

»Wofür brauchst du die?«

»Ackerbau und Viehzucht.«

»Du willst mir nicht antworten, oder?«

»Du willst es nicht wirklich wissen, dir fällt nur gerade nichts Besseres ein.«

»Es tut mir leid.«

»Hat die Auszeit denn wenigstens geholfen?«

»Ich weiß nicht.« Charlotte stützte sich an der Schuppenwand ab und rieb die juckende Fußsohle gegen ihr Schienbein. »Sie waren hier.«

»Das hast du also mitgekriegt?«

Charlotte nickte. »Hab ich …?«

»Gekrampft?«

Wieder nickte Charlotte.

»Kann gut sein«, antwortete Paul. »Ich bin kein Arzt, aber du warst auf jeden Fall ziemlich weit weg.«

»Danke, dass du keinen Krankenwagen gerufen hast.«

»Ich war nah dran.«

»Weiß Jörg …?«

»Ich glaube, er hätte dich mit einem SEK hier rausgeholt, wenn er das mitgekriegt hätte.«

»Wieso waren sie überhaupt hier?«

»Deine Mutter hat angerufen.«

»Wen?«, fragte Charlotte. »Dich? Aber wieso?«

»Schon vergessen?«, fragte Paul. »Du hast sie von meinem Handy aus angerufen.«

»Du hast mit ihr gesprochen.«

»Sie hat sich Sorgen gemacht und ich konnte ja nicht ahnen, dass sie mit ihm hier aufschlägt.«

»Ist okay, wirklich«, sagte Charlotte. »Wie spät ist es?«

»Zeit, dass du dir klar wirst, was du willst.«

»Stimmt wohl.« Charlotte folgte ihm auf der Beetumrandung. Sie fluchte, als sie umknickte.

Ehe sie widersprechen konnte, hob Paul sie auf den Arm und trug sie zum Haus zurück. Charlotte betete, dass er nicht bemerkte, dass sie unter dem Hemd nackt war. *Mach dir keine falschen Hoffnungen.* Der Gedanke juckte wie der Mückenstich unter ihrem Fuß. *So oft, wie der Ärmste dich schon umgezogen hat, weiß er, wie du unter seinem Hemd aussiehst.*

»Du musst was essen.« Paul setzte sie auf die Bank vor dem Haus. Er wischte sich mit dem nackten Arm den Schweiß von der Stirn. Sein Atem pfiff vor Anstrengung.

»Schön ist es hier.« Sein Gesicht war schwarz im Gegenlicht.

»Es gibt Hühnchen.«

Charlotte schaute hinüber zu den Hühnern, die zwischen den Obstbäumen scharrten. »Hast du es …?«

»Bei Aldi gekauft.« Lachend stieß Paul die Küchentür auf. »Und die haben es natürlich auch nicht getötet. Eigentlich ist ein Aldi-Huhn gar nicht gestorben, möglicherweise nicht einmal Fleisch.«

Charlotte folgte ihm in die kühle Stille des Hauses. »Entschuldige.«

»Wenn du die Antwort nicht magst, solltest du die Frage nicht stellen.«

»Du bist Selbstversorger«, stellte Charlotte fest und auf einmal wusste sie auch, was sie gerade im Schuppen gesehen hatte. Nicht nur was Lebensmittel anging, war Paul Selbstversorger. Er war sein eigener Dealer.

»Bist du Vegetarier?«

»Nein.« Charlotte schüttelte den Kopf.

»Dann ist dieses Huhn wohl auch nicht das erste, das wegen dir gestorben ist.« Paul holte einen Bräter aus dem Kühlschrank und schob ihn in den Ofen. »Aber glaub mir, es hatte auf jeden Fall ein Leben, bevor es gestorben ist.«

»Dann ging es ihm besser als mir.«

»Es ist deine Entscheidung.« Ohne sie anzusehen, stocherte Paul in der Glut.

»Was?« Wut kochte in Charlotte hoch. »Ich hab mir das nicht ausgesucht.«

»Jeder sucht sich sein Schicksal aus.«

»Also kotzt du dir aus freiem Willen die Seele aus dem Leib?«

»Nein, aber wie ich mit meinem Menière umgehe, ist meine Entscheidung.«

»Du meinst kiffen.«

»Das auch. Immerhin hilft es mir, überhaupt ein Leben zu führen.«

»Ist es wirklich so schlimm?«

»Stell dir vor, der Horizont kippt weg und du trudelst orientierungslos durch den Raum, und zwar in zwei Richtungen gleichzeitig, deine Ohren pfeifen aus dem letzten Loch, du schwitzt wie ein Schwein und kannst vor lauter Kotzen nicht atmen. Das ist Menière.«

»Und das Kiffen hilft dagegen?«

»Ja, und es ermöglicht mir, dieses Leben zu führen.« Er schlug die Ofentür zu und richtete sich wieder auf.

»In deinem tiefsten Inneren bist du also Bauer und wolltest nie zur Polizei.«

»Kann sein. Vielleicht hab ich genau aus diesem Grund die Krankheit bekommen. Damit ich lerne, dass ich kein Adrenalinjunkie bin.« Er zog das silberne Etui aus der Jeanstasche und zündete sich einen Joint an.

»Und ich bin mit einem Hirntumor gesegnet, weil ich …« Sowieso nicht leben will, hatte Charlotte sagen wollen. Spöttisch hatte es klingen sollen, aber der Satz blieb ihr im Halse stecken. Hatte sie nicht schon versucht, sich aus dem Leben zu hungern? »Krieg ich auch einen?« Sie streckte die Hand nach einem Joint aus.

»THC heilt keinen Tumor.«

»Das hatten wir schon, oder?«, antwortete Charlotte. »Wir könnten uns darauf einigen, dass es hilft, den Scheißkerl zu ertragen.«

»Oder dich.« Paul gab ihr seinen Joint und holte Geschirr aus dem Schrank.

»Es tut mir leid.« Charlotte rieb ihren juckenden Fuß am Stuhlbein, während sie den Rauch inhalierte. »Ich sollte nicht hier sein.«

»Du bist immerhin ein ruhiger Mitbewohner.« Paul stellte Teller auf den Tisch. »Wie bist du eigentlich sonst? Ich meine, wenn du nicht gerade …«

143

»Nett«, antwortete Charlotte, als Paul keine Anstalten machte, den Satz zu beenden. »Glaube ich«, schränkte sie ein. »Ach Scheiße.« Sie inhalierte den bitteren Rauch und behielt ihn in der Lunge, bis ihr Kehlkopf juckte wie der Fuß. Wolkenleicht stieg ihr die Droge in den Kopf. »Immer wenn ich nach Hause kam, hab ich hinter ihm hergeräumt.« Wieso hab ich das jetzt gesagt, dachte Charlotte. Es hat mir doch nie etwas ausgemacht. Durch den Rauch ihres Joints hindurch schaute sie den Worten hinterher, die grau zu Boden sackten.

»Du hättest es ihm sagen können.«

»Ich? Ihm? Sagen? Ich?« Jedes Wort hatte die falsche Farbe. »Weißt du, was sie über mich in unserer Examenszeitung geschrieben haben?«

»Lass mich raten.« Paul legte den Kopf schief und musterte Charlotte. »Strebsam«, sagte er nach einer Weile. »Liebling der Stationsleitungen.«

»Woher weißt du das?« Charlotte kaute auf der Unterlippe.

»In meiner Jugend war ich mal mit einer Schwesternschülerin zusammen.«

»In deiner Jugend?«

»Ja«, antwortete Paul kurz angebunden. »Lange her.«

»Witzig – sympathisch – wird von jedem gemocht – tolle Kurssprecherin – kümmert sich um alles.« Die Beschreibungen purzelten von Charlottes Lippen. »Bleib, wie du bist – hilfsbereit – Schwester Superwoman – superlieb – Frühchenschwester forever.« Die Worte fielen beige in sich zusammen.

»Und«, fragte Paul.

»Was und?«

»Willst du so sein?«

»Ja, natürlich.« Grau die Antwort. Stimmte es etwa nicht? Und wenn nicht, wer wollte sie sein?

»Find's raus.«

Erst durch Pauls Aufforderung wurde Charlotte bewusst, dass die Frage, wer sie eigentlich sein wollte, grau über dem Aschenbecher schwebte.

»Ich werde sterben.« Tränenverwaschenes Dunkelgrau.

»Ohne zu wissen, wer du sein willst?« Paul beugte sich vor. Mahagoniwarm streichelten die Worte ihre Wangen.

»Und wenn da niemand ist?«

»Natürlich ist da jemand.« Paul beugte sich vor und strich ihr eine Haarsträhne hinters Ohr.

18. Kapitel

Charlotte brauchte noch zwei Tage Ruhe im Haus zwischen den Kanälen, dann nahm sie Kontakt zu einem Arzt auf, der sehr aktiv im Forum der Hirntumorhilfe war. Paul begleitete sie zu ihrer Wohnung, in der diesmal keine Elli auf sie wartete. Sie packten ihre Medikamente und die notwendigsten Sachen ein, die Charlotte brauchen würde, und eine Woche später stand sie mit ihrer Reisetasche an der Bushaltestelle zwischen den Kanälen.

»Ich …«, sagte Paul und starrte auf seine Füße, die in offenen Sandalen steckten.

»Ja?«, fragte Charlotte, als dieser Eröffnung nichts folgte.

»Nichts«, antwortete Paul erwartungsgemäß. Seit der Termin mit Doktor Wehtraun feststand, neigte er zu Satzfragmenten.

»Na dann.«

Das Dach des Busses tauchte auf der Kanalbrücke auf, dann der ganze Bus. Gleichzeitig mit Paul bückte sich Charlotte nach der Reisetasche. Ihre Gesichter waren nur Zentimeter voneinander entfernt. Charlotte versuchte ein zitterndes Lächeln, wollte einen Scherz machen, aber da spürte sie Pauls Hand in ihrem Nacken und seine Lippen auf ihren. Sein Kuss schmeckte bitter und ein bisschen nach Zitrone.

»Es tut mir leid.« Paul richtete sich auf. »Ich wollte nicht.«

»Nein«, erwiderte Charlotte. Mit schweißnasser Hand umklammerte sie den Griff der Reisetasche. Sie wusste nicht, ob dieses Flattern in ihrer Brust Freude, Überraschung oder Erschrecken war. Und sie hatte auch keine Zeit, es herauszufinden, denn der Bus hielt und senkte sich zischend ab. Alles hätte sie erwartet, nur keinen Kuss. Jeden Eid hätte sie geschworen, dass Paul froh war, sie los zu sein, und jetzt hatte er sie geküsst und sie musste einsteigen.

»Wirst du da sein, wenn ich aufwache?«, rief sie, bevor die Bustür sich schloss. Paul sagte etwas, was Charlotte nicht mehr hören konnte. Aber sie sah sein Nicken. Er hatte sie geküsst. Charlotte sackte auf einen Sitz, als der Bus anfuhr. Bin ich verliebt? Sie wusste es nicht. Ja, sie hatte sich wohlgefühlt mit ihm. Sicher. Hatte mit ihm lachen können. Manchmal. Was angesichts der Umstände schon viel war. Und nun der Kuss? Charlotte tastete mit der Zungenspitze dem Geschmack hinterher. Wie fühlt sich Verliebtsein an? Sie versuchte sich zu erinnern. Mit der Angst und der Verzweiflung hatten sich auch ihre anderen Gefühle in der Stille und dem bitteren Rauch der letzten Tage aufgelöst. Sie mochte Paul. Sehr sogar. Aber: Keine Elektrizität kitzelte ihr Zwerchfell, wenn sich ihre Finger berührten. Und wenn er sie anschaute, hatte sie nicht dieses Schluckaufgefühl und auch nicht dieses Sehnen, das sich immer noch wie ein Schwebeballon in ihrem Magen ausbreitete, wenn sie an Jörg dachte. Aber sie wollte nicht an ihn denken. Ihre Beziehung zu Jörg war vorbei. Auch wenn er ihr immer noch SMS schickte, die Charlotte ebenso ungelesen löschte wie die von Raphi, hatte er den Weg zu diesem Haus zwischen den Kanälen nie wiedergefunden.

Aber war Paul ihre Zukunft? Charlotte wusste es nicht. Ihre Gefühle für ihn waren wie das Haus zwischen den Kanälen. Ein bisschen verwohnt, aber genau richtig. Vielleicht war das eine andere Art von Liebe. Die Liebe der Beschädigten, die nicht mehr den Himmel erwarteten, weil sie die Hölle erlebt hatten? Oder war es die Liebe einer Frau, die ihren eigenen Weg ging? War sie eine Frau, die ihren eigenen Weg ging? Oder trieb der Scheißkerl in ihrem Kopf sie vor sich her? Charlotte wusste es nicht. Sie wusste eher, was sie nicht mehr war. Oder nicht mehr sein wollte. Oder nicht mehr sein konnte. Sie hatte eine Liste: Sie war nicht mehr das Kind, das immer brav war, weil Papa Mama schon enttäuscht hatte. Sie war nicht mehr das Mädchen, das sich zu Tode hungerte, weil sie es nicht schaffte, perfekt zu sein. Sie war aber auch nicht mehr der Liebling jeder Stationsleitung, der sein Leben dem vermeintlichen Patientenwohl opferte und dadurch doch nur ein System am Leben erhielt, das immer zu wenig Pflegende beschäftigte. Und sie war nicht mehr die Frau, die ihrem Mann den Rücken freihielt, damit er sechzig Stunden in der Woche arbeiten konnte und auf diese Art und Weise am System zugrunde ging. Aber konnte man über das Nichtsein eigentlich herausfinden, wer man war? Was blieb denn übrig, wenn man jedes *nicht mehr* wie die Haut einer Zwiebel abzog? Tränen?

Charlotte lehnte die Stirn gegen die Scheibe und schaute auf die Dächer der vorbeifahrenden Autos hinunter. Sie sollte aufhören, sich solche Gedanken zu machen. Im Moment war sie einfach nur Charlotte, deren Name grün klang und die angefangen hatte, sich selbst zu mögen, auch wenn sie nur den Äpfeln beim Wachsen zusah oder schlimme Dinge tat, wie kiffen. Aber das war nur eine Etappe. Und sie war die Charlotte, die nun bereit war, das Risiko der Operation auf sich zu nehmen. Und egal, wie sie aus dem OP gerollt wurde, Paul würde da sein. Charlotte schloss die Augen und überließ sich dem Schaukeln des Busses. Ein gutes Gefühl.

Charlotte rief Paul an, als sie im Krankenhaus eintraf. Sie sprachen über das Wetter und Schnecken, aber nicht über das, was an der Bushaltestelle passiert war. Das taten sie auch in den nächsten Tagen nicht, wenn Charlotte ihn völlig erschöpft vom Diagnosemarathon, der ihre Tage ausfüllte, anrief. Am Tag vor der Operation meldete sie sich auch bei ihren Eltern. Sie wollte ein letztes Mal als die Charlotte, die sie kannten, mit ihnen sprechen.

Elli weinte ins Telefon, als sie erfuhr, dass Charlotte im Krankenhaus war. »Warum hast du mir denn nichts gesagt?«, schluchzte sie in den Hörer. Und was mit Jörg sei und überhaupt: »In welchem Krankenhaus bist du?«

Sie müsse auflegen, behauptete Charlotte. Der Anästhesist käme gerade herein. Sie drückte das Gespräch weg. Sie wollte nicht, dass Elli wusste, wo sie war. Ihre Mutter würde es Jörg sagen.

Als ihr Vater wissen wollte, wo sie sei, beendete sie das Gespräch auf die gleiche Art und Weise. Ein Ziehen im Rücken und das Gefühl, als drückte sich eine Blase aus ihrer Scheide, trieb sie ins Bad. Leise fluchend starrte sie auf den roten Fleck in ihrem Slip. Auch das noch. Jetzt hatte sie auch noch ihre Tage gekriegt.

Später rief sie Paul an und weinte sich aus. Paul versprach, mit Binden an ihrem Bett auf sie zu warten.

»Trotz deiner Angst vor Krankenhäusern«, witzelte Charlotte kläglich.

Ängste seien dazu da, überwunden zu werden, sagte Paul, ob sie das nicht wisse.

Charlotte drückte das Gespräch weg, weil diesmal wirklich eine Schwester hereinkam. Sie legte ihr ein eingeschweißtes OP-Hemd nebst Kompressionsstrümpfen und einer Netzunterhose auf das Nachtschränkchen. »Für morgen«, sagte sie und Charlotte solle gründlich duschen und sich die Haare waschen und sie käme gleich wieder, wegen dem Klistier, und eine Schlaftablette würde sie später auch bekommen und natürlich hätten sie Binden da. Die Schwester klang monoton, als hake sie eine Checkliste ab.

Charlotte war es recht. Sie wollte weder Mitleid noch Abendbrot.

Das Geräusch von tropfendem Wasser erwischte sie auf der Toilette, wohin das Klistier sie getrieben hatte. Kopfschüttelnd lehnte Bernd am Waschbecken und sie schaffte es gerade noch, den Notruf zu betätigen.

19. KAPITEL

Lichtblitze. Kratzen im Hals. Knistern zwischen den Ohren. Schluchzen in der Kehle. Lautlos. Schmerz. Finger an der Wange. Kalt und nach Desinfektionsmittel stinkend. Würgen im Hals. Charlotte bäumte sich auf. Bleigewichte zerrten an ihrem Kopf. Husten. Keine Luft. Atmen.

»Verdammt. Geben Sie ihr mehr Sauerstoff.«

Charlotte kannte die Stimme, aber bevor sie darüber nachdenken konnte, driftete sie zurück in nebelgraue Welten.

Es war Nacht, als sie das nächste Mal die Augen öffnete. Grünes Monitorlicht leuchtete über ihr. Zischend füllte sich eine Blutdruckmanschette um ihren Oberarm. Ihre Finger kribbelten. *Monitor. Blutdruckmanschette. Oberarm.* Charlotte war dankbar für jedes Wort, das sie in ihrem Nebelkopf fand, der zentnerschwer auf dem Kissen lag. Sie hob die Hand und scheiterte auf halber Strecke. *Fixiert.* Ich bin fixiert. Eine Welle von Übelkeit überrollte sie. Charlotte wollte sich zur Seite drehen, um Hilfe bitten, ihre Stimme ein hilfloses Krächzen, trotzdem war da eine nach Tabak und Desinfektionsmittel riechende Hand, die sie hielt. Paul, dachte Charlotte und war dankbar, dass sie sich erinnerte. Er ist da. Er hat es versprochen. Schweißnass sank sie zurück und schaute in Jörgs Augen.

151

Paul tauchte auch in den nächsten Tagen nicht auf der Intensivstation auf. Während Charlotte zwischen Übelkeit und Kopfschmerzen dahinvegetierte, wachten Elli und Jörg abwechselnd an ihrem Bett. Natürlich waren sie da. Es hatte Jörg genau drei Telefonate gekostet, um herauszufinden, in welcher Klinik Charlotte operiert werden würde. Sie hätte es sich denken können. Elli war auch dabei, als Charlotte sich das erste Mal nach der OP im Handspiegel sah. Die Narbe zog sich wie ein krakelig gezogener Halbkreis über ihren Schädel.

»Du könntest die Haare rüberkämmen«, schlug Elli vor. »Oder eine von diesen Kappen tragen. So schräg drüber.« Elli redete ohne Punkt und Komma.

Als ob es etwas ausmachen würde. Haare wuchsen. Charlotte legte den Spiegel aus der Hand.

»Was meinst du?«, fragte Elli. Sie schaffte es genau drei Atemzüge, dann redete sie weiter. »Es ist ja relativ weit hinten. Von vorne sieht man es kaum.«

Bla. Bla. Bla.

Charlotte ließ sie reden. Es war einfacher, als mit den Worten zu kämpfen, die sich so schwerfällig auf den Weg machten.

Das professionell freundliche Schweigen und die neutral verankerten Mundwinkel, die den Weg ihrer Worte begleiteten, ließen sie verstummen. Es war nicht so, dass sie nicht wusste, was sie sagen wollte. In ihrem Kopf waren die Antworten fertig, nur ihr Sprachzentrum verarbeitete sie langsamer als vorher. Aber immerhin, es verarbeitete sie. Das war die gute Nachricht. Auch wenn der dumme Spruch ihrer Schulzeit: *Gib mir fünf Minuten Zeit und ich gebe dir eine spontane Antwort*, für Charlotte zur quälenden Realität geworden war. Es dauerte gefühlte Ewigkeiten, bis die gedachten Worte sich aus dem Zusammenspiel von Luft, Kehlkopf und Zunge bildeten.

Die Ärzte und Schwestern und natürlich auch Jörg warteten geduldig, während Elli die Pausen nicht ertrug und sie mit ihrem Plappern füllte.

»Und wenn erst die Klammern raus sind.«

Charlotte schloss die Augen, blendete Ellis panische Zuversicht aus und dämmerte durch ihre postoperative Welt. Es war nicht so, dass sie Paul vergaß. Sie dachte nur einfach nicht mehr an ihn. Sie hatte genug damit zu tun, gegen die Folgen der Operation anzukämpfen: das Erbrechen, die Nackenschmerzen, die Doppelbilder und das Knacken in ihrem Kopf.

So trieb sie gedankenlos dahin, bis Paul sich eines Tages wieder in ihre Gedanken schlich.

Charlotte erwachte aus unruhigem Halbschlaf. Sie hätte nicht sagen können, was für ein Wochentag war, geschweige denn, welche Uhrzeit oder seit wann sie im Krankenhaus lag. Die Tage flossen ineinander wie Schlick. Elli war nach Hause gefahren, um frische Wäsche zu holen, und Jörg hatte das Zimmer verlassen, um eine Zigarette zu rauchen. Der Tumor hatte also nicht nur ihr Suchtverhalten reaktiviert. Dass Jörg wegen ihr wieder rauchte, tröstete Charlotte und gleichzeitig fühlte sie sich schlecht. Sie sollte ihn in sein Leben zurückschicken. Er gehörte nicht mehr zu ihr. Zu ihr gehörte … Durch ihr verwirrtes Hirn wehte ein mintgrüner Slip mit eingerissener Spitze. Paul, dachte sie. Er hatte sie geküsst. Wo war er? Warum war er nicht gekommen? Sie dachte an die Joints, die sie mit ihm in seinem Haus zwischen den Kanälen geraucht hatte, ihre Nachtwache an seinem Bett, als ihn seine Krankheit auswrang. Mit jeder Erinnerung wuchs die Angst um ihn. Charlotte beugte sich zur Seite und tastete in der Schublade des Nachttischs nach ihrem Smartphone. Jörg lud es regelmäßig auf, obwohl sie seit der Operation mit niemandem telefoniert hatte.

Pauls Nummer war die einzige, die Charlotte unter Favoriten abgespeichert hatte. Sie hatte es am Abend vor der OP getan, bevor Bernd sie auf dem Klo erwischt hatte. Kurz fragte sie sich, ob die Erinnerung an Bernd nun gut oder schlecht war. Vor dem Tumor hatte sie den Bernd aus ihren Kindertagen vergessen gehabt. Charlotte wäre es lieber gewesen, ohne die Erinnerung an ihn aus der Narkose aufzuwachen. Falls sie überhaupt ohne Erinnerung aufwachen würde, hatte sie Pauls Nummer mit einem Stern versehen. Es wäre ihr schwergefallen, sich durch ihr Adressbuch zu scrollen. Noch immer verschmolzen die Reize, die ihre Sehnerven wahrnahmen, nicht zu einem einheitlichen Bild.

Die von Ihnen gewählte Rufnummer ist zurzeit nicht vergeben.

Was sollte das denn? Charlotte starrte auf das Display. Sie hatte doch mit Paul telefoniert. Wieso funktionierte seine Nummer nicht mehr?

»Wen rufst du an?« Jörg schloss die Zimmertür.

Charlotte zögerte. Aber warum sollte sie lügen? Jörg wartete geduldig, bis ihre Antwort sich ihren Weg gebahnt hatte.

»Paul.«

»Der Typ vom Kanal?«

»Er ist nicht gekommen.« Charlotte brauchte zu viel Zeit zum Sprechen, um sie zu verschwenden.

»Warum hätte er sollen?« Jörgs Stimme klang sanft. Er legte sich neben sie. Warm streichelte sein Atem ihr Ohr, während die Worte durch ihr Gehirn wanderten.

»Weil er es versprochen hat.«

»Und jetzt bist du enttäuscht.«

»Nicht enttäuscht«, sagte Charlotte. »Ich mach mir Sorgen. Er ist nicht gesund.«

»Zwei versehrte Seelen.« Jörg sagte es mit einem Seufzer, den Charlotte nicht einordnen konnte.

»Ich hab dich nie gefragt«, fuhr er fort. »Aber ...«

»Nein.« Charlotte formulierte ihre Antwort schon nach seinen ersten beiden Worten, weil sie die Unsicherheit in seiner

Stimme spürte. »Wir sind Freunde. Gute Freunde.« Sie dachte an den Kuss und Tränen stiegen ihr in die Augen.

»Und wir?« Mit dem Daumen wischte Jörg ihr die Träne vom Wangenknochen. »Was sind wir?«

»Bitte, Jörg.« Die Frage sirrte durch Charlottes Kopf. »Ich weiß nicht mal, was ich bin.«

»Die Frau, die ich liebe.«

»Jetzt vielleicht, aber wie sieht es in einem Monat aus, in einem Jahr? Vielleicht bleibe ich für den Rest meines Lebens so? Kann nicht richtig sehen. Kann nicht richtig sprechen.«

»Du bist zu ungeduldig«, murmelte Paul an ihr Ohr. »Als Nächstes kommt die Reha und du wirst kämpfen.«

»Aber wofür?« Charlotte presste die Fingernägel in die Handballen. Jeden Morgen – in diesem Bruchteil eines Wimpernschlages, bevor ihr Körper die Schmerzen wahrnahm und sie die Augen aufschlug – betete sie, dass sie wieder genauso sehen könnte wie früher und dann sah sie doch wieder nur diese zwei Einzelbilder, die gegeneinander versetzt standen, wie an jedem anderen Tag seit der OP. In ihrem Kopf füllte sich das Loch knisternd und knackend mit Flüssigkeit und auf ihrem Kopf spannte die Narbe und juckten die nachwachsenden Haare. Durch das Cortison war ihr Körper aufgedunsen und bei jedem Satz, zu dem sie ansetzte, starrte sie in erwartungsvolle Gesichter, sodass sie am liebsten geschwiegen hätte. Sie liebte sich nicht einmal selbst, wie sollte ein anderer sie lieben?

»Wofür?«, fragte Jörg. »Wie wär's mit: für ein Leben mit mir? Sobald du aus der Reha kommst, heiraten wir.«

»Ich weiß nicht.« Charlotte hatte ihre Antwort bereits nach dem ersten Fragewort im Geiste formuliert. Sie führten dieses Gespräch nicht zum ersten Mal.

»Aber ich.« Jörg küsste Charlottes Ohrmuschel. »Vielleicht ist deinem Paul das alles doch zu viel. Wie habt ihr euch eigentlich kennengelernt?«

Frag das nicht, dachte Charlotte. Du willst es gar nicht wissen.

»Er hat den erweiterten Suizid gefunden.« Selbst vor der Operation hätte sie Zeit für ihre Antwort gebraucht.

»Ah.« Jörg klang nicht so, als würde ihm ihre Erklärung einleuchten. Wie auch? Es war schließlich nur die halbe Wahrheit. Was er wohl sagen würde, wenn er von dem Loch im Kofferraum des Peugeots erführe? Ob er sie dann immer noch heiraten wollte? Charlotte bezweifelte es.

Es klopfte und Elli füllte das Zimmer mit ihrer Geschäftigkeit.

»Bis morgen.« Jörg rollte sich aus dem Bett. Noch einmal strich er ihr über die Wange, dann war er verschwunden.

»Weißt du eigentlich, was du für ein Glück hast?« Elli packte ein brombeerfarbenes Sweatshirt in Charlottes Schrank.

»Was ist das?«

»Was? Glück? Aber Kind«, stotterte Elli. »Weißt du denn nicht, was das ist?«

»Ich weiß sehr wohl, was Glück ist«, unterbrach Charlotte ihre Mutter. Mit Elli konnte sie fast normal reden, aber das lag daran, dass Gespräche mit Elli immer gleich abliefen. Außerdem verstand sie ihre Ängste: Teilleistungsstörungen. Ein großes Wort gelassen ausgesprochen. Ein nur auf den ersten Blick harmlos erscheinender Begriff. Man wusste nie, wann sie zuschlugen. Jedes Wort, das ihr nicht auf Anhieb einfiel, trieb Charlottes Herzfrequenz in die Höhe. In Gedanken rekapitulierte sie das große Einmaleins, die europäischen Hauptstädte, spielte *Stadt, Land, Fluss*. Und sobald ihre Erinnerung sie im Stich ließ, brach ihr der Angstschweiß aus. Teilleistungsstörungen.

»Das Sweatshirt«, sagte sie. »Es gehört mir nicht.« Im Leben würde sie sich keine brombeerfarbene Privatkleidung kaufen.

»War ein Sonderangebot. Ich hab gedacht, es gefällt dir.«

»Brombeere?«

»Ja, warum nicht?«

»Schon gut.« Charlotte nahm ihr Smartphone von der Bettdecke und legte es zurück in die Schublade.

»Hast du Papa angerufen?«

»Nein.«

»Das HWS-Syndrom?«

»Nein.« Allein der Gedanke war absurd. Jutta schickte wöchentlich einen Strauß gelber Tulpen garniert mit Zierdisteln. Charlotte machte sich lieber keine Gedanken, was sie ihr damit sagen wollte.

»Paul.«

»Dieser Mann vom Kanal?« Jedes Wort klang, als würde sich Ellis nicht vorhandenes Nackenfell sträuben.

»Ich hab ihn nicht erreicht.«

»Mir kam er gleich komisch vor.«

»Er hat mir geholfen, als es mir schlecht ging.«

»Das hätte jeder von uns auch getan«, antwortete Elli. »Wenn du uns gelassen hättest. Jörg war außer sich vor Sorge.«

»Er möchte, dass wir heiraten.«

»Und?« Ohne aufzuschauen, räumte Elli ein weiteres Sweatshirt in den Schrank.

»Tu nicht so scheinheilig. Innerlich tanzt du doch gerade den Hochzeitswalzer.«

»Immerhin ist er hier und dieser Paul nicht.«

»Wieso sagst du das jetzt?« Charlotte deckte mit der Hand ihr linkes Auge ab, um Elli besser sehen zu können.

»Weil's wahr ist.«

»Er hat die Hochzeit abgesagt.«

»Damit du …« Auch wieder so ein Satzanfang, den Charlotte im Schlaf ergänzen konnte.

»… Zeit hast, gesund zu werden?« Nur ihr steifer Nacken verhinderte, dass Charlotte den Kopf schüttelte. »Ich werde nicht gesund, Mama. Ich bin auf Bewährung.«

»Ach, red doch nicht so. Der Tumor war nicht bösartig.«

»Diesmal nicht.«

»Du bist immer so negativ. Dabei solltest du dankbar sein. Wart's ab. Bald gehst du in die Reha und dann wird alles gut.«

»Ich bin müde.« Charlotte tastete nach der Fernbedienung und ließ das Kopfteil herunter. Sie wollte nicht mit ihrer Mutter über ihr vermeintliches Glück im Unglück reden. Auch Elli war jetzt als *Mutter53* im Forum der Hirntumorhilfe unterwegs und sammelte Mutmachgeschichten oder solche, die sie dafür hielt. »Ich schlaf ein bisschen.«

»Das ist die Bestrahlung. Vielleicht sollten wir doch mit dem Doktor über Weihrauch reden.«

»Bitte, Mama.« Auch diese Antwort hatte Charlotte sich schon bei den ersten Worten ihrer Mutter zurechtgelegt. Denn auch diese Diskussion führten sie nicht zum ersten Mal.

»Ist ja gut.« Ellis Unterlippe zitterte ein wenig. »Ich geh eine Runde spazieren.«

Sobald ihre Mutter den Raum verlassen hatte, griff Charlotte nach dem Block mit dem Kliniklogo, den sie auf ihrem Nachtschränkchen liegen hatte, um sich Fragen für die Visite aufzuschreiben, und begann mit zugehaltenem linken Auge einen Brief an Paul. Je länger sie schrieb, umso krakeliger wurde ihre Schrift. Die Worte huschten wie Silberfische über das Papier und Charlotte brauchte alle Konzentration, zu der sie fähig war, um den Brief zu beenden. Sie schwitzte vor Anstrengung, als sie schließlich klingelte, um einen Briefumschlag zu schnorren.

»Ich hol den Brief später ab«, versprach die Schwester, als sie den Umschlag brachte. Charlotte war froh, dass sie sofort wieder ging. Es war ihr peinlich, dass sie langsam wie ein Erstklässler und ebenso krakelig schrieb. Ihr Kopf brummte wie ein Generator, als sie den Umschlag endlich beschriftet hatte. Noch einmal nahm sie ihr Smartphone und verglich die Adresse. Bevor sie es zurücklegte, überlegte sie, Raphi eine SMS zu schicken. Vielleicht später, dachte sie und schloss erschöpft die Augen. Sie war eingeschlafen, bevor ihre Mutter zurückkam.

20. KAPITEL

Wenige Tage später wurde Charlotte in die Rehaklinik verlegt. Jörg und Elli hatten sich stundenlang über die Vor- und Nachteile der verschiedenen Kliniken gestritten. Während Elli sich durch sämtliche Klinikbeurteilungen gearbeitet hatte, interessierte sich Jörg nur für die Ärzte. Es sei egal, was Hans und Franz sagen würden, argumentierte er. Charlotte sei schließlich nicht irgendein Patient.

Schließlich hatte sich Jörg durchgesetzt und nun waren die Koffer verstaut, die Schwester hatte sich mit dem Rollstuhl verabschiedet und Charlotte stieg zum ersten Mal seit Wochen wieder in einen Wagen. Sie trug eine Beanie schräg über der Narbe und eine Sonnenbrille.

»Gut schaust du aus.« Jörg beugte sich vor und schnallte sie an. Charlotte atmete den Duft seines Rasierwassers ein. Neben seinem Kehlkopf klebte ein winziges Pflaster. Charlotte hob die Hand und streichelte darüber.

»Hab mich geschnitten. Beim Rasieren.« Jörg öffnete das Handschuhfach und kramte einen Einmalspuckbeutel heraus. »Hier.«

»Hast du den geklaut?« Charlotte drehte den Beutel in den Fingern. Sie war dankbar, hoffte aber trotzdem, ihn nicht benutzen zu müssen.

»Ausgeliehen.« Jörg grinste und setzte sich hinters Steuer.

»Du kannst ihn ja ausspülen und auf der Heizung trocknen.«

Jörg lachte herzhafter, als es ihr lahmer Scherz verdient hätte, dann startete er den Wagen. Charlotte schloss die Augen und öffnete sie erst wieder, als der Wagen vor der Rehaklinik hielt.

An Jörgs Arm ging Charlotte die Auffahrt zum Haupteingang hinauf. Die Klinik war ein lang gestrecktes, weiß verputztes fünfstöckiges Gebäude in L-Form mit roten Dachziegeln und vielen Balkonen. Vor dem Eingang standen Kaffeehaustische, an denen Patienten und Besucher saßen und die Mittagssonne genossen.

»Nett hier«, sagte Charlotte, ohne es zu meinen.

»Warte, bis du dein Zimmer siehst. Absolute Fernsicht. Und eigener Balkon.« Jörg klang wie ein Reiseleiter.

Charlotte schaute sich in dem lichtdurchfluteten Foyer um. Es hätte eine beliebige Hotellobby in jedem Land der Welt sein können, wenn nicht die meisten der Menschen, die sich hier bewegten oder an Tischen saßen, sichtbar versehrt gewesen wären. Rollstühle, Rollatoren, Nackenschienen, eingedellte Schädeldecken.

Charlotte schluckte die aufsteigende Panik wie ein zu großes Stück Fleisch herunter. Am liebsten wäre sie weggelaufen. Sie wollte nicht zu diesen Menschen gehören. Sie wollte gesund sein.

»Hier ist auch der Kiosk.« Jörg zeigte nach links. »Und da die Rezeption und ein Access-Point.« Er redete ohne Punkt und Komma, so als könnten seine Worte die Brücke sein, die sie brauchte.

Nachdem die Formalitäten erledigt waren – Charlotte hatte nichts anderes machen müssen, als ihren Namen auf eine gepunktete Linie zu schreiben, und selbst das hatte ihr Schweißperlen auf die Stirn getrieben –, fuhren sie mit dem Aufzug in die fünfte Etage.

»Na? Hab ich zu viel versprochen?« Jörg führte sie wie eine alte Tante zur Balkontür.

»Wirklich schön«, antwortete Charlotte, wieder, ohne es zu meinen. Sie brauchte keine Wälder und auch keine Segelboote auf einem glitzernden See. Sie wollte einfach nur wieder mit beiden Augen das Gleiche sehen.

»Gleich kommt der Oberarzt. Ich lass dich dann jetzt allein.« Jörg half ihr in den Sessel.

»Warum?« Unwillkürlich zuckte Charlotte zusammen, als gelte es, einen Schlag abzuwehren. Sie wollte nicht mit diesem Arzt sprechen. Sie wollte mit niemandem sprechen.

»Das ist hier so üblich. Keine Sorge. Er tut dir nichts. Kommst du klar?«

»Ja.« Charlotte rieb sich die verspannten Schultern. Wenn sie nur daran glauben könnte, dass diese Reha ihr helfen würde.

»Na dann.« Jörg strich ihr mit der Hand über die Wange. »Wir sehen uns am Wochenende. Ich ruf dich …«

»Nein«, unterbrach ihn Charlotte. Diesmal hatte sie ihre Antwort parat, bevor Jörg seinen Satz beenden konnte. »Ich möchte nicht telefonieren. Es ist Stress.«

»In Ordnung.« Jörg grinste schief. Wenn ihn ihre Ablehnung verletzte, ließ er es sich zumindest nicht anmerken. Charlotte streckte die Hand nach ihm aus. Er tat so viel für sie. Das tat er für jeden seiner Patienten. Der Gedanke trieb nicht das erste Mal durch ihren Kopf. Charlotte wusste einfach nicht mehr, ob seine Fürsorge wirklich seiner Liebe zu ihr oder nicht eher seinem Berufsethos entsprang.

Die erste Woche in der Reha brachte Charlotte an den Rand des Nervenzusammenbruchs. Nach der Ruhe im Krankenhaus war ihr alles zu viel. Die Mitpatienten, die auf Rollatoren gestützt durch die Gänge schlurften, die Therapien, zu denen sie immer zu spät kam, weil die Räume nie dort waren, wo sie sie vermutete. Die Psychologin, die mit ihr über ihr Krankheitstrauma reden wollte, und vor allem der überdeutlich sprechende Stationsarzt, der Berufsoptimismus verströmte und dessen Doppelnamen sie sich nicht merken konnte.

Am Freitag kam Jörg. Er wollte übers Wochenende bleiben und hatte sich in einem der Gästezimmer eingemietet.

»Wie sieht's aus?«

»Gut«, antwortete Charlotte, weil sie wusste, dass jede andere Antwort ihn zutiefst verstört hätte. Sie nahm die Augenklappe ab, die sie ihr hier verpasst hatten und die sie wie ein schielendes Kleinkind mal über dem rechten und mal über dem linken Auge trug.

»Das sollten Sie nicht tun.« Der Stationsarzt rauschte ins Zimmer. Er hatte die unangenehme Angewohnheit, gleichzeitig mit dem Klopfen einzudringen.

»Das ist …« Charlotte zeigte auf Jörg. Sie versuchte, das Namensschild zu lesen. Sie konnte sich den Namen des Mannes einfach nicht merken. Es waren so viele Namen und die meisten davon so doppelt wie die Bilder, die sie sah.

»Mensch, Wolfi. Was machst du denn hier?« Jörg breitete die Arme aus, als begrüßte er einen lang verschollenen Erbonkel.

Die beiden Männer klopften sich gegenseitig auf die Schultern.

»Wir haben das Grundstudium gemeinsam absolviert«, erklärte Jörg. »Wolltest du nicht in die Neurochirurgie?«

»Das ist lange her«, wiegelte der Stationsarzt ab, von dem Charlotte jetzt immerhin wusste, dass er Wolfi plus Doppelname hieß. »Und was ist mit dir? Bist du nicht Kinderarzt geworden?«

»Neonatologe.«

»Wow. Auf die ganz Kleinen hast du dich gestürzt. Auch kein Zuckerschlecken, was?«

»Man wächst an den Herausforderungen.«

»Und eure Herausforderungen wachsen, was man so liest. Unsere Große war ja auch ein bisschen früh dran.«

Wolfi erzählte Paul ausführlich von den ersten Lebenswochen seiner Tochter und schien Charlotte vergessen zu haben. Ihr war es recht. Sie wollte nicht mit ihm sprechen, während Jörg dabei war. Eigentlich wollte sie nie mit ihm sprechen. Er klang immer so wie ein Schuldirektor, der die Schüler zur Ordnung rief, über die sich die Lehrer beschwert hatten. Nur dass sich hier nicht die Lehrer über Charlotte beschwerten, sondern die Therapeuten. Was aber aufs Gleiche hinauslief. Charlotte machte nicht, was von ihr erwartet wurde. Oder sie machte es nicht richtig, oder nicht lang genug, oder …, oder …

»Dass du das kannst.« Wolfi nickte. »Mich hat die Arbeit in der Klinik fertiggemacht. Ich hab dann irgendwann die Notbremse gezogen.«

»Nicht jeder ist dafür gemacht.« Jörg lachte auf. »Aber im Ernst«, fügte er hinzu. »Ich hab auch schon mal überlegt, ob ich in eine Praxis einsteige. Aber nur noch Durchfall, Schnupfen und Ausschlag kurieren? Das ist Triathlon, keine Medizin.«

»Nun ja.« Wolfi räusperte sich und Charlotte spürte, dass sie jetzt wieder an der Reihe war.

»Sie sollten Ihre Piratenklappe unbedingt regelmäßig tragen, Frau …« Nach einem hastigen Blick auf das Datenblatt in seiner Hand ergänzte er: »Degener.«

Hah, dachte Charlotte. Er weiß meinen Namen auch nicht. Sie gönnte sich diesen kleinen Triumph. Piratenklappe. Was bildete dieser Kerl sich eigentlich ein? Sie war kein Kind mehr, wenn sie auch gefühlte hundert Jahre jünger war als der Durchschnitt der Mitpatienten.

»Sie macht mir Kopfschmerzen.«

»Schatz, wirklich. Wolfi hat recht, dein Gehirn wird nur neue Wege finden, wenn du es forderst. Bei dieser Art von Hirntumoren …«

Jörg fing an zu dozieren und auch dieser Wolfi verfiel in den Vortragsmodus, den Charlotte von Kongressen kannte. Ihr Hirn fand einen Weg, den vereinten ärztlichen Bemühungen auszuweichen. Es knackte einmal kurz in ihrem Schädel und die Worte rauschten wie auf einer Umgehungsstraße an ihrem Bewusstsein vorbei.

Schließlich verließ Wolfi ihr Zimmer und nur der aufdringliche Geruch seines Duschgels blieb zurück.

»Er ist wirklich gut.« Jörg legte ihr den Arm um die Schultern und drückte sie an sich.

»Wenn du meinst«, antwortete Charlotte.

»Lass dich doch einfach drauf ein.« Jörg klang ungeduldig, und plötzlich hatte Charlotte das Gefühl, dass kein Zufall die beiden Männer in ihrem Zimmer zusammengeführt hatte.

»Wer sagt, dass ich das nicht tue?« Charlotte fühlte sich ungerecht behandelt. Lauf du nur einen Tag in meinen Schuhen, dachte sie.

»Hast du nicht zugehört?« Mit dem Zeigefinger hob er ihr Kinn an. Früher hatte sie diese Geste geliebt, jetzt bereitete ihr die Nähe Kopfschmerzen. Trotzdem zwang sie sich, nicht zurückzuweichen. Sie wollte ihn nicht verletzen. Sein Pfefferminzatem strich über ihre Stirn. Seit sie nicht mehr im Krankenhaus war, bekämpfte er seine Nikotinsucht mit Kaugummi. Ihr Tumor hatte ihn nur kurz aus der Bahn geworfen. Jetzt schien er wieder ganz der Alte zu sein. Nur ihre Beziehung, die war nicht mehr die alte. Würde nie mehr die alte sein.

»Ich will hier nicht sein.« Charlotte trat ans Fenster und schaute hinunter auf die regennassen Wälder. Nur am ersten Tag hatte die Sonne geschienen. Jetzt regnete es fast ununterbrochen und der graue Himmel passte zu ihren Gefühlen, als wäre er für sie gemacht.

»Willst du denn nicht wieder auf die Beine kommen?«

»Doch.« Charlotte drehte das Gummiband der Augenklappe zwischen Zeigefinger und Daumen. »Aber dies hier tut mir nicht gut.« Obwohl sie nicht weinen wollte, stiegen ihr Tränen in die Augen. »Ich will nach Hause.«

»Du bist doch gerade erst hier angekommen.«

»Aber ich will nicht hier sein.« Charlotte wusste selbst, dass sie jetzt auch noch so klang wie ein schielendes Kleinkind. Hastig wischte sie sich die Nässe aus dem Gesicht. Er sollte nicht sehen, dass sie weinte.

»Bitte sei vernünftig.« Im Gegensatz zu ihr klang Jörg sehr erwachsen. Sie hatte große Lust, ihn vors Schienbein zu treten.

»Und wenn ich nicht will?« Charlotte wollte sich mit ihm streiten, ihn anschreien, angeschrien werden. Das würde sich wenigstens anfühlen, als würde er sie ernst nehmen. Sie hasste seine gleichmäßige Freundlichkeit. Professionell, schoss es ihr durch den Sinn. Professionelle Freundlichkeit. Er behandelt mich wie eine störrische Mutter. Was hatte Paul gesagt? *Ich hätte das nicht noch mal ertragen … diese Leute. So unpersönlich freundlich. Wie du.*

»Hau ab!«

»Charlotte?«

»Hau einfach ab!«

»Ich …«

»Nein, nicht du. Ich. Verstehst du? Ich bin nicht deine Patientin.«

»Aber …«

»Verschwinde einfach!« Charlotte verschränkte die Arme vor der Brust. Hinter ihr fiel die Tür ins Schloss. Klapp. Schritte auf dem Flur. Tapp. Tapp. Dann Stille. Tränen tropften auf ihre Unterarme. Mit dem Handrücken wischte sie sich durchs Gesicht.

»Ich will nicht hier sein«, sagte sie zu ihrem durchsichtigen Ich, das sich in der Fensterscheibe spiegelte.

Eine Woche später brach Charlotte die Reha ab und kehrte nach Hause zurück. Jörg und Elli holten sie vom Bahnhof ab und Ellis geschäftige Freude übertünchte Jörgs Schweigen.

»Ich muss zurück in die Klinik.« Jörg trug ihre Reisetasche ins Schlafzimmer. »Wir haben eine Vierundzwanzig plus.«

»Ja. Gut.« Charlotte sah sich um. Die Wohnung wirkte auf eine fremde Art aufgeräumt. Ihr fiel ein, dass Jörg eine Putzfrau erwähnt hatte.

»Du kommst doch zurecht?« Unsicherheit schwang in seiner Stimme mit.

»Klar. Danke.«

»Ich versuche, pünktlich zu sein. Wenn du was essen willst. Im Eisfach …«

»Ich komm zurecht. Wirklich.« Charlotte versuchte ein Lächeln.

Kaum hatte Jörg die Wohnung verlassen, ließ sich Charlotte aufs Sofa fallen und warf die Augenklappe auf den Couchtisch. Der Minutenzeiger der Küchenuhr tickte durch ihr Hirn. Warum hatte sie das getan? Warum war sie nicht in der Reha geblieben? Was hatte sie erwartet? Eine heile Welt zwischen den Kanälen? Albern. Nicht einmal ihren Brief hatte Paul beantwortet.

Getrieben von dem gleichmäßigen Ticken der Uhr trat Charlotte ans Fenster und schob die Vorhänge zur Seite. Vor dem Haus stand ihr Peugeot. Die Scheibe war schon längst ersetzt und glänzte im Sonnenlicht. Ich könnte die Autoschlüssel nehmen und losfahren, dachte Charlotte, obwohl sie wusste, dass sie sich selbst belog. Nichts konnte sie.

21. Kapitel

Charlotte stand auf dem Balkon und brach vertrocknete Blüten aus den Geranien. Wenigstens dafür hatte sie jetzt Zeit. Jörg war wie immer in der Klinik. Er verließ morgens früh das Haus und kehrte meistens erst spät in der Nacht zurück. Charlotte tat dann, als ob sie schliefe, und irgendwann ließ sein gleichmäßiger Atem sie dann auch wirklich einschlafen. Mit der Putzfrau, einer netten Türkin mit Führerschein, hatte sie einen Deal gemacht. Sie kam nicht mehr zum Putzen, sondern holte sie zweimal in der Woche zum Einkaufen ab. So war sie unabhängig von Elli und ihrer Fürsorge. Ansonsten verließ Charlotte die Wohnung nicht. Obwohl das Wetter umgeschlagen hatte, kaum dass sie nach Hause zurückgekehrt war. Ein stabiles Hochdruckgebiet sorgte für sonnenhelle Tage und kühle Nächte und brachte selbst ihre vernachlässigten Geranien noch einmal zum Blühen. Charlotte arbeitete langsam und systematisch. Wenn sie sich konzentrierte, erwischten ihre Finger immer häufiger auch wirklich einen vertrockneten Stiel. Sie pflegte die Geranien mit Hingabe, auch wenn es nicht mehr die Pflanzen waren, die sie im Frühjahr in die Balkonkästen gepflanzt hatte. Irgendwann während ihrer Abwesenheit hatte Jutta die Balkonkästen neu bepflanzt und irgendwie war es Charlotte wichtig, ihrer ehemaligen Schwiegermutter in spe zu beweisen, dass sie sich zumindest um die Pflanzen kümmern konnte, wenn sie auch sonst zu nichts taugte. Sie ließ einen vertrockneten Stiel in den Eimer zu ihren Füßen fallen. Wenn sie nicht unter Stress stand, gelang es ihrem Gehirn immer besser, die Bilder richtig zu sortieren. Ein Hupen ließ sie den Kopf heben. Mit Schwung parkte ein Van hinter ihrem Peugeot ein.

»Hi.« Veronika stieg mit einer Bäckertüte in der Hand aus, winkte und verdoppelte sich dabei.

Charlotte kniff das linke Auge zu, während sie den Arm hob, um ebenfalls zu winken. Wie bei einer russischen Puppe stülpte sich eine Veronika über die andere. Aber auch eine Veronika war mehr, als sie ertragen konnte. Was wollte Ilonas Lebenspartnerin hier? Seit dem Abend bei Reinhardt hatten sie sich nicht mehr getroffen. Sofort schlug Charlottes Herz schneller und Veronikas Gestalt flimmerte, als wollte sie sich auflösen. Was nicht die schlechteste Lösung wäre. Sie wollte keinen Besuch, wollte sich nicht fühlen wie der letzte Idiot. Sie wollte nicht, dass die Menschen sie in diesem Zustand sahen. Sie schämte sich für ihren halb geschorenen Kopf mit der fürchterlichen Narbe, die sich in einem gezackten Halbmond von der Schläfe bis hinters Ohr zog. Sie schämte sich für die Augenklappe oder ihre Angewohnheit, das linke Auge zuzukneifen. Und vor allem schämte sie sich für ihre verzögerten Antworten. Aber jetzt war es zu spät. Veronika würde nicht einfach wieder verschwinden. Charlotte wischte sich die feuchten Hände an der Jeans ab, atmete zweimal tief ein und aus. Kein Grund zur Panik. Ihre Selbstgespräche verliefen deutlich flüssiger als Gespräche mit anderen: Veronika ist kein Feind, sie ist einfach nur ein Besuch, hat sogar Gebäck gekauft. Das ist nett. Kein Grund zur Panik. Irgendwann muss ich ja wieder unter Menschen. Also warum nicht heute und hier, wo ich mich sicher fühle?

Charlotte verließ den Balkon, drückte einen der beiden Türöffner, die sie sah, strich der doppelten Charlotte ihres Spiegelbildes über die noch immer wulstige Narbe, die den dunkel nachwachsenden Flaum teilte wie ein mit einer Machete gezogener Scheitel, und straffte die Schultern.

»Du siehst besser aus, als ich gedacht habe«, begrüßte Veronika sie überschwänglich. »O Scheiße, das hätte ich nicht sagen sollen, oder?« Veronika legte die Bäckertüte auf die Ablage an der Garderobe. »Du siehst toll aus.« Und bevor Charlotte reagieren konnte, versank sie in einer innigen Umarmung und fragte sich, was Jörg wohl so alles erzählt hatte.

»Ich hab Berliner mitgebracht.«

Charlotte löste sich aus der Umarmung, öffnete den Mund. Schweiß perlte ihr vom Haaransatz. Sie hätte vorbereitet sein müssen, ihre Antwort auf den Weg schicken müssen. Sie sah sich selbst im Spiegel. Der geöffnete Mund, die Panik in ihrem Blick. Sie ertrug ihr Spiegelbild nicht, wandte die Augen ab und begegnete Veronikas freundlichem Lächeln. Kein irritiertes Blinzeln, kein Zeichen der Ungeduld. Natürlich nicht. Sie wusste schließlich Bescheid und als Ergotherapeutin wusste sie wohl auch, wie man mit Leuten wie ihr umging. Und dafür hasste Charlotte sie, obwohl das überaus kindisch war. Sie hätte sie am liebsten aus der Wohnung geschoben mit ihren dämlichen Berlinern und dem Lächeln. Trotzdem zwang sie sich zu einer freundlichen Antwort. Veronika war die Lebensgefährtin von Jörgs Kollegin. Sie hatten Spaß gehabt auf ihren Strohwitwentreffen. Veronika war so unverblümt. Sie sagte immer, was sie dachte. Sie hätten Freundinnen werden können. Damals. Jetzt nicht mehr. Warum nur war sie gekommen? Bestimmt steckte Jörg dahinter. Jörg, der so hilflos war, weil er nicht verstand, warum sie nicht tat, was er für richtig hielt. Der nicht verstand, warum sie es keinen Tag länger in der Reha ausgehalten hatte. Der nicht wusste, wie es war, immer nur mit Kran-

170

ken zusammen zu sein oder mit Menschen, die dafür bezahlt wurden, Hilfe zu leisten. Sie wollte nicht zu denen gehören, die Hilfe brauchten. Sie wollte helfen. Charlotte konnte sich das Gespräch zwischen ihm und Ilona vorstellen. Im Arztzimmer, unterbrochen von Monitoralarmen und dem Klingeln des Telefons.

Jörg: Ich weiß nicht mehr weiter. Sie hat die Reha abgebrochen.

Ilona: Soll ich mal mit ihr reden oder vielleicht Veronika? Die beiden verstehen sich doch gut.

»Hättest du angerufen, hätte ich Kaffee gekocht«, sagte Charlotte schließlich. Das war die Antwort, die sie auf den Weg geschickt hatte. Eine richtige Antwort, wenn auch nicht die Wahrheit. Sie wäre gar nicht erst ans Telefon gegangen und wenn doch, hätte sie eine Ausrede gefunden. Irgendetwas wäre ihr eingefallen.

»Ich war gerade in der Nähe und da dachte ich, ich schau mal vorbei. Ist dir doch recht, oder?«

»Das ist nett«, sagte Charlotte, ohne es zu meinen. »Möchtest du Kaffee oder lieber Tee?« Beim Umdrehen stieß sie mit der Schulter gegen die Garderobe.

»Ich mach dir gerade Stress, oder?«

»Nein«, log Charlotte. »Natürlich nicht.«

»Doch, das mache ich. Und das ist nicht in Ordnung. Aber: Wir haben uns Sorgen gemacht.«

»Natürlich.« Charlotte blieb mitten im Wohnzimmer stehen. Sich Sorgen gemacht zu haben, schien ebenso wie »Ich hab's ja nur gut gemeint« eine ausreichende Rechtfertigung für Rücksichtslosigkeit zu sein. Sei nicht ungerecht, dachte sie. Ist doch klar, dass jemand vorbeikommt. Kollegen und Freunde tun so etwas. Das nennt man Krankenbesuch. Aber eher hätte sie mit Gina oder Christa gerechnet. Nicht ausgerechnet Veronika. Das wirkte so abgekartet. Der Gedanke bohrte sich wie ein Splitter in ihr Gehirn.

171

Egal, rief Charlotte sich selbst zur Ordnung. Steh hier nicht rum wie ein Huhn, wenn es donnert. Du hast nicht zum ersten Mal in deinem Leben Besuch. Du wirst doch wohl in der Lage sein, Kaffee zu kochen und Teller aus dem Schrank zu holen.

»Wollen wir uns auf den Balkon setzen?« Charlotte ertappte sich dabei, dass sie sich die Hände rieb wie ein übereifriger Kellner. Sofort hörte sie damit auf und steckte sie in die Hosentaschen. Auch nicht gut. Aber besser.

»Das wäre schön. Ich hoffe, du magst Berliner?«

»Ich setz Kaffee auf.« Auf der Flucht in die Küche stieß Charlotte mit der Schulter gegen den Türrahmen.

»Wo hast du Teller?« Veronika war ihr gefolgt.

»Im Schrank hinter dir.« Charlotte hantierte mit Kaffeepulver und Filtertüten. Mit dem Rücken zu Veronika fühlte sie sich sicherer. Sie musste nur das linke Auge zukneifen, dann verdoppelte sich auch keins der Dinge, nach denen sie griff.

»Du hast Schwierigkeiten mit dem Sehen, oder?«, fragte Veronika später, als sie zwischen den Geranien saßen und Charlotte gerade anfing, sich ein wenig zu entspannen. Bisher hatten sie über das Wetter und Veronikas und Ilonas Kreuzfahrt geplaudert und Charlotte hatte die üblichen Bemerkungen fast ohne Zeitverzögerung gemacht. Zumindest hatte sie das gedacht.

»Das wusstest du doch, oder?« Unwillkürlich zog Charlotte den Kopf ein Stück tiefer zwischen die Schultern. Wie eine Schildkröte, die sich in ihr Haus zurückzog. Nur hatte sie keinen Panzer, der sie schützte.

»Entspann dich.« Veronika beugte sich vor und berührte Charlottes Hand. »Lass die Sonne wirken.«

Lass die Sonne wirken. Komischer Satz. Die Ergotherapeutin in der Kur hatte auch ständig so merkwürdige Dinge von sich gegeben. Nur hatte sie eher über Bilder und Farben geredet. Sie solle sich die Krankheit von der Seele malen, hatte sie

172

gesagt und Charlotte hätte ihr am liebsten den Pinsel ins Auge gestochen.

»Reden Ergotherapeuten so?«, fragte sie.

»Nein, nicht grundsätzlich. Aber ich bin wohl etwas verschroben.«

»Du arbeitest ambulant, oder?« Charlotte wedelte eine Wespe fort, die vom Duft des Zuckers angelockt worden war, und dachte wieder an ihre eigene Ergotherapie in der Kur. Als sie endlich den Raum gefunden hatte, in dem die Ergotherapie stattfand, sah sie sich einer Gruppe Pinsel schwingender Hemiplegiker gegenüber, die von einem grauen Lockenkopf motivationsfördernd umschwirrt wurde.

»Ich unterstütze und begleite Menschen, die in ihrer Handlungsfähigkeit eingeschränkt oder von Einschränkung bedroht sind.« Veronika klang wie eine Tupperwareberaterin. »Dabei ist das Ziel, sie bei der Durchführung für sie bedeutungsvoller Betätigungen in ihrer persönlichen Umwelt zu stärken.«

»Äh. Ja.« Charlotte wischte sich Zuckerkrümel von der Jeans.

»Schlimm, nicht wahr?« Veronika verdrehte die Augen. »Das ist die Definition des Bundesverbandes. Man kann's wahrscheinlich auch schlichter ausdrücken. Aber das fällt mir schwer. Ich bin eher der Macher.«

»Und das bedeutet?«

»Ich mach was mit den Leuten zusammen.«

»Klingt doch gut.« Charlotte fühlte sich zunehmend unbehaglich und Veronikas nächste Frage, die sie anflog wie eine Wespe, verstärkte dieses Gefühl.

»Was sind deine Pläne?«

»Ich …« Meine Pläne, dachte Charlotte. Was für Pläne? Heiraten? Eine Motorradtour machen? Kinder kriegen? Ach Scheiße, da war doch was. Zwischen sie und ihre Pläne hatte sich ein Tumor geschoben. Plötzlich fror Charlotte.

»Lass uns reingehen. Hier sind so viele Wespen.« Aber sie machte keine Anstalten aufzustehen, und auch Veronika blieb sitzen.

»Und?«, wiederholte sie ihre Frage.

»Keine Ahnung«, antwortete Charlotte. »Zurück auf Intensiv geht wohl nicht.«

»Du hast die Reha abgebrochen?«

Charlotte presste die Fingernägel in die Handflächen, um das Zittern ihrer Hände zu unterdrücken.

»Ich versteh dich«, fügte Veronika hinzu, bevor Charlotte die übliche Heimweh-Ausrede formulieren konnte. Veronika beugte sich vor und griff nach ihrer Hand. »Nicht jeder ist für die Reha geschaffen. Manche Menschen können ihre Fähigkeiten besser im Alltag weiterentwickeln.«

»Meinst du das wirklich?« Zum ersten Mal schien sie jemand zu verstehen.

»Natürlich. Der Alltag ist sehr viel komplexer, als es eine Reha sein kann.«

»Ich … ich bin ständig über Rollatoren gestolpert.«

»Und was machst du jetzt?«

»Ich versuch mich als Superhausfrau.«

»Das ist ein Anfang. Hast du Unterstützung?«

»Ja. Natürlich. Fatima hilft mir. Das ist unsere Putzfrau. Aber sie putzt nicht. Sie fährt mich zum Einkaufen. Meine Mutter …« … *würde, wenn ich sie ließe*, aber diese Worte machten sich erst gar nicht auf den Weg in ihre Kehle. »Und … Jörg.« Charlotte biss sich auf die Unterlippe. Es klang so wenig. So als hätte sie keine Freunde. Hast du auch nicht, sagte sie sich selbst. Außer Raphi. Aber die ist weit weg. Und die Chancen stehen gut, dass sie nicht mehr deine Freundin ist, nachdem du sie ebenso aus deinem Leben geschnitten hast wie der Operateur den Tumor aus deinem Schädel. Tränen stiegen ihr in die Augen.

»Ich dachte eher an professionelle Hilfe.« Veronika lehnte sich zurück, um einer Wespe auszuweichen. »Dass du die Reha abgebrochen hast, heißt nicht, dass du nicht hier zu Hause weitermachen kannst. Wenn du magst, kann ich mit dir arbeiten.«

»Warum solltest du das tun?«

»Weil ich es kann?«

»Ich wünschte, es gäbe etwas, was ich kann.« Charlottes Blick fiel auf ihre Geranien. Die einfachsten Dinge vermasselte sie. Eine Hummel landete auf einer der spärlichen Blüten.

»Du vermisst dein altes Leben, nicht wahr?«

»Natürlich.« Charlotte hatte die Antwort auf der Zunge, bevor Veronika zu Ende geredet hatte. Die Frage war so lächerlich. »Natürlich vermisse ich es. Am liebsten möchte ich mit den Fingern schnipsen und da weitermachen, wo ich aus meinem Leben gekegelt wurde.«

»Aber das kannst du leider nicht.«

»Nein.«

»Du könntest andere Ziele erreichen.«

»Aber ich will nicht.« Charlotte hatte es einfach nur noch satt. All die guten Ratschläge wirkten wie Schläge. Wusste eigentlich jeder, aber auch wirklich jeder, was gut für sie war? Sie fühlte sich so unendlich müde. Ihr Kopf schmerzte und die Bilder drifteten wieder auseinander.

»Wusstest du, dass ich mal verheiratet war?«, fragte Veronika.

»Du hast es mal erwähnt«, antwortete Charlotte. Sie dachte an den Abend bei Reinhardt und Waltraud. Damals, als ihre Welt den ersten Sprung bekommen hatte. »Es war eine Bauernhochzeit.«

»Stimmt.« Veronikas Lächeln verlor sich in den Geranien. »Meinen Mann habe ich kennengelernt, da war ich vierzehn. Wir waren zusammen in der Landjugend. Es war klar, dass er den Hof übernimmt, und genauso klar war, dass ich dann auch einsteige. Ich hab Erzieherin gelernt und neben der Ausbildung Kurse bei der Landwirtschaftskammer belegt: Buchführung für landwirtschaftliche Betriebe und so etwas. Es war alles so selbstverständlich. Ich hab nicht gewusst, dass ich anders war.«

»Ich verstehe«, sagte Charlotte, obwohl sie keine Ahnung hatte, wohin die Reise gehen sollte.

»Natürlich waren mir Freundinnen immer wichtig gewesen und wir haben als Kinder auch …« Veronika tippte Zuckerkrümel von ihrem Teller und steckte ihn in den Mund.

Vielleicht war sie jetzt gerade ein Kind: ein Mädchen, das sich kichernd an einem anderen Mädchen rieb und diese kleinen Wonneschauer genoss, die von diesem Punkt zwischen den Beinen zum Nabel hochschossen.

»Aber ich wäre nie auf die Idee gekommen … ich meine …« Veronikas Lächeln kehrte aus den Geranien zurück. »Ich bin im Münsterland aufgewachsen. Kennst du die Steigerung von Schwarz?«

Charlotte schüttelte den Kopf.

»Ein alter Katholikenwitz: Schwarz. Paderborn. Münster. Und so war meine Erziehung. Ich hab überhaupt nicht erwartet, dass Sex Spaß machen könnte. Zumindest nicht den Frauen. Ich bin auf einem Hof aufgewachsen und ich sag dir: Die Hennen wirkten auch immer deutlich weniger begeistert als der Hahn.«

Charlotte schlug die Hände vor den Mund und prustete los.

»Du lachst.« Auch Veronika kicherte. »Ich hab also gedacht: So isset eben. Und für mich ist eine Welt zusammengebrochen, als ich gemerkt habe, dass es eben nicht so ist. Dass ich meinen Mann zwar liebe, aber dass ich für meine Schwägerin brenne, die dafür gar kein Verständnis gehabt hätte.«

»Nun ja.« Charlotte wusste, wie Veronika sich gefühlt haben musste. Auch sie war im falschen Leben aufgewacht. Nur dauerte ihr Albtraum noch an. »Jetzt hast du ja Ilona«, fügte sie hinzu. »Und lebst mit ihr.«

»Und dafür bin ich dankbar. Aber sie war nicht sofort da. Zuerst war nur ich und diese Sehnsucht und der Widerwille und Streit und diese Scheidung und das Unverständnis. Und dann stand ich da, ohne meine Kinder, ohne Berufserfahrung, und hab mir aus den Trümmern meines Lebens ein neues aufgebaut.«

»Du hast Kinder?« Ilona hatte nie Kinder erwähnt, da war sich Charlotte sicher.

»Zwei Jungs. Sie leben bei ihrem Vater.«

»Du hast sie zurückgelassen?«

»Ich war davon überzeugt, dass ich nicht gut für sie bin.«

»Wirklich zurückgelassen?«

»Es hat mich zerrissen. Aber es war besser für sie, ihnen diese verquere Mutter zu nehmen als den Vater und das Zuhause.«

»Wenn du meinst.« Elli hätte sie nie zurückgelassen. Aber wer sagte eigentlich, dass ihre Mutter richtig gehandelt hatte? Charlotte hatte die seltenen Wochenenden, die sie bei ihrem Vater sein durfte, geliebt. Vielleicht wäre sie Möbeltischler geworden, wenn sie bei ihm gelebt hätte, oder Schreiner.

»Und wann hast du Ilona kennengelernt?«

»Ganz so bald nicht. Erst als ich die Ausbildung zur Ergotherapeutin gemacht habe.«

»Warum hast du nicht weiter als Erzieherin gearbeitet?«

»Weil ich es nicht ertragen habe, mich um anderer Leute Kinder zu kümmern. Es hat mich krank gemacht.«

»Ich verstehe.« Und diesmal verstand Charlotte wirklich. Sie hätte es auch nicht ertragen, ebenso wenig wie sie es ertragen konnte, Patientin zu sein.

»Und jetzt? Siehst du deine Söhne oft?« Charlotte ahnte die Antwort.

»Selten. Wir fangen gerade erst wieder an, uns anzunähern, und jetzt, wo sie fast erwachsen sind, haben sie Besseres zu tun, als ihre Zeit mit ihrer lesbischen Mutter und deren Lebensgefährtin zu verbringen.«

»Aber immerhin bist du nicht krank.« Charlotte verscheuchte eine Wespe, die auf ihrer Hand landete. Sie war sich nicht sicher, ob sie Veronika mit dieser Bemerkung trösten oder ob sie Ilonas Lebensgefährtin daran erinnern wollte, dass sie – Charlotte – das schwerere Schicksal hatte.

»Krank bin ich nicht. Das stimmt.« Zwei Falten gruben sich in Veronikas Mundwinkel. »Aber eine Aussätzige. Mein Vater hat nie wieder mit mir gesprochen und meine Ex-Schwiegermutter dreht sich jetzt noch auf dem Absatz um, wenn sie mich sieht. Aber was ich sagen will: Auch ich konnte mir mein Schicksal nicht aussuchen. Wenn ich damals die Wahl gehabt hätte, wäre ich gern hetero gewesen. Und ich weiß …«, sie hob die Hände, um möglichen Widerspruch im Keim zu ersticken, »dieser Vergleich hinkt nicht nur, der kommt nicht mal mehr mit einem Rollator um die Ecke, aber was ich mit dieser ganzen kruden Lebensbeichte sagen will: Du hast ein Leben vor dir. Auch wenn du jetzt bis zum Hals in der Scheiße steckst.«

»Und du meinst, es lohnt sich?«

»Immerhin hast du Jörg.«

Ja, dachte Charlotte. Ich habe Jörg.

»Wir schaffen das.« Veronika beugte sich vor und griff nach Charlottes Hand.

War es wirklich so einfach? Musste sie einfach nur anfangen?

22. Kapitel

Anfang Oktober hatte sich Charlottes Zustand so weit stabilisiert, dass ihr Gehirn nur noch Doppelbilder produzierte, wenn sie sich aufregte. Auch ihre Antwortzeiten hatten sich halbiert, trotzdem gab es immer noch Gesprächspausen, in denen sie sich die Worte zurechtlegen musste, und noch immer fehlte ihr der Mut, allein die Wohnung zu verlassen. Also verbrachte sie ihre Zeit damit, hinter Jörg herzuräumen und bei jedem tropfenden Wasserhahn zu erschrecken.

Eine Woche nach Veronikas Besuch hatte Christa angerufen.

»Wie geht's dir?«, hatte sie gefragt.

»Gut«, hatte Charlotte geantwortet.

»Du solltest auf jeden Fall eine Wiedereingliederung beantragen«, hatte ihre Exchefin gesagt. »Sprich mit deiner Krankenkasse.«

»Ja«, hatte Charlotte geantwortet und auf das Klingeln der Monitore gelauscht, während die Worte sich durch ihr Hirn arbeiteten. »Mach ich«, hatte sie hinzugefügt.

Dabei wusste sie, dass sie nicht zurückkehren würde. Nicht in ein Dreischichtsystem auf einer Intensivstation.

»Komm uns mal besuchen«, hatte Christa gesagt, als die Pause sich dehnte wie ein zu langsamer Herzschlag.

»Bald«, hatte Charlotte geantwortet, auch wenn es nicht die Wahrheit war. Was sollte sie dort? Überflüssig in der Küche herumsitzen und die Kolleginnen von der Arbeit abhalten? Sich bemitleiden lassen? Sie dachte an Karins verschmierte Gläser mit Brombeer-Hagebutten-Marmelade, das dreieckige Service, die Fotowand mit den Bildern, Hannes zerlesene Klatschzeitschriften, und die Erinnerung schmerzte.

»Wir vermissen dich.«

»Ich euch auch«, hatte Charlotte in die Stille des abgebrochenen Gesprächs hinein gesagt. Und das war die Wahrheit.

Du musst loslassen, hatte Veronika gesagt, als sie ihr von dem Telefonat erzählte. »Nur dann hast du die Hände frei.«

Charlotte versuchte also, die Hände freizukriegen. Auch wenn es wehtat. So wie heute. Sie waren eingeladen. Bei Reinhardt und Waltraud. Zum ersten Mal seit … Charlotte dachte an diesen letzten unbeschwerten Abend im Juni vor ihrer ersten Begegnung mit Bernd. Fast unbeschwert. Natürlich erinnerte sie sich an die Kopfschmerzen und die schimmernden Konturen. Trotzdem war dieser Abend der letzte ihres alten Lebens gewesen. Um nicht in trüben Gedanken zu versinken, räumte sie die Spülmaschine aus. Sie war gerade fertig, als der Postbote klingelte.

»Sie sind aber heute spät«, meinte sie, als er ihr das Buch, auf das Jörg schon sehnsüchtig wartete, und die restliche Post in die Hand drückte.

»Ich musste den Bezirk einer Kollegin mitmachen. Kind krank.« Zwei Stufen auf einmal nehmend, hastete er die Treppe hinunter. Charlotte legte das Buch auf den Küchentisch und sortierte die Umschläge: Werbung. Werbung. Ein Brief ihrer Frauenärztin. Der Brief verdoppelte sich in ihrer Hand und sie schob ihn schnell unters Buch. Mist, die Spirale. Daran hatte sie überhaupt nicht mehr gedacht.

Jörg kam fünfzehn Minuten, bevor sie losfahren mussten. Noch im Flur zog er sich aus und rannte ins Bad. Während das Wasser rauschte, sammelte Charlotte seine Sachen ein und stopfte sie in den Wäschekorb.

»Ich hab dir das weiße Hemd rausgelegt.«

»Super!«, rief Jörg. »Danke.«

Sie setzte sich ins Schlafzimmer auf die Bettkante und beobachtete das leichte Zittern ihrer Hände. Neben der ständigen Müdigkeit war das eine Nebenwirkung der Medikamente, die sie gegen die Anfälle nahm. Wenn sie noch neun Monate anfallsfrei blieb, konnte man sie vielleicht absetzen. Im November hatte sie den ersten EEG-Termin. Dann würde es sich zeigen, ob Bernd immer noch in ihrem Hirn tropfte.

Eine Melodie summend, kam Jörg ins Zimmer. Zwar waren die Zeiten, in denen er sich im Bad anzog, vorüber, trotzdem hatte er sich verändert. Früher hätte er seine nassen Haare über ihr ausgeschüttelt, um sie zu ärgern. So etwas tat er heute nicht mehr. Ihre Beziehung war ernster geworden, hatte ihre Leichtigkeit verloren. Selbst der Sex. Charlotte hatte den Verdacht, dass Sex für Jörg etwas war wie für sie die Flurwoche. Es musste erledigt werden, sonst gab es Ärger.

»Die kurzen Haare stehen dir.« Jörg ließ das Handtuch von den Hüften fallen und stieg in seine Boxershorts.

»Danke.« Charlotte hatte ihre Antwort bereits auf die Reise geschickt, bevor Jörg seinen Satz beendet hatte. Wenn sie schnell genug dachte, konnte sie die Zeit, die ihr Gegenüber auf eine Antwort wartete, locker noch einmal halbieren. Dann musste man schon genau aufpassen, um die Verzögerung zu bemerken. Trotzdem war sie nervös. Sie war sich nicht sicher, ob ihre an Jörg und Elli trainierte Fähigkeit, vorauszuahnen, was jemand ihr sagen wollte, heute Abend funktionierte. Es hing davon ab, wer außer ihnen anwesend sein würde. Mit der Hand strich sie über die gegelten Haare. Erst letzte Woche hatte sie sich die verbliebenen langen Haare abschneiden lassen. Sie wollte nicht länger dieses Halbwesen sein, das seine Beschädigung unter einer Mütze verbarg. Ihr Gesicht wirkte kantiger mit der neuen Frisur und die Narbe fügte ihrem Aussehen etwas Verwegenes hinzu.

»Wer ist noch eingeladen?«

»Das wird nichts Großes.« Jörg senkte den Kopf, um die Hemdknöpfe zu schließen. Wasser tropfte von seinen nassen Haaren aufs Laminat. »Nur wir und … meine Eltern.«

»Das ist nett.« Charlottes Antwort bezog sich auf den ersten Teil seines Satzes. Jutta und Werner! Mit allem hatte sie gerechnet, nur nicht damit.

»Findest du?«

Jörg schaute auf. Er wirkte erleichtert. Sollte sie ihm die Illusion nehmen? Charlotte schluckte.

»Natürlich.« Auch die Lüge fand ihren Weg durch die stimmbildenden Organe.

»Sie freuen sich auch. Schließlich haben sie dich lange nicht gesehen.«

»Ja.« Und das aus gutem Grund, dachte Charlotte. Unbewusst tasteten ihre Finger nach der Narbe. Das Zusammensein mit dem HWS-Syndrom gehörte zu den Faktoren, die sie Doppelbilder sehen ließen, und Jutta war schon als Einzel unerträglich.

»Ich bin froh, dass du dich freust.« Ohne aufzuschauen, schloss Jörg den letzten Hemdenknopf.

Na wunderbar, dachte Charlotte. »Ich glaub, ich nehm eine Kopfschmerztablette.«

»Ist dir nicht gut?«

»Doch«, antwortete sie. Aber das wird sich bestimmt bald ändern, fügte sie in Gedanken hinzu.

»Wie haben wir dich vermisst.« Reinhardt küsste Charlotte auf beide Wangen.

»Sieh nur, wen wir hier haben.« Den Arm um ihre Schultern gelegt, führte er sie ins Wohnzimmer.

»Ihr seid spät.« Jutta nippte an einem Sherry.

»Die Arbeit halt.« Jörg begrüßte seinen Vater mit Handschlag und küsste seine Mutter auf den Scheitel, während Reinhardt Charlotte auf einen Stuhl schob.

»Was möchtest du trinken?« Dabei zeigte er auf ihr Glas und Charlotte wusste, dass er versuchte, ihr zu helfen. Das Zittern ihrer Hände verstärkte sich.

»Wasser bitte.« Charlotte nickte ihren Quasi-, Noch-nicht- oder Vielleicht-auch-nie-mehr-Schwiegereltern zu. Sie wusste nie, was Jörgs Eltern nun eigentlich für sie waren. Jörg fragte sie mit der gleichen Flurwochenregelmäßigkeit, mit der er jeden zweiten Samstag mit ihr schlief, ob sie nicht endlich heiraten wollten, und ebenso regelmäßig antwortete Charlotte: »Lass uns das Kontroll-MR abwarten.«

Ob Jutta und Werner auch Bescheid wussten?

»Was hast du die Haare schön.« Waltrauds Bemerkung traf Charlotte zwischen den Schulterblättern und damit völlig unvermittelt.

Ihr Arm streifte Charlottes Schulter, als sie den Römertopf auf ein Holzbrett stellte.

Danke. Nach einer Schrecksekunde machte sich die Antwort auf den Weg. Schweiß sammelte sich zwischen Charlottes Brüsten.

»Ja, wirklich«, sagte Reinhardt in die Gesprächspause.

Panik schnürte Charlotte fast die Kehle zu, während das Wort durch ihre Hirnwindungen schlich.

»Sie sind toll nachge…«, versuchte Jörg, ihr eine Brücke zu bauen, wurde aber rüde von Charlottes krächzendem Dank unterbrochen. Am Ziel angelangt, ploppte das Wort einfach über ihre Lippen und sie hatte keine Chance, es zurückzuhalten. Charlotte senkte den Kopf und griff nach dem Wasserglas neben ihrem Teller. Erst als sie es an die Lippen führte, merkte sie, dass es noch nicht gefüllt war. Hastig stellte sie es zurück und stieß dabei gegen ihren Teller. Juttas Augenbrauen wanderten in die Höhe und Werner räusperte sich.

»Das sind die Kartoffeln.« Waltraud hob den Deckel an und der Duft von Rosmarinkartoffeln breitete sich aus. »Und dazu gibt's Lamm auf grünen Bohnen.«

»Klingt rustikal«, sagte Jutta.

»Klingt köstlich«, verbesserte sie Reinhardt, der mit einem weiteren Römertopf aus der Küche kam.

»Und dazu einen Zweitausendachter Ihringer Winklerberg Spätburgunder Backöfele.« Waltraud füllte die Weingläser, die an den anderen Plätzen standen. »Einen kannst du trinken, nicht wahr«, fragte sie Jörg. »Hast du Charlottes Wasser?« Die Frage galt ihrem Mann.

»Was denkst du von mir?« Reinhardt füllte Charlottes Glas.

Die entmündigende Fürsorglichkeit ihrer Gastgeber ließ das Zittern ihrer Hände in ihre Mundwinkel wandern. Sie kam sich vor wie ein Kind unter Erwachsenen.

»Danke«, sagte sie, kaum nahm Waltraud ihren Teller. Damit erreichte ihr Dank nach der zweiten Kartoffel ihr Ziel. Beim Fleisch funktionierte das Timing besser.

Als alle Teller gefüllt waren, setzte sich Waltraud und hob ihr Glas. »Auf einen wunderbaren Abend.«

Im allgemeinen Gemurmel fiel Charlottes Schweigen nicht weiter auf.

Während des Essens erzählte Jutta von dem Sohn eines gemeinsamen Bekannten, der Vater von Zwillingen geworden war und dessen Frau kurz nach der Entbindung ihre Doktorarbeit verteidigt habe. Jedes Wort verstärkte Charlottes Zittern. Schließlich legte sie die Gabel neben den Teller und griff nach ihrer Serviette. Sie dachte an den Brief der Frauenärztin. Keine Kinder für sie. Noch nicht. Vielleicht nie.

»Wie sieht's denn bei euch aus?« Betont fürsorglich der Blick. Betont fürsorglich die Stimme.

Falsches Lächeln. Geheuchelte Anteilnahme. Was willst du? Charlotte wütete innerlich. Du weißt doch, wie es bei uns aussieht.

»Wir haben im Moment andere Prioritäten.« Jörg griff nach Charlottes Hand, die neben ihrem Teller flatterte.

Bleib ruhig, bedeutete ihr diese Geste.

Bleib ruhig, dachte Charlotte. Mit traumwandlerischer Sicherheit hatte Jutta ihren wunden Punkt getroffen. Nachdem sie aufgehört hatte, verschwinden zu wollen, gehörten eigene Kinder genauso selbstverständlich zu ihrem Lebensplan wie Gesundheit. Aber jetzt war ihr Kartenhaus eingestürzt. Oligodendrogliom. Operation. Anfallsleiden.

»Ja, natürlich.« Jutta nickte, als würde sie wirklich verstehen, dabei räumte sie nur eine weitere Dame vom Feld. Was würde als Nächstes kommen?

»Ich hoffe, du kannst bald wieder in deinen Beruf zurückkehren. Du musst dich doch zu Tode langweilen.«

Die nächste Dame fiel.

Charlottes Augen füllten sich mit Tränen. Sie schaute in die Gesichter. Fürsorglich. Betreten. Triumphierend. Jörgs Daumen streichelte ihren Handrücken.

»Erstaunlich«, sagte er und drehte mit der freien Hand sein Weinglas. Schimmernd brach sich das Licht der Kerzen im Wein. »Du hast dein Lebtag nichts anderes gemacht als die Quartalsabrechnung. Und auf einmal singst du das Hohelied der Berufstätigkeit.«

»Ich weiß doch, wie sehr Charlotte ihre Arbeit liebt«, säuselte Jutta und hob ebenfalls ihr Glas.

»Zum Nachtisch hab ich Birnen-Schoko-Trifle gemacht.« Waltraud schob ihren Stuhl zurück. »Hilfst du mir mit den Tellern, Schatz?«

Bevor Reinhardt reagieren konnte, stand Charlotte auf. »Ich helfe dir.« Sie hatte ihren Satz bereits formuliert, bevor sie wusste, was es zum Nachtisch geben würde. Sie nahm ihren und Jörgs Teller, während ihre Gastgeberin die anderen einsammelte.

»Es tut mir so leid«, sagte Waltraud, als sich die Küchentür hinter ihr schloss. »Sie meint es wahrscheinlich nur gut.«

»Sie hat ja recht.« Charlotte sah auf ihre zitternden Hände. »Ich bin eine Last. Schau mich doch an.« Sie stellte die Teller auf die Anrichte und griff sich an den Kopf. »Das ist keine Schwiegertochter, die man sich wünscht.«

»Für mich wärst du das.« Waltraud legte ihr den Arm um die Schultern.

»Nicht«, sagte Charlotte. Aber wie so häufig kam ihre Antwort zu spät und rutschte in das Schluchzen hinein, mit dem sie sich an Waltrauds Schulter ausheulte.

23. Kapitel

Sie wiegt das Mädchen in den Armen. Die Kleine wirkt so lebendig mit ihren verschorften Knien und den Schmutzrändern unter den Zehennägeln. So lebendig …

Der Duft von frisch gebrühtem Kaffee weckte Charlotte. Sie drehte sich auf die Seite. Wieder dieser Traum. Eine Träne versickerte im Kopfkissen. Ich sollte aufstehen, dachte sie. Den Tisch decken. Er isst sonst nichts. Trotzdem rührte sie sich nicht. Noch immer fiel es ihr schwer, aus dem Bett zu kommen. Sie hasste diesen wattierten Nebel in ihrem Hirn, durch den sie sich jeden Morgen kämpfen musste.

»Alles klar?« Jörg, der Urheber des Kaffeedufts, kam in Boxershorts und Shirt herein. »Deine Tabletten.« Er reichte ihr den Blister und einen Becher Kaffee.

»Danke.« Charlotte stopfte sich das Kopfkissen in den Rücken. Jörg sah fürchterlich müde aus. Wie so oft war er spät nach Hause gekommen, hatte sich leise ins Schlafzimmer geschlichen, um sie nicht zu wecken. Charlotte hatte ihn trotzdem gehört, aber die Augen geschlossen gehalten. Ich hätte ihn fragen sollen, wie sein Tag war. Der Gedanke bohrte sich wie ein anklagender Zeigefinger durch den Nebel. Früher hätte sie sich in seinen Arm gekuschelt und er hätte ihr von der Klinik erzählt. Heute stellten sie sich schlafend, wenn sie wach nebeneinanderlagen.

»Es wird wahrscheinlich wieder spät heute.« Jörg setzte sich auf ihre Bettkante.

»Kein Problem.« Jetzt wäre eine gute Gelegenheit, das Versäumte nachzuholen: ihn zu fragen. Mit ihm zu reden. Aber Charlottes Energie reichte gerade dazu, die Tabletten von der Hand in den Mund zu befördern und mit einem Schluck Kaffee nachzuspülen.

»Was hast du so vor?«, fragte Jörg.

Er saß immer noch auf ihrer Bettkante und angezogen war er auch noch nicht.

»Musst du heute nicht in die Klinik?«

»Ist noch früh.« Jörg hob die Augenbrauen. Das war so gut wie eine Wiederholung seiner Frage.

»Brauchst du etwas?«

»Nein.« Jörg schüttelte den Kopf. »Mich interessiert einfach nur, was du heute machst.«

»Das Übliche«, antwortete Charlotte ausweichend. Erst als Jörgs Augenbrauen noch ein Stück höher wanderten, dämmerte ihr, dass er keine Ahnung von ihrem üblichen Tagesablauf hatte. »Ich hab einen Termin bei Veronika.«

Seit dem Überraschungsbesuch trafen sie sich jeden Montag, Mittwoch und Freitag. »Ergotherapie«, fügte sie hinzu. »Meinst du, das wäre etwas für mich?«

»Es hilft dir, oder?«

»Nein, ich meine für später.«

»Klingt toll.« Jörg stand nun doch auf, um sich anzuziehen.

Charlotte nippte an ihrem Kaffee und starrte vor sich hin. Konnte sie sich wirklich vorstellen, als Ergotherapeutin zu arbeiten?

»Vielleicht eher in der Frühförderung«, sagte sie nachdenklich.

»Klingt auch gut«, antwortete Jörg, während er sich den Pulli über den Kopf zog.

»Ich kann mich ja mal erkundigen.«

»Mach das. Aber vielleicht sollten wir das erste MR abwarten.«

»Ja.« Charlottes Gedanken zogen sich hinter den Watteschleier zurück. MR, EEG. Sie würde nie wieder ein Leben ohne Abkürzungen führen, die wie Bahnschranken vor ihr herunterklappten.

»Da ist ein Brief in der Küche.« Jörg saß jetzt mit dem Rücken zu ihr auf seinem Bett, um sich die Socken anzuziehen.

»Ein Brief?« Charlotte suchte in dem Wattenebel nach einer Antwort.

»Praxis Wember«, antwortete Jörg. »Ist das nicht deine Gynäkologin?«

Scheiße, dachte Charlotte.

»Warte, ich hole ihn.«

Jörg war zur Tür raus, bevor sie ihn daran hindern konnte. Ihre Hände zitterten so sehr, dass Kaffee auf ihr Schlafshirt schwappte. Sie stellte die Tasse auf den Nachttisch.

»Es ist eine Terminerinnerung«, rief Jörg.

Charlotte schloss die Augen. Natürlich hatte er den Brief geöffnet. Sie tat das Gleiche, wenn sein Zahnarzt ihn an die Vorsorgen erinnerte. Solche Briefe fielen nicht unter das Postgeheimnis. Nicht in einer Beziehung. Scheiße aber auch. Charlotte presste die Fingernägel in die Handflächen.

»Sie muss raus, oder?« Jörg kehrte ins Schlafzimmer zurück und setzte sich wieder zu ihr auf die Bettkante. Er griff nach ihren Händen.

»Nicht«, flüsterte er. »Du tust dir weh.«

Charlotte starrte auf den Kaffeefleck, der sich kalt an ihre Brust schmiegte. Sie wusste, wenn sie Jörg jetzt anschauen würde, wäre es um ihre Selbstbeherrschung geschehen. Sie wollte einfach nicht sehen, wie er um die richtigen Worte rang.

»Was willst du tun?«, fragte er mit einer Stimme, die klang, als würde er über Eier laufen.

»Sag du's mir.« Charlotte sah an ihm vorbei zum Fenster.

»Es ist jetzt einfach kein guter Zeitpunkt. Die Antikonvulsiva, die Untersuchungen, die noch ausstehen.«

»Ich weiß.« Charlotte atmete gegen die Tränen an, die ihr in die Kehle stiegen. Er hat's gewusst. Er hat vorher gewusst, was in dem Brief stand. Wieder so ein Gedanke, der anklagend den Zeigefinger reckte.

»Viele Tumorpatientinnen bekommen später noch Kinder.«

»Wir wollten jetzt Kinder.«

»Ich weiß, Schatz. Und mir tut es auch weh. Nicht so wie dir«, fügte Jörg hastig hinzu. »Aber ich verspreche dir: Wir werden Kinder haben.«

»Du bist höchstens ein Halbgott und das nicht mal in Weiß.« Charlotte entzog Jörg die Hände.

»Und?« Jörg kratzte einen nicht vorhandenen Fleck von seiner Jeans. »Wann machst du einen Termin?«

»Herrgott«, fauchte Charlotte. »Auf einen Monat kommt's ja wohl nicht an.«

»Es geht nicht um einen Monat. Es geht darum, dass du das Schreiben einfach ignoriert hast. Seit einer Woche liegt der Umschlag hier.«

»Ich hätte mich noch darum gekümmert.« Charlotte wischte sich eine Träne von der Wange.

»Hattest du die Absicht, mit mir zu reden?«

»Natürlich«, log Charlotte.

»Das ist eine Entscheidung, die uns beide betrifft«, sagte Jörg mit so sanfter und vernünftiger Stimme, dass es Charlotte würgte. »Du kannst mich da nicht außen vor lassen.«

Charlotte schwieg. Was hätte sie auch sagen sollen? Probleme verschwanden nicht einfach, wenn man sie ignorierte. Sie wuchsen einem über den Kopf.

»Bitte.« Jörgs Finger umfassten ihr Kinn und drehten ihren Kopf so, dass sie ihm in die Augen schauen musste. Die letzten Monate hatten Falten in seine Stirn gemeißelt. Und es war nicht der Schlafmangel, der ihm so zusetzte.

»Mach einen Termin.«

»Und dann?« Alles in Charlotte wehrte sich gegen den Gedanken, was passieren würde, wenn sie sich auf den Gynäkologenstuhl setzte.

»Lass dir eine neue Spirale einsetzen. Bitte.«

»Du solltest gehen.« Charlotte schob Jörgs Hand von ihrem Kinn. »Du solltest wirklich gehen.«

»Der Frühdienst wird schon noch ein paar Minuten auf mich warten können.«

»Nein.« Charlotte schüttelte den Kopf. »Ich meine nicht jetzt. Ich meine überhaupt. Du solltest das nicht mitmachen müssen. Was ist mit deinen Träumen? Du wolltest nach Münster. Gestorben. Du wolltest heiraten. Gestorben.«

»Was redest du da?«, warf Jörg ein.

»Du wolltest Kinder«, unbeirrt fuhr Charlotte mit ihrer Aufzählung fort. »Gestorben.«

»Hör auf damit.«

»Nein.« Charlotte atmete gegen den Schmerz in ihrer Brust an. »Deine Mutter hat ja recht. Es reicht, wenn dieser Scheißtumor mein Leben zerstört. Du musst nicht auch noch sein Opfer werden.« Sie schlug die Hände vors Gesicht, wollte nicht die Qual in seinen Augen sehen.

»Bitte.« Jörg zog sie an sich. »Ich will dich nicht verlieren.«

Aber was ist mit dir, fragte sich Charlotte. Was ist, wenn du dich verlierst?

24. Kapitel

Charlotte rief in der Praxis an, bevor sie sich auf den Weg zu Veronika machte. Telefonieren bereitete ihr immer noch mehr Probleme als das direkte Gespräch, aber die Sprechstundenhilfe war geduldig. Sie hätte Glück, sagte sie. Sie könne gleich heute kommen. Eine Patientin habe einen Termin abgesagt.

Glück buchstabiere ich anders, dachte Charlotte, tippte den Termin in ihr Smartphone und versah ihn mit drei Erinnerungsfunktionen.

Im Wartezimmer der Gynäkologin verglichen zwei Schwangere mit vielen *Nein, wie süß!* und *Schau mal hier!* die Ultraschallbilder ihrer ungeborenen Kinder. Charlotte blätterte in einer Modezeitschrift und dankte ihren Medikamenten dafür, dass die Unterhaltung sie nur wattiert erreichte. Als sie endlich aufgerufen wurde, waren die beiden Schwangeren schon längst in einem der Untersuchungsräume verschwunden und ihre Plätze hatten zwei türkische Matronen eingenommen, die sich leise unterhielten.

»Wir haben uns lange nicht gesehen.« Doktor Wember zeigte einladend auf den Stuhl neben ihrem Schreibtisch. Das war ihre Art zu sagen: Sie sind überfällig.

»Es war viel los.«

»Ach ja.« Doktor Wember sah auf ihren Computerbild-schirm. Die Frauenärztin hatte die Praxis und damit Charlotte vom alten Doktor Blindweiher übernommen. Bei ihrem letzten Besuch hatte Doktor Wember noch Charlottes eng beschriebene Karteikarte benutzt. Offensichtlich waren ihre Daten mittlerweile digitalisiert.

»Die Hochzeit, nicht wahr?« Wahrscheinlich hatte sie den Vermerk ebenfalls in die digitale Akte übernommen. Ärzte taten so etwas, um Vertrauen herzustellen.

Charlotte nickte. Sie hatte nicht die Absicht, mit der Frauenärztin über ihren Tumor zu sprechen. Es reichte, wenn ihr Neurologe und ihr Hausarzt davon wussten.

»Beim letzten Termin Anfang des Jahres hatten wir besprochen …« Die Ärztin scrollte sich durch das Textfeld.

»Unsere Pläne haben sich geändert«, sagte Charlotte hastig. Sie versenkte die Fingernägel in die Handballen. Schmerz gegen Schmerz. »Wir wollen doch noch warten.«

»Wie Sie meinen.« Doktor Wember scrollte sich weiter durch Charlottes digitalisiertes Patientenblatt. »Arbeiten Sie immer noch im Krankenhaus?«

»Neo-Intensiv«, antwortete Charlotte, weil es zu lange gedauert hätte, etwas anderes zu sagen.

»Irgendwelche Beschwerden? Ausfluss?«

»Nein, alles gut.«

»Dann würde ich vorschlagen, Sie machen sich jetzt frei.« Doktor Wember drückte die Entertaste. Die ersten drei Minuten für das typische Achtminuten-Standard-Patientengespräch waren erledigt. Die restlichen fünf Minuten würden bei der Untersuchung abgearbeitet.

Charlotte ging hinter den Vorhang, um sich umzuziehen. Der alte Doktor Blindweiher wäre neugieriger gewesen, hätte nachgefragt: »Warum denn, Kindchen?« Er hätte es wahrscheinlich geschafft, die Tür in ihrer Mauer zu finden. Aber er hatte sie auch mehr als fünfzehn Jahre lang gekannt. Für Doktor Wember war sie eine Fremde und ihre Akte eine Ansammlung von Abrechnungsziffern.

An dieser Stelle ihrer Überlegungen angekommen, schob Charlotte den Vorhang zur Seite und tappte barfüßig zum Untersuchungsstuhl. Doktor Wember drehte sich erst zu ihr um, als sie bereits auf den Stuhl kletterte.

»Das wird jetzt kalt.«

Charlotte atmete gegen das Bedürfnis an, sich zu verschließen.

»Tut's weh?« Die Ärztin schien ihre Anspannung zu bemerken. »Haben Sie die Tage Zwillinge gekriegt?«, fragte sie, immer noch konzentriert in Charlottes Scheide blickend.

»Wie kommen Sie denn darauf?« Charlotte schnappte nach Luft.

»Oh, Entschuldigung.« Doktor Wember hob den Kopf. Über ihrem Schlüsselbein bildeten sich rote Flecken, die den Hals hinaufwanderten. »Ich meine natürlich nicht Sie persönlich. Ich hab nur vor Kurzem eine Patientin überwiesen.«

»Ich hatte frei.« Charlotte ließ den Kopf auf das Polster sinken und starrte gegen die Decke. Jörg würde es wissen, aber er erzählte nichts mehr von der Station. Weil du nicht nachfragst, erinnerte sie sich selbst. Weil es wehtut.

»Soweit scheint alles in Ordnung zu sein. Der Faden ist noch zu sehen. Für den Wechsel machen wir einen Termin während Ihrer nächsten Regelblutung. Ich kann Sie für den Tag krankschreiben, wenn Sie möchten.« Die Ärztin hatte sich wieder abgewandt.

»Danke.« Charlotte floh in die Umkleide. Sie fror, als wäre sie in Eiswasser getaucht worden. Egal, wie sehr ihr Kopf wusste, dass all dies vernünftig war. Ihr Bauch schrie Nein.

»Sie sollten«, Doktor Wembers Stimme erwischte Charlotte, als sie gerade ihren Slip überstreifte, »bis zum Austausch der Spirale Kondome benutzen. Das ist sicherer.«

25. Kapitel

Auf der Suche nach einem Weihnachtsgeschenk für Jörg surfte Charlotte im Internet. Sie hatte noch etwas Zeit, bevor er sie abholen würde. Heute war ihr Termin bei dem niedergelassenen Neurologen, der die Nachbetreuung übernommen hatte. Seit Wochen grübelte sie und ihr fiel nichts ein. Das war ihr noch nie passiert. Sie hatte immer gewusst, womit sie Jörg eine Freude machen konnte. Nur dieses Jahr nicht. Also hatte sie ihre Mutter gefragt und Elli hatte zu einer Uhr geraten. »Das ist bestimmt das Richtige für einen Arzt«, hatte sie gemeint, und deshalb suchte Charlotte nun das Internet nach exklusiven Armbanduhren ab, die sie sich eigentlich nicht leisten konnte. Dabei trug Jörg nie eine Uhr. Und je mehr sie zweifelte, ob eine Uhr wirklich das passende Geschenk für ihn sein würde, umso teurer wurden die Uhren, die sie auf ihre Merkliste schob.

Ihr Telefon tschilpte wie ein Spatz.

Mist. Charlotte wischte über das Display des Smartphones.

»Ich kann hier nicht weg. Zwillinge, vierundzwanzigste Woche. Notsectio.« Jörgs Stimme klang, als bisse er die Zähne zusammen. Laute Stimmen, Monitoralarme, das Weinen eines Babys. Die üblichen Nebengeräusche. »Es tut mir leid, du musst …«

»Ist in Ordnung«, antwortete sie. »Ich komm schon klar.«
Ihre Antwort war schon fertig und unterwegs gewesen, nachdem sie das erste Tschilpen gehört hatte. Von dieser Nummer rief Jörg nur an, wenn er nicht pünktlich kommen konnte. Also täglich. Anrufe ihrer Mutter keckerten wie eine Amsel durch die Wohnung. Sie rief an, um zu fragen, ob Charlotte etwas aus der Stadt brauchte. So wusste Charlotte, wer anrief, und konnte sich schon mal den ersten Satz zurechtlegen. Raphis Klingelton wäre ein Rotkehlchen, aber ihre Freundin hatte irgendwann aufgehört, anzurufen, und sie selbst hatte sich bisher nicht dazu aufraffen können, ihr zu schreiben. Trotzdem hatte sie ihr, in der Hoffnung, dass sie sich doch melden würde, einen Klingelton zugeordnet.

»Ich hab Elli Bescheid gesagt. Sie bringt dich. Ich ruf später noch mal an.«

»Ist gut.« Charlotte drückte das Gespräch weg und klappte ihr Notebook zu.

»Hast du die Überweisung?«, fragte Elli, ganz pragmatische Arzthelferin, als Charlotte ihr die Tür öffnete.

»Ja«, antwortete Charlotte, bevor ihr bewusst wurde, dass sie genau die nicht hatte. Weil sie immer noch nicht wieder fahren durfte, hatte Jörg sie am Vortag vor seinem Dienst bei ihrem Hausarzt abgeholt, und sie hatte die Überweisung im Auto liegen lassen.

»Sie ist in Jörgs Wagen.« Charlotte bückte sich und kramte in der Flurkommode nach dem Ersatzschlüssel.

»Na, dann mal los. Wenn wir uns beeilen, sind wir trotzdem noch pünktlich.«

Elli beeilte sich so sehr, dass sie mehr als einen Strafzettel wegen Geschwindigkeitsüberschreitung riskierte.

Knapp zwanzig Minuten später hielt sie vor der Schranke, die die Zufahrt zum Ärzteparkplatz sicherte.

Charlotte lief durch den eiskalten Nieselregen. Gott sei Dank parkte Jörgs Wagen in Sichtweite. Sie schob eine McDonald's-Tüte vom Beifahrersitz, öffnete das Handschuhfach und kramte zwischen Sanifaircoupons, Tankbelegen und Rechnungen nach der Überweisung. Schließlich fand sie den Umschlag und packte auch die Belege in ihre Handtasche. Sie würde sie in den Steuerordner einsortieren, den sie für Jörg angelegt hatte.

»Das hat aber gedauert.« Elli hebelte den Rückwärtsgang ein und brauste los, kaum dass Charlotte sich angeschnallt hatte. Sie war in der Lage, zu schnell zu fahren, zu lügen, und wenn es darauf ankam, auch zu betrügen. Aber sie würde eher sterben, als zu spät zu einem Arzttermin zu kommen. Etwas atemlos, aber innerhalb der akademischen Viertelstunde erreichten sie die Praxis und Charlotte konnte gleich zum EEG gehen. Danach hieß es warten. Während Elli in einer Zeitschrift blätterte, starrte Charlotte in den Regen. Das Herz schlug ihr bis zum Hals und ihre Hände zitterten mehr als gewöhnlich, als die Sprechstundenhilfe sie eine Dreiviertelstunde später ins Besprechungszimmer bat.

»Wie fühlen Sie sich?« Der Arzt begrüßte Charlotte per Handschlag.

»Sie braucht etwas …«

»Kennen Sie den Spruch: *Gib mir fünf Minuten und ich gebe dir eine spontane Antwort?*«, fragte Charlotte in die Erklärung ihrer Mutter hinein. Sie hatte Zeit genug gehabt, über das Gespräch nachzudenken. »Ungefähr so geht es mir seit der OP. Zwischen Denken und dem Aussprechen vergeht halt eine Weile.«

»Obwohl das schon viel besser geworden ist«, mischte sich Elli ein.

»Hat sich sonst noch etwas nach der OP verändert?«

»Die ersten Wochen habe ich Doppelbilder gesehen. Aber das ist mittlerweile vorbei. Na ja, und das Zittern.« Sie hob die Hand. »Und ich bin oft müde.«

»Das kann natürlich auch eine Nebenwirkung der Antikonvulsiva sein. Darf ich?« Der Neurologe führte Charlotte zu einer Liege. »Wahrscheinlich wissen Sie, was Sie erwartet.«

Charlotte wusste es: Hirnnerven-TÜV. Sie runzelte die Stirn, roch an Kaffee, berührte mit dem Finger ihre Nasenspitze, mit den Hacken ihre Knie und was sonst noch nötig war. Alles begleitete der Neurologe mit Kommentaren, die im Wesentlichen aus auslösbar, verzögert und opB, der Abkürzung für *ohne pathologischen Befund,* bestanden.

»Sieht alles schon ganz gut aus«, sagte er schließlich und setzte sich wieder hinter seinen Schreibtisch.

Elli griff nach Charlottes Hand und drückte sie.

»Ich denke, Sie haben gute Chancen, dass sich auch Ihr Sprechtempo wieder regulieren wird.«

»Sie kommt wirklich gut damit klar«, mischte sich Elli ein. »Meistens merke ich es gar nicht.«

Nein, dachte Charlotte, aber das liegt daran, dass du immer das Gleiche sagst. Sie dachte an ihre Gespräche mit Jörg. Er hasste es, wenn er merkte, dass sie schon eine Antwort formulierte, während er noch sprach. Dafür hasste sie sein geduldiges Arztlächeln, mit dem er ihre Antworten abwartete. Sie fühlte sich dann immer wie eine Patientin.

»Was ist mit dem EEG?«

»Sie hatten …« Der Neurologe schaute auf den Computerbildschirm. »Grand-Mal-Anfälle.«

Für die Dauer eines Blinzelns sah Charlotte Bernd, ihren tropfnassen Cousin, hinter dem Arzt.

»Ja«, antwortete sie.

»Nun: Im EEG ist schon noch ein Herdbefund zu sehen. Aber das ist so kurz nach der Operation normal. Trotzdem: Ich würde die Medikamente noch nicht reduzieren wollen.«

»Kann ich bald wieder arbeiten? Irgendwas?«

»Sie sind Kinderkrankenschwester?«

»Sie arbeitet auf einer Intensivstation. Sie können sich gar nicht vorstellen, wie klein die Würmchen sind.«

Der Neurologe bedachte Elli mit einem nachsichtigen Lächeln.

»Und die Reha haben Sie abgebrochen?« Der Blick, mit dem er Charlotte musterte, war nicht ganz so nachsichtig.

»Sie macht alles zu Hause. Krankengymnastik, Logopädie. Alles.«

Charlotte legte ihrer Mutter die Hand auf den Arm.

»Ich will nicht in meinen Beruf zurück, aber vielleicht kann ich etwas anderes machen.«

»Das wird bestimmt möglich sein. Brauchen Sie ein Rezept?«

Charlotte schüttelte den Kopf.

»Der Hausarzt verschreibt ihr alles.« Elli griff nach ihrer Tasche.

»Mach das nie wieder«, sagte Charlotte, als sie im Wagen saßen.

»Was denn?«

»Für mich sprechen. Ich bin vielleicht langsam, aber nicht blöd.«

Den gesamten Rückweg hielt Elli sich an die Straßenverkehrsordnung und schwieg gekränkt. Charlotte war es nur recht.

»Ich weiß, dass du es nur gut meinst«, sagte sie, als Elli hinter dem Peugeot parkte. »Und ich bin dir auch dankbar. Aber das funktioniert so nicht. Mich packen schon die Medikamente in Watte. Da musst du das nicht auch noch tun.«

»Tut mir leid.« Elli schniefte.

»Wir sehen uns.« Charlotte stieg aus und winkte zum Abschied. Im Treppenhaus roch es nach Wirsing und sie war froh, als sie die Wohnungstür hinter sich schließen konnte. Der Anrufbeantworter blinkte. Es war Jörg. Sie solle nicht auf ihn warten. Es würde spät.

Warum hatte er sie nicht auf ihrem Handy angerufen?

Stirnrunzelnd ging Charlotte in die Küche und stellte ihre Handtasche auf den Tisch. Seit dem Frühstück hatte sie nichts gegessen und eigentlich müsste sie hungrig sein, aber seit sie kein Cortison mehr nehmen musste, war ihr auch der Appetit abhandengekommen. »Später«, versprach sie sich. »Ich esse später etwas.« Sie nahm die Papiere, die sie aus Jörgs Handschuhfach geräumt hatte, und ging zu seinem Schreibtisch. Um überhaupt etwas Sinnvolles zu machen, hatte sie schon vor Wochen angefangen, Ordnung in das Chaos von Jörgs Belegen zu bringen. Sein Steuerberater würde es ihr danken. Jörg hatte es noch nicht einmal bemerkt. Tankbeleg. Fortbildungsnachweis. E-Mail über eine Hotelbuchung? Berlin?

Charlotte drehte das Blatt in der Hand. Ach ja. Dieser Kongress. Sie hatten darüber gesprochen. Jörg hatte ihn absagen wollen und sie hatte ihm zugeredet, doch zu fahren.

Aber warum hatte er ein Doppelzimmer gebucht? Sie hatte doch gesagt, dass sie zu Hause bleiben wollte. Es tat einfach zu weh, all die Leute zu treffen und das Mitleid in ihren Augen zu sehen.

»Das weiß doch niemand«, hatte Jörg argumentiert.

»Sieh mich doch an.«

»Die Haare sind gut nachgewachsen.«

Und es stimmte, die Haare waren gut nachgewachsen. Die Narbe fiel auf den ersten Blick nicht mehr auf.

»Spätestens, wenn ich spreche, wird es jeder wissen«, hatte sie entgegnet. »Und dann können sie sich nicht entscheiden, wen sie mehr bedauern sollen: dich, den aufstrebenden Kinderarzt, oder mich, die arme Frau.«

Und jetzt hatte er doch ein Doppelzimmer gebucht. Was sollte sie da? Am Damenprogramm teilnehmen? Oder sich die Vorträge über all die Dinge anhören, die sie nicht mehr leisten konnte? Nie mehr, dachte sie. Nie mehr würde sie mit Kollegen diskutieren, nie mehr die fast durchsichtige Haut eines Frühchens berühren. Nie mehr diejenige sein, die einer Mutter zum ersten Mal ihr Kind auf die Brust legte.

Tränen stiegen ihr in die Augen. Elli sprach für sie, Jörg entschied für sie. Was verdammt noch mal blieb für sie zu tun?

Scheiß was auf die Ablage. Charlotte nahm die Buchung mit ins Wohnzimmer und setzte sich auf die Couch. Sie würden reden müssen.

Irgendwann schlief sie doch ein. Jörgs kaffeewarmer Atem weckte sie.

»Hey«, sagte er. Sein Gesicht schwebte über ihr. »Warum bist du denn nicht im Bett?«

Charlotte sah die Falten, die die Müdigkeit in seine Mundwinkel gruben, und die geröteten Lider. Mitleid wallte in ihr auf und sie legte ihm die Hand auf die Wange.

»Wie spät ist es?«

»Gleich drei.«

Charlottes Daumen schabten über seine Bartstoppeln. Sie schämte sich. Was hatte sie sich nur dabei gedacht? Hatte sie wirklich jetzt mit ihm streiten wollen? Sie würden morgen reden.

»Was machen die Zwillinge?«

»Stabil schlecht.« Jörg setzte sich auf den Couchtisch und rieb sich den Nacken. »Ilona hat übernommen.«

»Lass uns schlafen gehen.« Charlotte schwang die Beine vom Sofa und streckte sich. Die E-Mail, die sie im Schlaf wie ein Kissen zwischen die Oberschenkel geklemmt hatte, segelte unters Sofa.

Jörg bückte sich danach und erstarrte mitten in der Bewegung. Charlotte sah das Erschrecken, die Panik, die Schuld, bevor sie überhaupt an eine Antwort denken konnte.

»Wieso hast du die?«, krächzte Jörg.

Charlotte starrte ihn an. Kälte kroch ihr in den Bauch, die Brust, lähmte ihre Kehle: das Doppelzimmer. Sein Erschrecken. Er wollte nicht mit ihr nach Berlin fahren.

»Es tut mir leid.« Jörg zerknüllte die Mail in der Hand. »Ich wollte nicht ...«

Charlotte hatte das Gefühl, beim nächsten Wort zu zerbrechen. Mit beiden Händen umschlang sie ihren Oberkörper.

»Es hat nichts zu bedeuten.«

Es hat nichts zu bedeuten, wütete Charlotte innerlich gegen die Kälte an, die sie lähmte. Sie versuchte erst gar nicht, ihre Verzweiflung in Worte zu fassen.

»Wer ist sie?« Diese Frage schaffte den Weg über die sich auftürmenden Eisberge hinweg. Wer war die Frau, die sie ersetzen würde?

»Das ist nicht wichtig. Sie ist nicht wichtig.« Jörg stützte die Ellbogen auf die Knie und verbarg das Gesicht in den Händen. So saßen sie einander gegenüber, die Knie nur Zentimeter voneinander entfernt und doch jeder in seiner Welt. Charlottes Zähne klapperten vor Kälte: Jörg hatte eine andere. Eine andere. Eine andere.

»Wer? Bitte.«

»Gina«, flüsterte Jörg schließlich. »Es ist einfach passiert.«

»Wie lange schon?« Charlotte fragte, obwohl sie die Antwort wusste. Deshalb also hatte Gina nicht mehr mit ihr zusammenarbeiten wollen.

»Du hättest mit nach Freiburg fahren sollen. Ich war so enttäuscht. Es tut mir leid.« Er griff nach ihrer Hand. »Das wollte ich nicht sagen, ich wollte nicht dir die Schuld geben. Es ist einzig und allein meine Schuld. Ich weiß nicht, was über mich gekommen ist. Es ist einfach passiert und nach Freiburg war nichts mehr. Ich hatte getrunken, ich war wütend. Und: Ich weiß, dass das scheiße ist und eine Ausrede. Aber es hat nichts bedeutet. Mir hat es nichts bedeutet.«

»Und deshalb hast du ein Doppelzimmer gebucht? Weil nach Freiburg nichts mehr war und es dir nichts bedeutet?«

Ausgerechnet Gina. Charlotte dachte an die junge Kollegin, ihren Eifer. Ihre runde Kinderhandschrift, mit der sie auf der Genesungskarte unterschrieben hatte. Charlotte wippte vor und zurück. »Ich bin vielleicht verlangsamt, aber nicht blöd«, sagte sie schließlich. Die klappernden Zähne zerhackten die Worte wie ein Häckselwerk.

»Es tut mir leid.« Mit hängendem Kopf saß Jörg vor ihr. Tränen tropften auf das Laminat. »Wir hatten Nachtdienst zusammen. Dir ging es nicht gut. Ich brauchte jemanden zum Reden und sie hat zugehört.«

»Zugehört? Und dann hat sie dich getröstet?« Charlotte sah die beiden über einen Inkubator gebeugt. In der Küche. Wo noch? In Ginas Wohnung? Ihr Gehirn setzte aus.

»Und trotzdem hast du mit mir geschlafen? Musstest du dich zwingen?«

»Nein, natürlich nicht.«

»Hast du dabei an Gina gedacht, wenn du alle vierzehn Tage mit mir … Oh Gott.« Charlotte presste die Fingernägel in die Handflächen. »Ihr Dienstwochenende. Du hast immer an ihrem Dienstwochenende mit mir geschlafen.«

»Hör auf, bitte!« Jörg griff nach ihren Händen. Einen Moment rangen sie miteinander, dann hatte Charlotte sich befreit.

»Ich wollte das nicht. Aber ich hab mich so einsam gefühlt. Mit meiner Angst und meiner Sorge.«

»Einsam gefühlt? Was meinst du, wie es mir geht? Ich hab nur noch …« *dich* hatte Charlotte sagen wollen, aber bereits den Gedanken wandelte sie ab. Eis klirrte durch ihre Venen. Noch nie in ihrem Leben hatte sie so tief bis ins Mark gefroren.

»… dies hier.« Mit der ausgestreckten Hand zeichnete sie einen Halbkreis in die Luft. Die Halbmonde in ihren Handflächen brannten.

»Du hast mich. Aber du lässt es nicht zu.« Jörg rutschte vom Couchtisch und kniete zwischen ihren Beinen. Die Brille saß schief auf seinem Nasenrücken. An einem anderen Tag, in einem anderen Leben hätte Charlotte sie mit dem ausgestreckten Zeigefinger angestupst, jetzt wich sie so weit, wie die Sofalehne es zuließ, vor ihm zurück.

»Du hast mich ausgesperrt aus deinem Leben. Für dich bin ich nur ein weiteres Problem, mit dem du fertigwerden musst.« Jörgs Adamsapfel wanderte auf und ab. »Du sprichst nicht mehr mit mir.«

»Das stimmt nicht.«

»So? Wirklich? Wann hat sich diese Antwort auf den Weg gemacht? Sei ehrlich. Meinst du, ich merke nicht, dass du auf das antwortest, von dem du denkst, dass ich es sagen will?«

»Und deshalb schläfst du mit Gina.« Charlotte schüttelte den Kopf. »Ich bin müde.« Bleischwer stemmte sie sich vom Sofa, schaute auf ihn herunter. Die Kälte hatte ihr Gehirn erreicht und jeden Gedanken eingefroren. Nur mit Mühe hielt sie die Augen offen. So müde. Konnte man innerlich erfrieren?

»Ich sag Berlin ab.«

Charlotte hob die Hand, um Jörg am Weitersprechen zu hindern. Ohne ein weiteres Wort ging sie ins Schlafzimmer und schloss die Tür. Kälte und Schmerz hielten sie wach. So viele Fragen: Wie sollte es nur weitergehen? Wo sollte sie hin? Wieso hatte sich Jörg wieder in ihr Leben gedrängt, wenn er

Gina hatte? Hatte ihn das schlechte Gewissen getrieben? Oder die Angst vor dem, was die anderen sagen würden? Ausgerechnet Gina. Irgendwann hörte Charlotte das Klappern der Wohnungstür. Sofort verdichtete sich die Stille in der Wohnung. Ob er zu Gina ging? Wie viele Nächte hatte er bei ihr verbracht, während sie dachte, er wäre in der Klinik?

Wie hatte sie nur so naiv sein können? »Du hast mir nicht mehr zugehört«, hatte er gesagt. Sie hatte doch nur versucht, normal zu erscheinen. Aber du bist nicht normal, wütete sie in ihr Kissen. Du bist behindert. Behindert. Behindert.

26. Kapitel

Zwei Tage und drei Nächte kroch Charlotte nur aus dem Bett, um zu pinkeln, sich im Licht des Kühlschranks Käse oder Wurst in den Mund zu stopfen und mit Leitungswasser direkt aus dem Hahn ihre Tabletten zu schlucken. Vor Kälte zitternd, ignorierte sie das Telefon, die Türklingel, ihre Mutter, die mit ihrem eigenen Schlüssel und verzweifelter Munterkeit in ihre Wohnung einfiel, und auch Jörg, der sie weinend auf der Bettkante sitzend bat, ihm zu verzeihen. Geschlagen von ihrem Schweigen, schmiss er schließlich Socken und Wäsche in seinen Rollkoffer und verschwand aus der Wohnung.

Am dritten Tag tauchte Raphi auf und die ließ sich nicht ignorieren. Sie klingelte so lange und nervenzerfetzend, dass Charlotte ihr die Tür öffnete. Kaum war sie in der Wohnung, übernahm sie das Kommando. Sie flößte ihr höllisch bitteren Kaffee ein und zerrte sie unter die Dusche. Während das Wasser auf Charlotte niederprasselte, fabrizierte Raphi aus Aufbackbrötchen und dem, was der Kühlschrank an verwertbaren Lebensmitteln hergab, ein genießbares Frühstück. »Ich hab keinen Hunger.« Charlotte schob den Teller zur Tischmitte. Trotzdem fühlte sie sich lebendiger als seit Tagen. Das heiße Wasser hatte die Eiskristalle schmelzen lassen. Vielleicht war es aber auch einfach nur Raphis Anwesenheit.

»Wen willst du aushungern? Dich oder den Schmerz?«

Charlotte dachte nach. Diese Frage ließ sich nicht mit einer vorbereiteten Antwort abhaken. Ihr dämmerte, dass sie keine der Fragen, die Raphi stellen würde, auf diese Art würde abarbeiten können.

»Warum bist du hier?«

»Weihnachten. Meine Eltern besuchen. Mich mit dir aussprechen. Such dir was aus.« Während Raphi auf Charlottes Antwort wartete, summte sie eine Melodie.

»Was ist das?«

»Aufgebackene Brötchen, Rührei und gebratener Speck.«

»Ich meine die Melodie. Willst du mich besingen?«

»Möchtest du, dass ich es tue?«

»Ziehst du gleich ein Dididingsda aus dem Rucksack?«

»Würde dir das helfen?«

Charlotte zuckte mit den Schultern.

»Ich hab sogar einen. Also drüben. Die sind halt etwas sperrig.«

»Willst du mich besingen?«, wiederholte Charlotte.

»Du hast meinen Brief nie beantwortet und auch keine der hundert SMS, die ich dir geschickt habe. Du hast mich aus deinem Leben gestoßen.«

Du hast … So fingen Sätze an, die Charlotte blind beantworten konnte.

»Es tut mir leid.« Und das tat es wirklich. »Du warst verschwunden und als ich aus dem Krankenhaus zurückkam …«

»Hattest du andere Sorgen.«

Charlotte nickte, obwohl sie etwas anderes hatte sagen wollen. Wie oft war es Jörg wohl ähnlich ergangen? Wie oft hatte sie mit ihren Antworten knapp danebengelegen?

»Ich bin so lange geblieben, wie ich konnte. Aber dann musste ich doch zurück.« Raphi nahm sich ein Stück Speck von Charlottes Teller und drehte es zwischen den Fingern, bevor sie es in den Mund steckte. »Schmeckt gut«, sagte sie kauend. »Du solltest wirklich was essen.« Sie schob den Teller wieder in Charlottes Richtung.

»Das Antworten, es …«

»Ich weiß, ich hab mit deiner Mutter gesprochen. Willst du mir erzählen, was mit Jörg ist?«

»Was soll sein? Er hat eine …«

»Andere?« Raphi blies die Wangen auf. »Das ist es also. Schön blöd.«

»Ja.« Charlotte stocherte im Rührei und steckte schließlich, weil es albern war, es nicht zu tun, eine Gabel voll in den Mund. Versalzen, dachte sie und griff nach ihrem Kaffeetopf. Raphi hatte schon in ihren Wohnheimzeiten alles versalzen.

»Und nun?«

»Ich weiß nicht. Ich fühl mich betrogen.«

»Er hat dich betrogen.«

»Das …« Abwehrend hob Charlotte die Hand. Der Gedanke war zu wichtig, um ihn zerhacken zu lassen. »Das ist es nicht. Nicht nur«, fügte sie hinzu. »Ich hab so lange gebraucht, mich für Jörg zu entscheiden. Nach …« Sie schüttelte den Kopf. Sie wollte jetzt nicht an Paul denken.

Glaubte Jörg vielleicht, sie wäre nur in die Beziehung zurückgeschlittert, weil er beim Aufwachen an ihrem Krankenbett gesessen hatte und nicht Paul?

»Was wäre die Alternative gewesen?« Raphi angelte sich ein Bröckchen kaltes Rührei von Charlottes Teller. »Dieser Typ vom Kanal?« Sie sagte es beiläufig. Zu beiläufig.

»Elli hat dir also ihr Herz ausgeschüttet. Das heißt dann wohl, dass sie dir die Aktion mit dem Brautkleid verziehen hat.«

»Wohl eher umgedichtet. Sie hat mich angerufen. In ihrer jetzigen Version war die Konfrontation mit deinen Träumen notwendig, um dich dazu zu bringen, dich operieren zu lassen.«

»Woher …« *hat sie deine Nummer*, hatte Charlotte fragen wollen, doch wieder beantwortete Raphi ihre Frage, bevor sie sie stellen konnte.

»Weiß nicht.« Das nächste Bröckchen Rührei verschwand zwischen Raphis Lippen. »Vielleicht von dir.«

»Kann sein.« Charlotte gefiel der Gedanke nicht, dass Elli in ihrem Smartphone spioniert hatte. Wahrscheinlich hatte sie nachgeschaut, als sie im OP lag, um zu wissen, wen sie anrufen musste, wenn es schiefging. Charlotte schob endgültig den Teller von sich.

»Du bist aber nicht wegen mir …?«

»Ich wär auf jeden Fall vorbeigekommen, aber hier bin ich wegen Weihnachten.«

»Ach ja. Das Fest der Liebe.« Charlotte lachte bitter auf. »Weißt du, dass ich seit Wochen nach einem Weihnachtsgeschenk für ihn suche?«

»Ich verstehe nicht.«

»Ist auch egal.«

»Du solltest Jörg nicht einfach so abschreiben.«

»Er hat ja recht. Wahrscheinlich bin ich überhaupt nicht mehr beziehungsfähig.« Charlottes Stimme erstickte in dem Schluchzen, das seit drei Tagen wie eine Gräte in ihrer Kehle feststeckte.

»Du bist nicht Jesus. Also nimm nicht die Sünden der Welt auf dich.«

»Du hast mir gefehlt.«

»Und du mir erst.«

Die Hände der Freundinnen trafen sich über dem kalten Rührei. Sie heulten und lachten gleichzeitig. Schließlich stemmte sich Raphi in die Höhe und rollte Papiertücher für ihre Nasen und ihre fettigen Handballen von der Küchenrolle.

»Wenn du erst einmal sprichst, merkt man's kaum«, sagte sie und entsorgte Fett, Tränen und Rührei im Müll.

»Meine Reaktionszeiten werden auch besser. Es dauert zumindest keine fünf Minuten mehr, bis eine Antwort meine Hirnwindungen passiert hat. Meistens mach ich's wie du: Raten, was der andere sagen will, und antworten. Aber so richtig gut bin ich wohl nicht.« Sie erzählte Raphi von Jörgs Vorwurf.

»Das ist auch nicht gut. Ich weiß.« Abwehrend hob Raphi die Hände. »Ich mach's ständig. Dabei wollte ich's mir abgewöhnen. Ein Schamane muss in erster Linie zuhören können. Mein Nangkari sagt, ich soll dem Wind lauschen und nicht sein Lied stehlen.«

Charlotte dachte über die Worte nach. Hatte sie Jörgs Lied gestohlen? Sie schüttelte den Kopf. Das Ganze war ihr dann doch zu theatralisch. Und selbst wenn, sagte eine Stimme in ihr, die eifersüchtig und verletzt klang, ist das noch lange kein Grund, mit Gina ins Bett zu steigen. »Ich hätte mit dir kommen sollen.«

»Nein, hättest du nicht.« Raphi griff nach einem der aufgebackenen Brötchen. »Es war dumm und kindisch von mir, dich damit zu überfallen.«

»Warum?«

»Weil du nicht leben, sondern sterben wolltest.«

»Wer sagt dir, dass es jetzt anders ist?«

»Das.« Ohne sich umzudrehen, zeigte Raphi mit dem Daumen auf die angebrochenen Tablettenblister neben der Spüle.

Charlotte fühlte sich ertappt. »Zumindest hätte ich mir einen meiner Träume erfüllt.«

»Jetzt nach der OP könntest du die Zeit sogar genießen.«

»Und da Jörg jetzt eine andere hat, ist es ihm auch egal.«

»Meinst du wirklich?«

»Er hat's zugegeben.«

»Ja, schon, aber meinst du wirklich, dass ihm egal ist, was du machst?«

27. Kapitel

Für die Dauer ihres Aufenthaltes zog Raphi zu Charlotte und sie hausten zusammen wie früher im Wohnheim. Wenn sie nebeneinander im Bett lagen, schmiedeten sie Pläne und beschlossen, dass Charlotte im März für sechs Wochen nach Australien kommen sollte. Als sie Elli davon erzählte, einigten sich ihre Eltern zum ersten Mal seit ihrer Trennung auf ein gemeinsames Weihnachtsgeschenk und schenkten ihr den Flug. Jörgs Mutter schickte zu Weihnachten einen Strauß gelber Nelken und Jörg gab bei Elli einen Weißgoldring mit einem Herzdiamanten für sie ab, den Charlotte nach den Feiertagen zurückschickte. Unter die Adresse der Klinik schrieb sie: *Intensivstation z. H. Dr. Schuster.*

Sollte er den Ring doch Gina schenken. Sie wollte genauso dringend einen weiteren Ring von ihm, wie er wahrscheinlich eine Armbanduhr hätte haben wollen.

»Gut, dass ich diese Uhr nicht schon gekauft hatte«, sagte sie zu Raphi, als sie ihr nach der Bescherung, die jede bei ihrer Familie verbracht hatte, von dem Ring erzählte. Schon im Schlafanzug standen sie am Waschbecken und putzten sich die Zähne.

»Das nennt man wohl Glück im Unglück«, nuschelte Raphi an der Zahnbürste in ihrem Mund vorbei.

Und dann war Raphi wieder fort und Charlotte allein in ihrer Wohnung, und wenn sie abends schlafen ging, zerrte das leere Bett an ihr. Jörgs Bett. Die Leere seiner Schrankhälfte verbarg die Tür.

Charlotte legte einen überdimensionalen Teddy, den sie als Kind auf der Kirmes gewonnen hatte, in Jörgs Bett und deckte ihn zu. Jeden Abend, wenn sie ins Bett ging, wünschte sie ihm eine gute Nacht und manchmal – in Vollmondnächten, wenn das weiße Mondlicht sie wach hielt – weinte sie in seinen Plüschbauch.

Ansonsten führte sie ein Leben in der Warteschleife. Egal, was sie in Angriff nehmen wollte, immer lautete die Antwort: »Warten Sie doch erst einmal das MR ab«, und irgendwann war sie tatsächlich so weit, dass sie die Ruhe genoss. Sie traf sich mit Veronika und lebte ansonsten in den Tag hinein: ging bei Wind und Wetter spazieren, las, wenn ihr danach war, oder malte mit ihrem Schulfarbkasten kleine dumme Bilder, die sie nur dem Teddy und Veronika zeigte. Und schließlich war es so weit.

Ihr Termin war um zwei, aber seit fünf Uhr geisterte Charlotte durch die Wohnung, duschte, bezog ihr Bett frisch, putzte das Bad, rumorte in der Küche und kochte sich schließlich einen Kamillentee, mit dem sie sich ins Wohnzimmer setzte.

Was, wenn es nicht in Ordnung ist? Bis jetzt war es ihr gelungen, diesen Gedanken erfolgreicher fernzuhalten als Jörg, der durch ihre Träume geisterte. Charlotte pustete in den Tee und horchte in sich hinein.

Kopfschmerzen-Check: Nein! Oder kaum. Selten. Jeder hatte schließlich mal Kopfschmerzen. Sie hatte auch vor dem Tumor Kopfschmerzen gehabt. Außerdem hatte ihr Kopf genügend Gründe zu schmerzen.

Sprache-Check: Besser! Auf jeden Fall.

Missempfindungen-Check: Nur wenn sie an Jörg dachte, also nein.

Aura-Check: Klares Nein.

Uhrzeit-Check: Charlotte wischte über das Display ihres Handys. Noch keine acht Uhr.

Elli würde sie gegen neun Uhr abholen. Sie hatten eine lange Fahrt vor sich, weil Charlotte auf keinen Fall riskieren wollte, dass jemand, der sie kannte, ihr in den Kopf schaute. Charlotte drückte den Teebeutel aus. Heute hätte sie gut etwas von Jörgs Chaos gebrauchen können, um dem Chaos in ihrem Kopf zu entgehen, aber sie alleine schaffte nicht genügend Unordnung, um sich abzulenken.

Tock. Tock.

Die Tasse fiel zu Boden. Erst heiß, dann kalt tränkte der Kamillentee ihre Jeans.

»Verdammte Scheiße!« Charlotte zog die Beine an und stieg über die Scherben.

Tock. Tock.

Das Tropfen wurde lauter, als sie die Küche erreichte. Aufschluchzend lehnte sie sich gegen den Türrahmen. Sie hatte den Wasserhahn nicht richtig zugedreht. Wer sagt, dass ich Jörg brauche, um Chaos zu veranstalten?, fragte sie sich, als sie die nasse Hose von den Beinen strampelte. Mir reicht ein tropfender Wasserhahn.

Sieben Stunden später lag Charlotte in der Röhre und lauschte dem magnetischen Klopfen, das klang, als würde das Bodenblech eines Autos abgeklopft. Nur war es ihr Hirn, das auf Roststellen abgeklopft wurde. Doktor Wehtraun winkte ihr zu. Sie sah es in dem Spiegel über ihrem Gesicht. Er trug eine Clownsnase und die Helferin an seiner Seite eine Indianerfeder. Jeder hier schien heute verkleidet zu sein. Das war wohl der Nachteil, wenn man einen Termin in einer Klinik im Rheinland hatte. Charlotte hatte überhaupt nicht daran gedacht, dass heute Faschingsdienstag war, und selbst wenn sie daran gedacht hätte, wäre es ihr wahrscheinlich egal gewesen. Sie schloss die Augen. Auf keinen Fall wollte sie ihm dabei zusehen, wie er sich über die Bilder beugte. Jedes Stirnrunzeln würde sie in die gleiche Panik stürzen wie heute Morgen der tropfende Wasserhahn.

Kalt flutete das Kontrastmittel durch ihre Armvene und eine gefühlte Ewigkeit später befreite sie eine als Pippi Langstrumpf verkleidete Assistentin aus der Röhre.

»Sie haben es überstanden.«

»Danke.« Charlotte verließ den Untersuchungsraum. Sie fror, als hätte sie die letzte halbe Stunde in einer Kühltheke verbracht.

»Was machst du denn hier?«, entfuhr es ihr, als sie in den Wartebereich zurückkehrte. Interessiert richteten sich die Augen aller Anwesenden auf sie. Charlotte war sich der Blicke bewusst und es war ihr peinlich, angestarrt zu werden, aber ihre Beine hatten sich gerade eben in Betonpfeiler verwandelt. Für einen Augenblick gab es nur sie und ihn. Ein Lächeln zitterte in Jörgs Mundwinkeln.

»Ich hab ihm gesagt, dass heute der Termin ist.« Elli saß neben ihm. Ihre Stimme zitterte wie Charlottes Hände.

»Es geht ihn nichts an«, fauchte Charlotte.

Jörg sah schlecht aus. Fahle Haut, spröde Lippen. Er hatte abgenommen. Gina schien ihm nicht zu bekommen. Charlotte klopfte das Herz bis zum Halse. Er hatte kein Recht, so auszusehen. So, dass sie Mitleid mit ihm bekam und so, dass sie ihm am liebsten die Haare aus der Stirn streichen würde. Er hatte sie verlassen und kein Recht, hier zu sein und sich wieder in ihr Leben einzumischen.

»Ich hol mir einen Kaffee«, sagte Elli bemüht munter. »Du auch einen?«

Sie war verschwunden, bevor Charlotte antworten konnte, und das lag nicht an Charlotte. Der Zement in ihren Beinen mutierte zu Sand und sie plumpste auf den freien Plastiksitz neben Jörg.

»Du darfst ihr nicht böse sein.«

»Kannst du das bitte mir überlassen?«

»Entschuldige. Ich wollte nicht …«

»Was willst du?«

»Dich«, antwortete Jörg schlicht. Er schluckte. »Nur. Dich.«

»Du hattest mich«, sagte Charlotte. »Und hast mich weggeworfen.«

»Bitte, das darfst du nicht …«

»Sag mir nicht, was ich darf«, zischte Charlotte.

»Tut mir leid. Ich wollte nicht …«

»Nein.« Charlottes Wut verließ sie mit einem leisen Seufzen. »Weißt du«, flüsterte sie so leise, dass wirklich nur Jörg sie hören konnte. »Ich hab nur dieses eine Leben. Ich will es nicht damit verbringen, auf dich zu warten.« Sie dachte an die langen Gespräche mit Raphi. Sie würde ihr Leben auch nicht in Australien verbringen und sie würde auch nicht mehr als Intensivschwester arbeiten, obwohl dieser Gedanke fast so sehr schmerzte wie die Trennung von Jörg. Aber sie konnte auf andere Art helfen. Sie würde ihre Erfahrungen nutzen, um Menschen wie ihr zu helfen. Menschen, die das Leben aus der Bahn geworfen hatte. Wenn das MR in Ordnung ist, fügte sie in Gedanken hinzu.

»Ich …«

»Nein.« Charlotte legte Jörg den Zeigefinger auf die Lippen. »Nicht du. Ich. Ich muss meinen Weg finden.«

»Frau Degener?« Eine Arzthelferin mit Clownsnase im Gesicht sah sich im Warteraum um.

»Ich muss.« Charlotte wischte sich die feuchten Hände an den Oberschenkeln ab.

»Möchtest du, dass ich …?«

»Nein.« Sie schüttelte den Kopf. »Das ist meine Krankheit.«

Sie drehte sich nicht um, als sie der Arzthelferin ins Besprechungszimmer folgte.

»Frau Degener.« Auch auf Doktor Wehtrauns Schreibtisch lag die Clownsnase. Er hatte sie abgesetzt. Das muss nichts heißen, dachte Charlotte. Trotzdem presste sie die Fingernägel in ihre Handballen. Schmerz gegen Schmerz.

»Sind Sie allein gekommen?«

»Meine Mutter holt sich gerade einen Kaffee.« Charlottes Hals trocknete mit jedem Wort mehr aus.

»Dann warten wir vielleicht.«

Ein Klopfen unterbrach ihn und Elli trat mit hochrotem Kopf ein. »Entschuldigen Sie.«

»Wir haben noch nicht angefangen.« Doktor Wehtraun trat an seinen Schreibtisch und drehte den Computermonitor in Charlottes Richtung.

»Er ist wieder da.« Die Erkenntnis rauschte durch Charlotte wie ein Lavastrom und hinterließ … Nichts. Leere. Ein schwarzes Loch, das ihre Gefühle und Träume aufsaugte. Es gab kein Leben nach dem Tumor. Nicht für sie. Es würde immer nur eins mit Tumor geben. Und Zeiten dazwischen. Charlotte dachte an die Betroffenen im Forum, die sich immer wieder Mut zusprachen, wenn der Tumor ihnen ein Stück mehr vom Leben abgeschnitten hatte, und die irgendwann verschwanden. Ab und zu schrieb dann ein Angehöriger, dass es vorbei war oder dass der Tumor sie oder ihn in einen Pflegefall verwandelt hatte.

»Aber der Doktor hat doch noch gar nichts …«

»Es ist ungewöhnlich«, sagte Doktor Wehtraun. »Ich weiß. Aber ja. Er ist wieder da.«

»Aber«, stotterte Elli. »Das geht doch nicht. Nicht nach allem, was wir durchgemacht haben.«

»Bitte, Mama.«

»Er ist noch recht klein, allerdings liegt er nicht besonders günstig, deshalb würde ich ein Seed-Implantat vorschlagen.«

»Diese kleinen radioaktiven Strahler im Kopf sollen ja gut

verträglich sein.« Elli griff nach Charlottes Hand. »Ich hab im Forum davon gelesen.«

Du musst mich nicht aufmuntern, dachte Charlotte. Sie räusperte die Schwärze aus ihrer Kehle. »Es ist grad ein halbes Jahr seit der OP vergangen«, sagte sie. Dankbar registrierte sie, dass Doktor Wehtraun ihren Blick erwiderte. »Wenn er auch jetzt noch klein ist, ist es wohl doch eher ein schnell wachsender Tumor, nicht wahr?«

»Das kann man ohne Biopsie nicht sagen.« Doktor Wehtraun schaffte es vielleicht, ihrem Blick standzuhalten, aber festlegen wollte er sich so wenig wie jeder andere Arzt.

»Ich verstehe.«

»Wir sollten das bald angehen.«

»Danke.« Charlotte stand auf. Wider Erwarten trugen sie ihre Beine zum Sprechzimmer hinaus, vorbei an den Wartenden, durch die Eingangshalle, durch Schneeregen laufend zum Parkplatz, zum Auto.

»Ich kann nicht fahren.« Elli wischte sich mit einem Taschentuch das Gesicht. »Ich kann's einfach nicht. Es ist so … Sollen wir nicht sofort einen Termin machen?«

»Nein.« Charlotte zog sich die Kapuze über den Kopf. Sie schaute über das Wagendach hinweg, sah Jörg. Er lehnte an seinem Wagen und wartete auf ein Zeichen von ihr. Charlotte wandte sich ab.

»Lass uns bitte einsteigen. Mir ist kalt.«

»Aber das muss doch schnell …«

»Ich kümmere mich. Wirklich«, versprach Charlotte. *Nur nicht darum*, fügte sie in Gedanken hinzu. »Aber lass uns bitte erst einmal nach Hause fahren.«

Ihre Ruhe schaffte es, dass sich auch Elli zusammenriss. Als sie vom Parkplatz fuhren, folgte ihnen Jörgs Wagen.

»Du bist so gefasst.« Elli setzte den Blinker und bog auf die Autobahnauffahrt ab.

Bin ich das? Charlotte klappte die Sonnenblende herunter, sah ihr ausdrucksloses Gesicht vor einem Lastwagen, der sich an der letzten Ampel zwischen sie und Jörgs Wagen geschoben hatte. Sie fühlte nichts. Nur diese klopfende Leere, als würde jemand auf Blech pochen. Um überhaupt sprechen zu können, hatte sie so viel Schwärze heruntergeschluckt, dass in ihr jetzt kein Platz mehr war. Sie war einfach übervoll. Aber das würde sie Elli nicht sagen, sonst würden sie an der Leitplanke enden.

28. Kapitel

Elli schaffte es gerade noch, die Handbremse anzuziehen, dann überrollte sie ein Asthmaanfall. Charlotte half ihr in ihre Wohnung. Zum ersten Mal fiel ihr auf, dass sich der Geruch von Ellis Wohnung verändert hatte. Es roch ein wenig feucht und muffig. So wie Keller riechen oder alte Leute. Sie fühlte sich schlecht. Es war ihre Schuld, dass Elli sich vernachlässigte. Sie rieb sich zwischen ihr und der Praxis, in der sie arbeitete, auf.

Charlotte führte ihre Mutter in die Küche und öffnete das Dachfenster. Kühle Novemberluft strömte in die Küche.

»Wo ist dein Spray?«, fragte sie und sah sich suchend in der Küche um. Ein angeschlagener Kaffeebecher, ein Schneidebrettchen, Kopfschmerztabletten. Vornübergebeugt wie ein Kutscher war Elli zu beschäftigt damit, Luft zu bekommen, als dass sie sofort hätte antworten können.

Sag etwas, dachte Charlotte. Sie fühlte sich so hilflos, dabei kannte sie die Anfälle ihrer Mutter. Schon als Kind hatte sie funktioniert wie ein Uhrwerk und jetzt zitterten ihre Finger und ihre Gedanken taumelten im Kreis.

»In meiner Handtasche«, krächzte Elli schließlich.

Natürlich in der Handtasche – wo sonst? Charlotte verfluchte den Scheißkerl in ihrem Kopf, der verhinderte, dass sie das Richtige tat, das Richtige dachte. Auch wenn er noch so klein war. Er ließ einfach keinen Raum in ihrem Kopf.

»Ich bin sofort zurück.«

Ellis Handtasche lag auf der Rückbank ihres Wagens. Wie hatte sie nur so dumm sein können, sie dort zu vergessen?

Nachdem sie inhaliert hatte, ging es Elli bald besser.

»Ich leg mich etwas hin«, sagte sie und drückte Charlottes Hand. »Rufst du dir ein Taxi?«

Ellis tränenschwerer Blick flehte Charlotte an zu bleiben. Und warum nicht? Wer wusste schon, wie viel Zeit ihr noch blieb. Warum sollte sie die Zeit nicht mit Menschen verbringen, die sie liebten?

»Wir reden nicht über den Tumor«, war ihre einzige Bedingung.

Die erste Nacht verbrachte Charlotte im Schlafzimmer ihrer Mutter. Auch ihre Mutter schlief immer noch in ihrem Ehebett. Zum ersten Mal in ihrem Leben fragte sich Charlotte, ob jemals ein anderer Mann als ihr Vater hier übernachtet hatte. Hatte ihre Mutter nach der Trennung überhaupt ein Sexualleben gehabt oder hatte sie einfach nur funktioniert? Zum Wohle der Tochter? Charlotte schauderte bei dem Gedanken. Welche Hypothek hatte sie allein durch ihre Existenz auf sich genommen? In der nächsten Nacht schlief sie in ihrem alten Kinderzimmer. Auch hier war das Bett bezogen, als wartete es auf sie. Charlotte öffnete das Fenster und ließ die kalte Abendluft hinein. Dann schaute sie sich um. Ihre *TKKG*-Kassetten standen säuberlich abgestaubt neben dem Kassettenrekorder im Regal, das sie und ihr Vater in die Schräge hineingebaut hatten. Die Lücken zwischen den Büchern, die ihr Auszug hinterlassen hatte, waren mit gerahmten Fotografien von ihr und Jörg aufgefüllt. Charlotte drehte die Bilder um. Sie wollte sie nicht sehen. Nicht an glücklichere Zeiten erinnert werden. Es war vorbei. Der Tumor war zurückgekehrt und schnitt ihr wieder ein bisschen Leben ab. Wenn sie ihn ließ. Charlotte wusste nicht, ob sie die Kraft finden würde zu kämpfen. Sie wusste nur, dass sie nicht noch einmal versuchen würde, sich selbst umzubringen. Gedankenverloren nahm sie ein zerlesenes Buch aus der Hand. *Pippi Langstrumpf*, die Heldin ihrer Kindheit. *Niemals will ich werden gruß.* Pippi hatte Krummelus-Pillen geschluckt, um ihr Ziel zu erreichen. Sie hatte versucht, sich zu Tode zu hungern. Aber jetzt war sie groß und in ihrem Kopf wuchs ein Tumor, der gut Krummelus-Pillen vertragen konnte. Ein Tumor, der sie umbringen würde, wenn sie nicht kämpfte. Sie dachte an ihre neuen Träume. Sie wollte nicht sterben, bevor sie nicht wenigstens das neue Leben ausprobiert hatte. Sie wollte Elli nicht im Stich lassen, die ohne sie vertrocknen würde wie die Geranien im Frühjahr. Vielleicht würde sie wieder hier einziehen. Vielleicht könnte sie mit ihrem Vater eine Kommode bauen, damit etwas blieb, sollte sie den Kampf verlieren. Sollte sie verlieren. Denk nicht an die Niederlage, sagte sich Charlotte, du schaffst das. Noch während sie das dachte, wunderte sie sich, dass sie überhaupt in der Lage war, daran zu glauben, den Tumor zu besiegen. Als sie das Krankenhaus verließen, war sie noch bereit gewesen zu sterben, doch nach dem ersten Schock hatte sie lange mit Raphi und auch mit ihrem Vater telefoniert. Diesmal würde sie nicht davonlaufen. Diesmal würde sie kämpfen.

Charlotte stellte *Pippi Langstrumpf* zurück und nahm stattdessen eine Kassette aus dem Regal. *Die Goldgräber-Bande.* Sie schob sie in den Rekorder und driftete beim Hören der Geschichte von Tim, Karl, Klößchen und Gaby hinüber in einen unruhigen Schlaf.

Am Montag ging Elli zu ihrem Hausarzt. Charlotte wollte sie begleiten, doch Elli lehnte ab.

»Ich komm schon zurecht«, sagte sie mit mehr Nachdruck, als ihre angeschlagene Lunge eigentlich erwarten lassen würde.

Charlotte hatte den Verdacht, dass Ellis Lungenbefund besser ausfallen würde, als es das Wochenende über den Anschein gehabt hatte. »Sieh du zu, dass du deinen Neurologen anrufst«, fügte Elli hinzu.

Ja, Mama, dachte Charlotte. Es war reine Körperbeherrschung, die verhinderte, dass sie die Augen verdrehte. Sie waren an diesem Wochenende beide, trotz oder vielleicht auch wegen Ellis Asthma, so selbstverständlich in ihre alten Rollen zurückgekehrt, dass Charlotte vor sich selbst erschrak.

»Ist gut, Mama.« Sie schob Elli aus der Wohnung und kehrte zurück in ihr Zimmer, um das Handy zu holen und einen Termin bei ihrem Neurologen zu vereinbaren.

»Mittwoch um elf?«, fragte die Sprechstundenhilfe. Und als Charlotte den Termin bestätigte, erinnerte sie sie noch an die Versichertenkarte. »Die Patienten vergessen immer das neue Quartal«, fügte sie hinzu.

Schade, dass ein Tumor nicht wie ein Quartal endet, dachte Charlotte. Während sie den Termin in ihren Handykalender tippte, platzte eine Liedzeile in ihr Hirn und setzte sich fest: *Am Aschermittwoch ist alles vorbei.*

Schön wär's. Weil die Sprechstundenhilfe sie schon mal dran erinnert hatte, suchte Charlotte ihr Portemonnaie nach der Versichertenkarte ab. Fehlanzeige. Wahrscheinlich hatte Elli sie nach dem MR-Termin eingesteckt. Charlotte ging hinüber ins Wohnzimmer. Elli hielt nichts von der Unsitte, Papiere und Versichertenkarten mit sich herumzuschleppen. Leicht schaudernd sah Charlotte sich um. Wollte sie wirklich in diese Wohnung zurück? Nichts hatte sich verändert. Immer noch die gleichen Vorhänge, die etwas schäbige Polstergarnitur und der Kiefernschrank mit dem herunterklappbaren Sekretär, den ihr Vater in besseren Zeiten gebaut hatte. Vielleicht konnte sie ihrer Mutter einen neuen Sekretär bauen, dann blieb etwas von ihr, falls sie … Charlotte dachte den Gedanken dann doch nicht zu Ende, sondern machte sich an die Suche.

Die Versichertenkarte fand sie nicht, aber gleich das erste Blatt Papier, auf das ihr Blick fiel, trieb ihr die Tränen in die Augen. Trotzdem nahm sie es in die Hand und las.

746 Euro und es täte ihr leid, schrieb Bian Thao, und sie wünsche Tochter Gesundheit und hoffe, dass sie das Kleid noch tragen würde. Schniefend legte Charlotte die Rechnung zur Seite. Sie hatte überhaupt nicht darüber nachgedacht, wer das Kleid bezahlt hatte. Wo es jetzt wohl war? Vielleicht in Ellis Kleiderschrank? In ihrem Kinderzimmer hing es auf jeden Fall nicht. Unwillkürlich zog Charlotte die Schultern hoch, dachte an den Streit, sah Bernd, der über die perlenbestickte Blumengirlande strich, spürte das Lauern des Nichts, das hinter ihm auf sie wartete.

Vorwärts blicken, befahl sie sich und legte die Rechnung zurück. Sie wollte den Sekretär gerade schließen, als sie das Kliniklogo sah. Eine Erinnerung streifte sie. Die Luft anhaltend, zog sie den Umschlag unter den Papieren hervor. Ihr Herz pochte. Die krakelige Schrift. Der Adressat. Aber warum? Die Schwester hatte ihn doch mitgenommen? Zumindest hatte Elli das gesagt. Charlotte riss den Umschlag auf und las ihre eigenen Worte, die für jemand anderen bestimmt gewesen waren und die ihr Ziel nie erreicht hatten.

> *Lieber Paul,*
> *ich weiß gar nicht, wie es dir geht, und ich mach mir schon Sorgen. Schließlich hast du es versprochen und ich möchte gar nicht klingen wie ein quengelndes Kind, aber ich vermisse dich. Die OP ist nicht ganz so gut gelaufen, wie diese OPs laufen können. Aber der Tumor ist überwiegend entfernt. Ein kleiner Rest wird*

*jetzt noch bestrahlt. Keine Chemo (falls dir das
was sagt). Dafür muss ich wohl dankbar sein,
auch wenn es in meinem Kopf noch ziemlich
durcheinandergeht und ich mir so manchen Tag
eine Tasse von deinem »Tee« wünschen würde.
Vielleicht würde das helfen: Mir ist oft noch übel
und meine Augen sehen nicht das Gleiche, sondern
eher so ebenenversetzt, wenn du verstehst, was ich
meine. Dafür scheinen die Ohren in Ordnung zu
sein, sagt der Arzt, und dass es in meinem Kopf
knarrt wie in einem alten Schrank, wäre auch
in Ordnung. Weil Hirnwasser in den Hohlraum,
der jetzt ja da ist, einsickert.
Loch im Kopf!
Klingt schon merkwürdig, oder?
Vielleicht ist es gut, dass du nicht kommst. Die
stopfen mich hier ziemlich voll mit Cortison und
ich fühle mich wie ein Wasserkissen. Aura-Bernd
war übrigens auch noch nicht wieder da. Aber
ihn vermisse ich nicht. Dich schon. Auch wenn
Jörg und meine Mutter bei mir sind. Das ist
gut so, trotzdem mache ich mir Gedanken. Aber
vielleicht ist es die Angst vor dem Krankenhaus,
die dich fernhält. Ich weiß es nicht und
anrufen kann ich dich nicht. Da ist wohl ein
Zahlendreher in der Nummer. Ich weiß auch
gar nicht, ob ich dir meine Nummer gegeben
habe. Wahrscheinlich nicht. Ich bin immer so
vergesslich in solchen Dingen.
Also, falls du sie nicht hast: 0162/3369963. Ach
so: Wundere dich nicht, wenn es etwas dauert, bis
ich mich am Telefon melde. Mit dem Sprechen ist
es auch noch nicht so toll.*

In den nächsten Wochen werde ich in eine Rehaklinik verlegt. Ich weiß noch nicht, wo das sein wird. Aber mein Handy hab ich natürlich dabei. So, jetzt muss ich aufhören, weil die Buchstaben wie Silberfische übers Papier huschen.

Melde dich!
Charlotte

Charlotte saß auf der äußersten Kante des Küchenstuhls, als ihre Mutter zurückkehrte.

»Ich war noch einkaufen.« Etwas kurzatmig stellte Elli die Einkaufstasche auf den Tisch. »Ich hab Putenschnitzel mitgebracht. Du magst doch …« Ihr Redestrom endete abrupt, als sie den Briefumschlag in Charlottes Hand sah.

»Warum hast du das getan?« Charlotte wischte sich eine Träne von der Wange. Sie wollte nicht weinen. Wer weinte, war im Nachteil.

»Für dich.« Der Beutel mit den Putenschnitzeln wanderte von einer Hand in die andere. Elli wagte es nicht, ihr in die Augen zu schauen. »Er war nicht gut für dich.« Ihre Unterlippe schob sich zitternd vor.

»Das ist nicht dein Ernst?« Charlotte presste die Fingernägel in die Hände. Sie konnte es nicht fassen, dass ihre Mutter den Brief unterschlagen hatte.

»Du warst an meinem Handy.«

»Er hat dir Drogen gegeben.«

»Spinnst du?« Charlottes Herzschlag stolperte.

Elli stopfte den Beutel in den Kühlschrank. Ihr Rücken bebte. Sie hustete.

»Nimm dein Spray. Ich will wissen, was du getan hast.«

»Getan habe?« Elli fuhr herum. Ihr ausgestreckter Zeigefinger zitterte vor Charlottes Nase. »Kinder denken immer, ihre

Eltern wären blöd. Aber ...«, Ellis Zeigefinger wanderte zu ihrer eigenen Nase, »... ich weiß doch, was ich gerochen habe.«

Charlotte erinnerte sich. Sie hatte die Stimmen gehört. Pauls mahagonibraune, Jörgs gelbes Stakkato und Ellis grellviolette Sorge.

»Was Paul macht, geht dich nichts an.«

»Aber was er mit dir macht, geht mich etwas an.« Elli betonte jede Silbe. »Egal, ob dir das in den Kram passt oder nicht.« Ihr Hals färbte sich rot. Sie kramte Tomaten aus der Tüte und stopfte sie ins Gemüsefach.

»Du hast seine Telefonnummer manipuliert.«

»Was fragst du, wenn du es doch schon weißt.«

»Und warum ist er nicht gekommen? Was hast du getan? Ihn vor der Tür abgefangen?«

»Was denkst du von mir?«

»Warum ist er nicht gekommen?«

»Das musst du ihn schon selbst fragen.« Elli versuchte, schnippisch zu klingen.

»Das werde ich.«

»Was willst du von diesem Mann? Mit ihm im Drogenrausch versinken?«

»Ohne Paul wäre ich wahrscheinlich nie auf die Idee gekommen, dass es ein anderes Leben gibt, in dem man nicht immer funktionieren muss.«

»Was?«

»Von dir hab ich das nicht gelernt.« Charlotte wischte sich mit dem Handrücken die Nase. »Für dich zählt doch nur, was die Leute von dir denken.«

»Aber das stimmt doch nicht.«

»Ach nee? Papa hast du rausgeschmissen, weil er sich seinen Traum erfüllt hat. Mich hast du ...«

»Jetzt komm mir bloß nicht auf die Tour.« Elli warf eine Schlangengurke ins Gemüsefach. »Hat er dir den Floh ins

Ohr gesetzt? Typisch Rudolf!« Sie knallte die Kühlschranktür zu. »Lässt ihn besser aussehen. Aber so war's nicht.« Elli setzte sich Charlotte gegenüber und wischte sich die Tränen aus dem Gesicht. »Dein Vater und ich haben uns getrennt, weil er keine Verantwortung übernehmen wollte. Es war ihm wichtiger, Möbel zu bauen, als für dich zu sorgen. Vielleicht bereut er das jetzt, aber damals war es so. Er ist ein Scheißegoist gewesen, der sich seinen Traum erfüllt hat. Und genau so ein Scheißegoist ist dein Paul mit seinem Haus zwischen den Kanälen und seinen Drogen.«

»Ich …«

»Lüg mich nicht an.« Elli hob die Hand, um Charlotte zu unterbrechen. »Ich weiß, dass er Hanf anbaut, und ich hab ihm gesagt, wenn er nur einmal versucht, mit dir Kontakt aufzunehmen, weiß es auch die Polizei.«

»Du hast ihn erpresst?«

»Ich hätte ihn umgebracht, wenn das die Lösung gewesen wäre. Er hat dich verändert. Du wolltest aufgeben.«

»Du begreifst es immer noch nicht, nicht wahr?« Charlotte steckte den Brief in ihre Schultertasche und stand auf. »Genauso wenig, wie du es damals begriffen hast. Ja, er hat mich verändert. Und ja, ich wollte aufgeben. Aber es war andersherum. Ich wollte aufgeben und er hat mich verändert.«

»Aber du hast doch Jörg!«

»Jörg?« Charlotte fühlte den Schmerz, den der Name immer noch in ihr Herz ritzte. »Er hat sich nicht verändert. Und du auch nicht.« Sie ging zur Tür.

»Wo willst du hin?«

»Warum fragst du, wenn du es doch schon weißt?«

»Wirst du zurückkommen?«

»Ach Mama.« Charlotte drehte sich zu ihrer Mutter um. »Frag mich nicht heute.«

227

29. Kapitel

Das Taxi hielt direkt vor den ausgetretenen Stufen, die zum Kanal hinaufführten. Die Scheibenwischer hatten Mühe, gegen den Eisregen anzukämpfen.

Skeptisch schaute der Fahrer hinaus. »Nicht viel los hier, wa?«

»Nein«, antwortete Charlotte. »Ist es nie.« Sie dachte an das tote Kind und ihren eigenen Versuch, hier ihrem Leben ein Ende zu setzen.

»Und hier wolln Se spazieren gehen? Bei dem Wetter?« Der Fahrer wirkte, als könnte er es nicht mit seinem Gewissen vereinbaren, sie hier aussteigen zu lassen. Und wenn Charlotte daran dachte, was alles schon auf diesem Parkplatz passiert war, konnte sie es ihm auch nicht verdenken.

»Der Rest ist für Sie.« Charlotte zog sich die Kapuze über den Kopf und hastete die Stufen hinauf. Sie verfluchte ihre Spontaneität, die sie direkt von ihrer Mutter hatte losfahren lassen. Fleecejacke und Sneakers, die sie trug, waren denkbar ungeeignet für einen Sprint durch Eisregen. Auf den ausgetretenen Stufen landete jeder ihrer Schritte in einer Pfütze und als Charlotte vor Pauls Küchentür stand, quatschten ihre Socken vor Nässe. Die Lampe über dem Küchentisch tauchte die Küche in warmes Licht. Eine Zeitung lag aufgeschlagen neben einem leeren Becher. Neben dem Herd wartete eine bauchige Teekanne auf ihren Einsatz und auf der Herdplatte klapperte der Wasserkessel neben einem hohen Topf. Der Duft von Majoran und Zwiebeln stieg Charlotte in die Nase. Sie hatte das Gefühl, nach Hause zu kommen.

»Paul?« Sie kämpfte mit dem Reißverschluss, der sich im Jackenfutter verklemmt hatte. »Ich bin's. Charlotte.«

»Freut mich.«

Charlotte fuhr so hastig herum, dass der Raum sich verschob. Es dauerte einen Augenblick, bevor sie die Frau klar sehen konnte. Die Fremde lehnte am Türrahmen und musterte sie mit vor der Brust verschränkten Armen. Über ihren Schultern hing eine Wollstola und an den Füßen trug sie dicke Wollsocken. Sie passte in diese Küche, als wäre sie für sie gemacht. Und das war sie wahrscheinlich auch.

»Paul hat mir von dir erzählt«, sagte die Frau und Charlotte hatte sofort das Bedürfnis, sich zu entschuldigen.

»Du bist?«

»Jenni. Pauls Ex Ex.« Die Frau strich sich eine Haarsträhne hinters Ohr, die sich aus dem lockeren Zopf gelöst hatte. Über ihren Handrücken schlängelte sich ein Blütenornament. »Tee?«

»Nein. Danke. Ich …«

»Keine Angst. Keine Paul-Spezialmischung.« Die Frau trat an die Spüle und füllte Wasser in einen Kessel. »Ich bevorzuge Ingwer.«

»Wo ist …«

»Paul?«

»Ja.« Charlotte gab den Kampf mit dem Reißverschluss auf. Tropfend nass stand sie in der Küche und wusste nicht, wohin mit den Händen. Kälte kroch ihr die Waden hoch.

»Er hat sich ziemliche Sorgen gemacht.« Jenni stellte den Kessel auf den Herd und drehte sich zu ihr um. »Willst du dich nicht setzen?«

229

»Ich möchte nicht stören.«

»Keine Angst. Ich freu mich wirklich, dich kennenzulernen. Ach ...«, in Jennis Augen lauerte ein Lächeln, »... weiß deine Mutter, dass du hier bist?«

»Es tut mir leid«, stammelte Charlotte. Sie hätte nichts dagegen gehabt, mit den Wassertropfen zwischen den Bodendielen zu versickern. Danke, Elli, dachte sie zähneknirschend. Du hast es geschafft, dass ich mich wie der letzte Idiot fühle. Ich bin achtundzwanzig Jahre und werde immer noch gefragt, ob meine Mama weiß, wo ich bin. »Ich hatte keine Ahnung.«

»Mütter sind schon manchmal strange.« Jenni nickte schmunzelnd. »Was ist nun? Möchtest du Tee? Oder Hühnersuppe? Sie ist gleich fertig.« Jenni drehte sich wieder zum Herd und rührte in dem hohen Topf.

»Wo ist Paul? Im Schuppen?«

»Den gibt's nicht mehr«, sagte Jenni.

»Was?«, keuchte Charlotte. Für Bruchteile von Sekunden sah sie Paul kalt und starr. Erstickt an dem Würgereiz, der ihn am Atmen hindert.

»Tja.« Jenni rührte in der Suppe und würziger Sellerieduft umwehte Charlotte. »Paul hat ihn komplett abgerissen.«

Herrgott, der Schuppen! Wie hatte sie nur denken können, dass Paul etwas zugestoßen war?

»Die Wände waren vollgesogen mit THC. Ich glaube, als er den Schuppen verbrannt hat, war jeder Vogel im Umkreis high.«

»Und was macht er jetzt?« Charlotte dachte an Pauls Anfälle und die ständige Übelkeit. Wie konnte er ohne die Hanfpflanzen mit seiner Krankheit leben? »Das tut mir so leid. Meine Mutter hatte kein Recht ...«

»Ich find's gut, was sie gemacht hat.« Jenni kostete die Suppe. »Gibst du mir mal bitte das Salz?«

230

Charlotte reichte ihr den Salzstreuer. »Du findest das gut?« Sie glaubte, sich verhört zu haben. »Aber ohne das Zeug geht es ihm doch schlecht.« Sie dachte an die Attacke, die sie selbst miterlebt hatte.

»Doch ja«, beharrte Jenni, konzentriert in der Suppe rührend. Charlotte beneidete sie. Sie hätte auch gerne gewusst, wohin mit ihren Händen. Aber ihr blieb nur, mit den Fingern die Rillen auf dem Holztisch nachzufahren.

»Sie hat um dich gekämpft«, sagte Jenni. »Und das finde ich gut. Auch wenn sie Pauls Potenzial zum Bösewicht überschätzt hat. Sie hat es gut gemeint.«

»Ja, ich weiß.« Charlotte litt nicht zum ersten Mal in ihrem Leben unter den Folgen einer gut gemeinten Aktion ihrer Mutter. »Der Weg in die Hölle ist mit guten Absichten gepflastert.«

»Nein, im Ernst.«

»Ich glaube, dass Paul das etwas anders sieht. Sie hat ihn erpresst.«

»Warst du in ihn verliebt?« Jenni öffnete die Herdklappe und legte Holz nach.

»Ich …«

Der Wasserkessel pfiff in Charlottes Antwort hinein.

»Ich könnte es verstehen.« Jenni griff nach einem Topflappen und füllte das kochende Wasser in die Teekanne. Ingwerschärfe legte sich über das fettige Selleriearoma der Suppe. »Nach allem, was Paul mir erzählt hat, ging es dir richtig scheiße mit dem …« Sie stellte bauchige Tonbecher auf den Tisch. »Mit dir konnte er was anfangen.«

»Wie bitte?«

»Du denkst gerade, ich wär zugedröhnt, oder?« Jenni stellte die Teekanne auf den Tisch und setzte sich zu Charlotte. Ihre schlanken Finger mit den Blütenornamenten falteten die Zeitung zusammen und warfen sie in die Kiste neben dem Holzstapel.

»Ich kannte Paul schon, da hab ich noch Windeln getragen«, sagte sie mit dieser nachdenklichen Stimme, die man bekam, wenn man versucht, sich an diesen einen besonderen Moment in seinem Leben zu erinnern, an dem aus einem *Ich* ein *Wir* wird. Jenni füllte Tee in die Tassen und für einen Moment verschwammen die Konturen ihres Gesichtes im Ingwernebel. »Mit acht Jahren war ich wild entschlossen, ihn zu heiraten. Dann hat's aber noch mal fünfzehn Jahre gedauert, bis er mich überhaupt bemerkt hat, und dann war alles wunderbar: Wir haben das Haus gekauft und gemeinsam renoviert. Aber nach einer bösen Erkältung kriegte er diese Krankheit und hat sich verändert. Er hat es gehasst, wenn ich dabei war, wenn er einen dieser Anfälle hatte. Dabei hat es mir nichts ausgemacht.«

»Aber ihm.« Charlotte verstand Paul sehr gut. Sie musste nur an Bernds Besuche denken.

»Offensichtlich.« Jenni blies in ihren Becher. »Er hat mich so lange aus seinem Leben ausgeschlossen, bis ich es nicht mehr ausgehalten habe.«

»Wie das?«

»Er hat mich einfach aus seinem Leben geschwiegen. Das Haus hat ihn nicht mehr interessiert. Über sich wollte er sowieso nicht reden und was ich gemacht habe, hat ihn noch weniger interessiert als das Haus. Nicht, dass er nicht gefragt hat«, murmelte Jenni in ihren Becher hinein. »Aber er hat die Antworten nicht mal abgewartet.«

Charlottes Ohren brannten. Sie erkannte sich in jedem Wort wieder.

»Und dann fing er mit dem Kiffen an.«

»Aber es hat ihm doch geholfen.« Charlotte hatte das Gefühl, dass es an der Zeit war, Partei zu ergreifen.

»Das hat er behauptet«, bestätigte Jenni. »Aber das heißt nicht, dass es wahr ist. Das Kiffen hat ihn noch mehr verändert. Die Krankheit wurde immer mächtiger.«

»Natürlich wurde sie das. Er konnte in seinem Job nicht mehr arbeiten. Das zieht dir den Boden unter den Füßen weg.«

»Siehst du, du hast ihn verstanden. Dich konnte er an sich heranlassen. Aber mich? Keine Schnitte. Manchmal hatte ich das Gefühl, er wollte mich für mein normales Leben bestrafen.«

»Das ist nicht dein Ernst.«

»Doch. Egal, was ich gesagt habe, es hieß immer: ›Du hast gut reden, du bist ja gesund.‹«

»Das hat er doch bestimmt nicht so gemeint.« Charlotte war sich nicht sicher, ob sie sich nicht ebenso verteidigte wie Paul. Ob es Jörg mit ihr ähnlich gegangen war? Wurde man als Kranker nicht zwangsläufig zum Mittelpunkt seines Universums? Eines rapide schrumpfenden Universums? Sie dachte an ihre eigene Einsamkeit, die erst mit Veronikas Besuch zu Ende gegangen war. Es war ja nicht nur die Einsamkeit außen. Sie war ja auch ganz tief in einem drin. Überall lauerte sie. In allem, was man tat oder nicht mehr tun konnte. Es war die Einsamkeit der Perspektivlosigkeit.

»Es ist halt hart, wenn man auf einmal vor dem beruflichen Nichts steht«, entgegnete sie, obwohl ihr all diese Gedanken durch den Kopf gingen. »Er konnte in seinem Job nicht mehr arbeiten.« Ich kann nicht mehr in meinem Job arbeiten, dachte sie und wusste, dass sie wollte, dass diese Frau sie verstand.

»O doch. Nicht mehr in einem SEK, aber damit wäre in fünf Jahren oder so eh Schluss gewesen. Er hätte noch viele Sachen machen können. Innendienst oder Ausbildung. Außerdem. Selbst, wenn nicht. Ich hab auch einen Job. Wir wären schon über die Runden gekommen.«

»Aber das wollte er nicht.«

»Nein.« Jenni starrte in ihre Tasse. Brummend sprang der Kühlschrank an. »Und irgendwann war ich so am Ende, dass ich Mist gebaut habe.« Sie räusperte sich.

»Aber jetzt seid ihr ja wieder zusammen.« Charlotte hatte eine Ahnung, welche Art von Mist Jenni meinte. Hatte sie Jörg in Ginas Arme getrieben?

»Ja, dank deiner Mutter.«

»Dank Elli?« Hustend stellte Charlotte ihren Teebecher ab.

»Ja. Sie war der Tritt in den Arsch, den er brauchte, um mit dem Kiffen aufzuhören.«

»Und wo ist er jetzt? Im Entzug?«

»Gott bewahre. Willst du wirklich keine Suppe?« Jenni stellte ihren Kaffeebecher in die Spüle und holte sich einen Teller aus dem Küchenbüfett.

»Nein danke.« Charlotte fragte sich, welches der gemütlich scharrenden Hühner sein Leben gelassen hatte.

»Er ist im Krankenhaus. Sie spritzen ihm den Nerv tot, der für das Hören und das Gleichgewicht zuständig ist.«

»Und du bist hier.«

»Sieht so aus, oder?« Jenni tauchte den Schöpflöffel in den Topf. »Irgendeiner muss sich ja um alles kümmern. Außerdem gehöre ich hierher. Man liebt nicht einen Mann für die meiste Zeit seines Lebens und gibt dann einfach auf, bloß weil er sich wie ein Idiot benimmt. Männer sind halt Idioten.«

»Meinst du?«

»Du nicht?« Jenni stellte den Teller auf den Tisch und setzte sich wieder. Mit dem Löffel schob sie ein Stück glibberige Hühnerhaut auf den Tellerrand.

»Ich weiß nicht.« Charlotte dachte an Jörg. »Vielleicht. Ein bisschen.«

»Was ist mit deinem Typen?«

»Er hat eine andere.« Charlotte erzählte von Jörg und Gina, auch wenn es immer noch schmerzte wie eine Schürfwunde, von der man die Kruste knibbelte.

»Idioten machen halt idiotische Sachen. Zu heiß.« Jenni legte den Löffel zur Seite. »Und dein Tumor?«, fragte sie, als

234

würde sie sich nach dem Wohlergehen einer entfernten Bekannten erkundigen.

»Dem geht's gut«, antwortete Charlotte und das war nicht einmal gelogen. Dem Tumor ging es wohl tatsächlich gut, sonst würde er ja nicht wachsen. »In welchem Krankenhaus liegt Paul?«

»Wo du gearbeitet hast.«

»Ausgerechnet.«

»Warum?«, fragte Jenni und griff wieder nach dem Löffel. »Ach so, du meinst wegen dem Kind.«

Charlotte wartete darauf, dass sie wieder sagen würde, dass Idioten idiotische Sachen machten, aber Jenni nickte nur.

»Willst du ihn besuchen?«, fragte sie, ohne von ihrem Teller aufzuschauen.

»Deshalb bin ich hier.«

»Magst du ihn?«

»Sehr«, räumte Charlotte ein. »Aber nicht so. Ich meine …« Sie verheddd erte sich rettungslos in dem Satz und das lag nicht nur an ihrem angekratzten Sprachzentrum. »Er hat mir sehr geholfen«, sagte sie schließlich.

30. Kapitel

Charlotte stolperte über die Kante des Schmutzfangs und griff nach dem Desinfektionsspender, der bedrohlich ins Schwanken geriet.

»Kann ich Ihnen helfen?« Eine Dame mit sorgfältig ondulierten grauen Haaren streckte ihr die Hand entgegen.

»Danke.« Charlottes Herzschlag raste. Alles war so vertraut. Das Summen der Stimmen, der Desinfektionsmittelgeruch. Das Quietschen der Gummisohlen. Es tut weh, dachte sie. Richtig weh. Ihr Weg führte sie am Patientencafé vorbei zu den Aufzügen. Unwillkürlich senkte sie den Kopf und hob die Schultern. Was, wenn Reinhardt ihr über den Weg laufen würde, oder Christa, oder Jörg? Sie wischte die feuchten Handflächen an ihrer Fleecejacke ab. Ein Gong kündigte den eintreffenden Aufzug an. Die Automatiktüren öffneten sich und eine Hochschwangere schob sich aus dem Aufzug. Charlotte zwängte sich an ihr vorbei und vermied es, in den Spiegel zu blicken, der eine Weite vortäuschte, die die Kabine nicht hatte. Sirrend schloss sich die Automatiktür.

»Moment bitte!«

Charlotte reagierte, bevor sie die Stimme erkannte, und streckte den Fuß in die Lichtschranke.

»Danke«, sagte Gina, die einen Korb über dem Arm trug. »Könnten Sie bitte auf … Ach herrje!« Charlottes Anblick verschlug ihr die Sprache und ihre Gesichtsfarbe wechselte von windgerötet zu kalkbleich.

Charlotte erging es nicht anders. Das Herz schlug ihr bis zum Hals. Einen Augenblick verharrten beide Frauen regungslos. Hinter Gina tauchte ein Mann mit Sauerstoffbrille und Rollator auf. Er öffnete den Mund, um etwas zu sagen, überlegte es sich aber anders und schlurfte weiter.

»Ich wollte das nicht«, sagte Gina. »Bitte.« Sie streckte die freie Hand nach Charlotte aus. Tränen liefen ihr über die Wangen. »Wirklich nicht. Ich war so stolz und auch betrunken und Jörg war so nett.«

»Ich will das nicht.« Charlotte wich zurück, suchte einen Weg an Gina vorbei, doch die blockierte mit ihrem Korb die Aufzugstür.

»Ich weiß doch. Das war scheiße. So was tut man nicht. Nicht den Freund einer Kollegin.«

»Das fällt dir reichlich spät ein.«

»Das war nicht geplant. Wirklich nicht. Wir hatten was getrunken. Beide. Jörg war sauer, weil du nicht dabei warst, und ich war einfach happy.«

»Dass ich nicht dabei war?«, fragte Charlotte. Es hatte ironisch klingen sollen, aber sie hörte sich an wie ein Kind, das sich im finsteren Wald umdreht und feststellt, dass seine Mama verschwunden ist.

»Ich weiß, dass du das denken musst.« Gina wischte sich die Nase. »Aber so war es nicht. Und ich hab doch nie angenommen, dass es nach Freiburg weitergehen könnte. Und das ist es auch nicht. Erst später. Wir haben über dich gesprochen und da ist es wieder passiert. Es tut mir so leid. Ich wollte dir doch nicht wehtun.«

»Ach? Wirklich? Und was willst du jetzt? Absolution?« Charlottes Stimme schraubte sich in die Höhe. Ihr Streit blieb nicht unbemerkt. Patienten und Besucher schauten in ihre Richtung, tuschelten. Die Empfangsdame verließ ihr Stehpult und kam auf sie zu. Gleich würde sie bei ihnen sein und sie bitten, sich ruhig zu verhalten. Charlotte platzte und all die Wut und der Hass und die Verzweiflung purzelten ihr über die Zunge.

»Du willst«, keuchte sie, »dass ich dich verstehe? Warum?« Im gleichen Atemzug beantwortete sie selbst ihre Frage. »Damit es dir besser geht? Vergiss es!« Sie spuckte die Worte fast aus. Gina wich vor ihrer Wut zurück.

»Es tut mir leid«, stammelte sie. »Ich hab alles kaputt gemacht. Und jetzt ist nichts mehr, wie es war. Du bist weg. Jörg ist weg.« Die Aufzugstür schob sich vor Gina.

»Verpiss dich!«, keuchte Charlotte. Tränen tropften ihr vom Kinn. Sie wischte sich mit dem Ärmel übers Gesicht. »Scheiße«, schluchzte sie. »Scheiße. Scheiße. Scheiße.«

Als der Aufzug das nächste Mal hielt, pochte Charlottes Herz immer noch heftig, aber immerhin an dem Ort, den die Natur dafür vorgesehen hatte.

Er ist nicht mehr hier. Dieser eine Satz wanderte wie eine Endlosschleife durch ihre Hirnwindungen. Und genau in diesem Moment wusste Charlotte, dass sie nicht befürchtet hatte, ihn zu sehen. Sie hatte es sich gewünscht. Und jetzt war er fort. Der Gedanke ging ihr nicht aus dem Kopf. Jörg war nicht mehr in der Klinik? Aber wo war er dann? In Münster? Charlottes Gedanken kreisten um diese Frage, während sie auf der Suche nach Paul den Flur entlangging. Zimmer 517. Privatstation. Hinter dieser Tür lag Paul. Um Zeit zu gewinnen, desinfizierte sich Charlotte ausgiebig die Hände, bevor sie anklopfte.

Paul drehte den Kopf in ihre Richtung, als sie eintrat.

»Hi.« Charlotte zog sich einen Stuhl heran.

»Weiß deine Mutter, dass du hier bist?« Paul zog die Augenbrauen hoch.

Charlotte grinste schief. Irgendwie half ihr die Frage über den Tumult in ihrem Inneren hinweg. »Es tut mir so leid«, sagte sie. »Das hätte sie nicht tun dürfen.«

»Sie ist ein harter Knochen.«

»Wie geht's dir?« Charlotte hatte nicht die Absicht, über Elli zu reden. Sie musterte ihn. Paul trug ein weißes T-Shirt und eine ausgeleierte polizeigrüne Sporthose. Die Füße steckten in dicken Wollsocken, wie Jenni sie trug.

»Ganz gut«, antwortete Paul. Seine Stimme klang erschöpft. »Sie haben den Nerv abgetötet.«

»Und das bedeutet?«

»Dass mein Gleichgewicht jetzt zwar ziemlich angeschlagen ist, ich aber zumindest keine großen Attacken mehr kriegen sollte.«

»Das ist doch gut, oder?«

»Wenn's funktioniert, ja. Das Gleichgewicht wird sich regulieren. Und das mit dem Hören können sie wohl auch hinkriegen.«

Mit jedem Satz hatte Charlotte mehr das Gefühl, dass sie nicht die Einzige gewesen war, die sich in dem Haus zwischen den Kanälen verkrochen hatte.

»Allerdings ist das Ohr jetzt ganz platt«, sagte Paul in ihre Gedanken hinein. »Wenn also jetzt noch das andere den Löffel abgibt, kann ich Lippenlesen lernen.«

»Das wird nicht passieren«, erwiderte Charlotte, ohne nachzudenken. Erst als sie es ausgesprochen hatte, wurde ihr bewusst, dass solche Dinge durchaus passierten. Ohren wurden krank. Tumore kehrten zurück.

»Das sage ich mir auch ungefähr zweihundertsiebenundvierzig Mal am Tag.«

»Ungefähr«, wiederholte Charlotte leise lächelnd.

»So ziemlich ungefähr. Wollen wir ein paar Schritte laufen?«

»Kannst du das denn?«

»Immer an der Wand lang.« Pauls Grinsen kam kaum gegen die Falten in seinen Mundwinkeln an. Er bewegte sich, als müsste er jeden Schritt mit den Zehen abtasten, und seine Hände griffen nach jedem Halt, der sich ihnen bot. Langsam wanderten sie den Flur entlang.

»Du warst am Haus?«

»Jenni ist nett.«

»Sie ist zu jung für all das.«

»Es ist das, was sie will. Aber was willst du?«

»Ich weiß es nicht. Eine Zeit lang habe ich gedacht, ich würde dich wollen.« Paul blieb stehen.

»Aber das war's nicht, oder?« Charlotte verstand ihn so gut. Schließlich war es ihr nicht anders ergangen.

»Ich glaub nicht«, sagte Paul langsam. »Es war wie«, er brauchte eine Weile, um das richtige Wort zu finden.

Charlotte wartete geduldig. »Man soll dem Wind lauschen, nicht sein Lied stehlen«, hatte Raphi gesagt.

»Ein Pflaster«, sagte er schließlich. »Selbst wenn du dich gemeldet hättest.« Paul schaute aus seiner gefühlten Höhe von zwei Metern auf sie herab.

»Ich hab dir geschrieben, aber meine Mutter hat den Brief unterschlagen.« Auch wenn sie ihn verstand, hatte Charlotte das Gefühl, sich verteidigen zu müssen. »Und ich konnte dich auch nicht anrufen. Deine Handynummer hat sie nämlich auch manipuliert.«

»Echt? Schon irre.«

»Es tut mir leid.«

»Das muss es nicht. Ich glaube, es ist gut, wie es ist. Weißt du?« Er lächelte auf sie herab. »Wir haben uns eine Zeit lang gebraucht, aber das war nicht das wirkliche Leben. Das war nur ein Schattenleben für Weicheier. Und wir sind keine, oder?«

»Jenni sagt, ohne meine Mutter hättest du das …« Charlotte streckte die Hand aus und berührte sein Ohr.

»Ich weiß nicht, ob das so stimmt. Ich glaube, als deine Mutter aufschlug, war ich schon angezählt.«

»Also kämpfst du jetzt.«

»Wer nicht kämpft, hat schon verloren, oder?«

»Wie weise.«

»Das macht der klare Kopf. Apropos Kopf. Wie geht's deinem?«

»Gut«, antwortete Charlotte.

»Dann hast du also deinen Kampf gewonnen.«

»Noch nicht ganz.« Sie dachte an Jörg.

»Ist er zurück?«

Charlotte nickte.

»Scheiße.« Paul fuhr sich durch die Haare. »Aber du gibst doch jetzt nicht wieder auf, oder?«

»Nein, keine Sorge, ich wollte nicht wieder bei dir unterkriechen. Diesmal schaff ich das.«

»Was ist mit deinem Typen?«

»Was soll mit ihm sein? Er ist abgehauen.«

»Hätte ich nicht gedacht.«

»Wieso hast du eine Meinung zu ihm? Du kennst ihn doch gar nicht.«

»O doch«, antwortete Paul. »Weißt du nicht mehr?«

»Ach ja.« Charlotte dachte an den Farbenwirrwarr der Stimmen. Welche Farbe hatte eigentlich Jörgs Stimme gehabt? Sie erinnerte sich nicht. »Aber da hast du ihn ja nicht unbedingt von seiner besten Seite kennengelernt.«

»Wir waren später mal ein Bier trinken.«

»Ihr wart was?«

»Ein Bier trinken. Eines Abends stand er bei mir vor der Tür. Du warst gerade operiert worden. Wir haben lange gesprochen und mir ist da bewusst geworden, dass ich dir und mir keinen Gefallen tue, wenn wir uns gegenseitig eine Wanne voll

Verständnis für unsere kranken Köpfe füllen und die anderen draußen lassen.«

»Bist du deshalb nicht gekommen? Meine Mutter denkt, sie hat dich mit ihren Drohungen ferngehalten.«

»Ach ja. Deine Mutter. Sie war schon ziemlich aufgeregt. Aber beim SEK lernst du, wer es ernst meint und wer nicht.«

»Und trotzdem hast du den Schuppen zerstört?«

»Weil es Zeit war, aufzuwachen. Erst dieser Vater mit seinem Kind. Dann du. Und beide Male ich. Irgendwie hatte ich das Gefühl, dass ich kein Recht hatte, mich einfach auszuklinken. Nach dir fühlte ich mich einfach deutlich weniger nutzlos. Und da fand ich es an der Zeit aufzuhören, in THC-Hausen zu leben.«

»Und meine Mutter fühlt sich als Heldin, die mich gerettet hat.«

»Irgendwo ist sie das auch. Sie hat sich dem großen bösen Mann entgegengestellt.«

»Jenni hat gesagt, sie habe dein Bösewichtspotenzial überschätzt.«

»Aber ich bin groß, oder?« Paul ließ den Handlauf los und streckte sich zu seiner vollen Höhe.

»Bist du froh, dass sie wieder da ist?«

»Sehr. Weißt du: Sie ist auch mal abgehauen.«

»Willst du mir Hoffnung machen?«

»Der Mann liebt dich.«

»Ja«, antwortete Charlotte. Die Bitterkeit nahm ihrer Stimme den Klang. »So sehr, dass er mit einer Kollegin ins Bett steigt.«

»Hat dir das was weggenommen?«

»Wie bitte?« Sie schaute zu Paul auf. »Du stellst vielleicht Fragen. Natürlich hat mir das was weggenommen. Zum Beispiel: Vertrauen?«

»Hab ich auch gedacht. Aber weißt du, ich hab gelernt, dass Vertrauen keine Einbahnstraße ist. Dazu gehören zwei.«

»Ich bin nicht fremdgegangen.«

»Wirklich nicht?« Paul rieb sich das Kinn.

»Das war doch nur ein Kuss.«

»Und wenn der Bus nicht gekommen wäre?«

»Hätten wir uns nicht geküsst«, antwortete Charlotte mit mehr Sicherheit, als sie empfand. Es hatte Gelegenheiten in dem Haus zwischen den Kanälen gegeben, wo sie sich gewünscht hatte, er würde sie in den Arm nehmen. War es das, was Jörg in Ginas Armen gesucht hatte? Paul sah ihr die Verwirrung an.

»Du lügst dir selbst einen in die Tasche. Und du weißt es. Es gibt Situationen, da geschehen solche Dinge.«

»Und was willst du mir jetzt gerade damit sagen?«

»Keine Ahnung.« Paul setzte sich wieder in Bewegung. »Ich bin nicht gut in so was. Aber ich weiß, dass ich Jenni nicht mehr aus meinem Leben aussperren werde und sie dadurch zwinge, sich bei einem anderen Menschen Nähe zu suchen, um sich überhaupt noch lebendig zu fühlen.«

»Wer sagt dir, dass ich das getan habe?«, protestierte Charlotte. Auch wenn der gleiche Gedanke seit ihrem Gespräch mit Jenni durch ihr Hirn simmerte, machte es einen Unterschied, ihn ausgesprochen zu hören.

»Niemand. Aber …«, Paul tippte sich gegen die Nase, »es riecht danach.«

31. Kapitel

Charlotte sah den Wagen ihrer Mutter bereits, als das Taxi in ihre Straße abbog.

»Na prima«, murmelte sie. Sie wollte eigentlich nur noch einen Tee trinken und sich mit einer Wärmeflasche ins Bett verkriechen, um sich bei ihrem Kirmesteddy auszuheulen. Sie wollte nicht mit Elli sprechen. Auch wenn sie nicht mehr sauer war, auf großes Versöhnungskino hatte sie so viel Lust wie auf ihren Tumor. Aber Elli würde sich nicht abwimmeln lassen, dazu kannte Charlotte ihre Mutter zu gut. Kaum hielt das Taxi, stieg Elli aus ihrem Wagen.

»Warum wartest du hier in der Kälte?« Charlotte bezahlte den Fahrer. »Du hast einen Schlüssel.«

»Ich dachte, es wäre dir nicht recht.«

»Und du meinst, es wäre mir recht, wenn du vor meiner Tür erfrierst?« Elli im Schlepptau eilte Charlotte den Gehweg entlang.

»Ich hatte noch deine Versichertenkarte. Ich dachte, ich bring sie dir vorbei.«

»Klar.« Charlotte schloss auf und drückte auf das Minutenlicht. In der Erdgeschosswohnung klingelte ein Telefon. Sie stiegen die Treppen zu ihrer Wohnung hinauf.

»Warst du bei dem Mann?«

»Möchtest du auch einen Tee?« Charlotte hängte ihre Jacke an die Garderobe und ging in die Küche. Sie ließ Wasser in den Wasserkocher laufen, holte Teebeutel aus dem Schrank, stellte Tassen auf die Arbeitsplatte, hielt sich beschäftigt. Wo war der Honig? Die alltäglichen Handgriffe gaben ihr ein wenig von ihrer Sicherheit zurück, die ihr die letzten Tage geraubt hatten.

»Es tut mir so leid.« Elli stand ihr mehr oder weniger ständig im Weg. »Ich hab's nur gut gemeint.«

»Das scheint Konsens zu sein.« Charlotte packte ihre Mutter an den Schultern und setzte sie an den Küchentisch.

»Was?«

»Dass es jeder gut mit mir meint. Aber gut gemeint heißt nicht unbedingt gut gemacht.« Sie stellte eine Tasse vor Elli ab, wie es wenige Stunden zuvor Jenni für sie getan hatte.

»Weißt du«, sagte sie, »Paul war für mich da, als ich ihn gebraucht habe. Ohne ihn gäbe es mich wahrscheinlich überhaupt nicht mehr.« Charlotte füllte das kochende Wasser in die Tassen. Salbeiduft stieg ihr in die Nase.

»Du meinst das Auto?«

Ellis Frage traf sie wie ein Schlag ins Genick. Sie fuhr herum. Wasser spritzte auf ihre Hose. »Woher weißt du das?«

»In der Werkstatt haben sie das Loch gefunden.«

»Und du hast nichts gesagt?« Wenn der Duft nach Chanel Coco Mademoiselle nicht gewesen wäre, der sie einhüllte, Charlotte hätte nicht geglaubt, dass es wirklich ihre Mutter war, die aufstand, ihr den Wasserkocher aus der Hand nahm und sie umarmte. Elli, die das Herz auf der Zunge trug und kein Geheimnis bewahren konnte. Diese Elli hatte die ganze Zeit Bescheid gewusst und nicht nur keinen Ton gesagt, sondern sich auch nichts anmerken lassen. Charlotte stiegen Tränen in die Augen.

»Du hattest dich anders entschieden. Was hätte es genutzt, darüber zu reden?« Ellis Atem strich an ihrem Ohr vorbei. Charlottes Knie gaben nach und sie sank an Ellis mütterlichen Busen. Es tat so gut, gehalten zu werden. Die Wärme zu spüren. Den anderen Herzschlag an den eigenen Rippen zu fühlen. Selbst wenn es nur Elli war und nicht …

»Weiß es Jörg?«

»Nein.« Elli strich ihr über den Kopf, wie sie es früher getan hatte, wenn Charlotte weinend nach Hause gekommen war, weil sie sich mit ihrer Freundin gestritten oder sich das Knie aufgeschlagen hatte.

»Er ist fremdgegangen«, schluchzte Charlotte an ihrem Hals.

»Ich weiß.«

»Du weißt das?« Charlotte befreite sich aus der mütterlichen Umarmung. »Woher?«

»Jörg leidet. Er liebt dich.«

»So sehr, dass er mit einer jungen Kollegin ins Bett hüpft.«

»Er würde sich einen Arm abhacken, wenn er es dadurch rückgängig machen könnte.«

Aber nicht den Schwanz, zischelte eine bösartige Stimme in Charlottes Kopf.

»Sagt er das?«

»Du bist sein Leben, Kind.«

»Und deshalb schläft er mit Gina.«

»Du hast ihn ausgeschlossen aus deinem Leben.« Elli redete sich in Rage. »Er war dumm. Männer sind dumm.« Sie klang wie Jenni. Vielleicht gehörten beide zu einer geheimen Sekte, die mehr über Männer wusste als normale Frauen.

»Komm mir nicht auf die Tour.« Charlotte setzte sich an den Tisch und stützte den Kopf mit den Händen ab. Der Tag sirrte hinter ihrer Stirn.

»Er hat mich aus seinem Leben entfernt.«

246

»Wer auch immer wen aus welchem Leben entfernt hat.« Elli trat hinter Charlotte und massierte ihr den Nacken. »Es geht euch beiden schlecht damit.«

»Weiß Jörg, dass der Tumor wieder da ist?«

Ellis Finger hielten inne. Antwort genug.

»Auch wenn du recht hast.« Charlotte zog den Teebecher zu sich heran. Wasserdampf legte sich auf ihr Gesicht. »Ich kann mich nicht an Jörg hängen. Ich weiß ja nicht mal, ob ich das nächste Jahr überlebe.«

»Verdammt noch mal!«, fauchte Elli. Ihre Finger gruben sich schmerzhaft in Charlottes Schlüsselbeingruben. »Du wirst überleben.«

»Ich hab Angst, Mama.«

»Natürlich, Schatz. So wie damals, als du dich zu Tode hungern wolltest. *Niemals will ich werden gruß*«, Elli zitierte den Pippi-Langstrumpf-Schwur. »Aber Angst ist kein guter Ratgeber und Enttäuschung auch nicht.« Ihr Griff lockerte sich. »Weißt du«, sagte sie nach einer Weile, in der das Brummen des Kühlschranks zu einem Rauschen angewachsen war, das Charlottes Gedanken unter sich zu begraben drohte. »Ich hab deinen Vater gehen lassen, weil ich diese lenorgespülte Plüschwelt aus der Werbung wollte. Jeder hat seinen Platz. Der Mann bringt das Geld nach Hause und die Frau kümmert sich um die Kinder. Das war mein Traum. Vielleicht, weil es bei mir als Schlüsselkind so anders gewesen ist. Und erst war auch alles Zuckerwatte: Du warst da, und Rudolf hat wirklich viel gearbeitet. Aber dann wollte er nicht mehr von Montagmorgen bis Samstagmittag Einbauküchen zusammenschrauben. Er wollte richtige Möbel bauen, sein eigener Herr sein. Und das passte nicht in meine watteweiche Lenorwelt. Also hab ich ihn rausgeschmissen. Weil ich lieber den ganzen Traum aufgegeben habe, als Kompromisse zu machen. Und es vergeht kein Tag, an dem ich das nicht bereue.«

»Heute Morgen klang das noch anders.«

»Ich weiß. Ich war wütend auf dich, auf mich. Auf den Tumor und die ganze Welt. Ich hab mein ganzes Leben gebraucht, um zu begreifen, wie blöd ich war. Mach nicht den gleichen Fehler.«

»Gab's jemals einen anderen Mann in deinem Leben?«

»Ich hatte dich.«

»Das dachte ich mir.« Charlotte presste die Fingernägel gegen die Handballen. Die Verantwortung war zu viel. Sie wollte nicht auch noch für das Glück ihrer Mutter verantwortlich sein. Sie hatte genug mit ihrem eigenen Unglück zu schaffen.

»Ich kann nicht mehr zurück«, sagte sie. Schmerz gegen Schmerz. »Selbst wenn ich wollte. Es ist vorbei. Jörg ist nicht mehr da. Er ist fort.«

»Nein.«

»Was? Nein.« Charlotte schob die Tasse weg und wischte sich mit dem Handrücken die Nase. War diese weise Frau wirklich ihre Mutter? Oder war sie nur eine besondere Form von Aura? Sie lauschte, aber nirgendwo tropfte ein Wasserhahn.

»Er ist in eine Kinderarztpraxis eingestiegen, Teilzeit.«

»Wie bitte?« Charlotte fasste es nicht. Kinderarztpraxis? Das war Husten, Impfen, Brechdurchfall. *Das ist keine Medizin, das ist Triathlon.* Jörgs Standardspruch und nun war er selbst Triathlet. Wegen ihr?

»Ruf ihn an«, sagte Elli. »Glaub mir, es ist alles besser als ein Kirmesteddy im Bett.«

Charlotte musste Jörg nicht anrufen. Kaum hatte sich Elli verabschiedet, tauchte er auf. Elli musste ihn angerufen haben, als Charlotte kurz die Küche verlassen hatte. Ihr blieb keine Zeit, ihrer Mutter böse zu sein.

Sie redeten lange im Wohnzimmer vor dem Kamin. Dort, wo alles angefangen hatte. Über Bernd. Über Gina, über Paul, über Charlottes Selbstmordversuch, die Therapie. Sie weinten gemeinsam und irgendwann war Charlotte so müde, dass ihr die Augen zufielen. Jörg trug sie ins Schlafzimmer und der Teddy verbrachte die Nacht vor dem Bett und irgendwie schaffte er es auch nie wieder hinein und verschwand irgendwann auf dem Speicher.

Zwei Jahre später

Charlotte kam in Bademantel und den dicken Wollsocken, die ihr Jenni zu Ostern geschenkt hatte, aus dem Bad und rubbelte sich die Haare trocken.

»Meine Sonne geht auf.« Im Gegensatz zu ihr war Jörg bereits korrekt gekleidet. Er schob eine Tasse unter die Düsen des Kaffeevollautomaten, den ihnen die alten Kollegen zur Hochzeit geschenkt hatten, und zischend floss Cappuccino in die Tasse.

»Gna. Gna.« Charlotte reckte sich auf die Zehenspitzen und küsste Jörg auf die Nase. »Wann musst du los?«

»Wie immer.« Jörg nahm sich eine Scheibe Knäckebrot. Seit er die Praxis übernommen hatte, war sein Bauchumfang gewachsen und deshalb war er gerade mal wieder auf Diät. Sie hatten einige Diskussionen deshalb gehabt und irgendwann hatte Charlotte ihm dann den wahren Grund verraten, warum sie kein Freund von Diäten war.

Jörg hatte ziemlich schlucken müssen, aber dann lächelnd gesagt, dass sie sich keine Sorgen um ihn machen müsse. Er hungere nur, um keine Unterbundhosen tragen zu müssen.

»Schaffst du heute die Abrechnung?«, fragte er in ihre Gedanken hinein.

Wann immer Charlotte Zeit fand, half sie in der Praxis aus. Sie hatte viel gelernt in den letzten Jahren, vor allem von Jutta, die sich mit ihr als Schwiegertochter abgefunden zu haben schien, denn zu Ostern hatte sie ihr einen Strauß aus Ranunkeln und Freesien geschenkt.

»Wohl kaum.« Charlotte setzte sich an den Tisch. »Ich muss zur Uni.« Die Lüge kam ihr leicht über die Lippen.

»Wann bist du zurück?«

»Gegen Mittag.« Das war keine Lüge. Charlotte belegte eine Scheibe Nussbrot mit Käse und viertelte eine Tomate. Irgendwie esse ich immer das Gleiche, dachte sie, als sie zum Kräutersalz griff: Nussbrot, Käse und dazu eine Tomate.

Ebenso gleichmäßig wie ihr Frühstück verlief auch ihr Alltag. Und selbst wenn Jörg manchmal die Intensivmedizin vermisste, genoss er das Leben jenseits einer Sechzig- Stunden-Woche. Sie gingen spazieren und hatten sogar einen Tanzkurs belegt. Sie trafen sich mit Freunden, zu denen immer noch Reinhardt und Waltraud, mittlerweile aber auch Paul und Jenni gehörten. Sie waren sogar schon einmal Down Under gewesen und hatten Raphi besucht. Im Moment war ihre Welt genau so, wie sie sein sollte. Das letzte MR war in Ordnung gewesen und Charlotte studierte jetzt Heilpädagogik.

Sie schob den Teller von sich. Der Geruch des Kräutersalzes bereitete ihr Übelkeit.

»Alles gut?«, fragte Jörg.

»Ja. Klar«, antwortete Charlotte. »Ich hab nur keinen Hunger.«

»Du siehst schlecht aus.« Jörg stellte die Kaffeetasse ab und streckte die Hand nach ihr aus.

»Mir geht's gut.« Charlotte lächelte trotz der Übelkeit. Uns geht es gut, dachte sie. Aber das sagte sie nicht. Noch nicht. Es war zu früh. Sie fragte sich, wer von ihren Bekannten ihr wohl als Erstes auf die Schliche kommen würde. Sie tippte auf Ilona oder vielleicht auch ihre Mutter, auch wenn eine Schwangerschaft keine orthopädische Erkrankung war. »Wo ist eigentlich der Teddy hin?«, fragte sie stattdessen.

Zeitfracht Medien GmbH
Ferdinand-Jühlke-Straße 7
99095 Erfurt, Deutschland
produktsicherheit@kolibri360.de

Druck:
CPI Druckdienstleistungen GmbH
im Auftrag der
Zeitfracht Medien GmbH
Ein Unternehmen der Zeitfracht - Gruppe
Ferdinand-Jühlke-Str. 7
99095 Erfurt